让死人说话的福尔摩斯

（英）唐纳德·托马斯　著
刘　鑫　马旭冉　译

群众出版社
·北京·

内容简介

年轻女性不断突然死亡。是酗酒？是中毒？权贵们不断收到敲诈勒索信。她们和死者有没有关系？医学院学生也被卷入死亡案件。矛头究竟应该指向谁？案情越来越扑朔迷离。是谋杀？是敲诈？福尔摩斯和拉斯特雷德使出浑身解数，为探真相，竟然让死人讲话。

精彩内容，且看《让死人说话的福尔摩斯》。

目　录

让死人说话的福尔摩斯

1

我和福尔摩斯相交多年，可我这里拿到的案子却极少吸引他。

福尔摩斯向来认为，案件的诡异之处往往隐藏着线索；越是司空见惯的案件越难侦破——兰贝斯和窝打老道一带的案子发生在贫民区，除了杀人犯精神失常犯案外，还有颇多吊诡之处，所以它深深地吸引着福尔摩斯，更何况他还能从中赚点儿外快，因此，他选择与伦敦警察厅强强联手。相较之下，我就没什么经验了。

我们的对手也有一群帮凶，个个和主犯一样疯癫。令人费解的是，其中不乏女人。我们原以为真凶皆是暴戾凶残的男性。难道现如今女人都丧失怜悯之心了吗？按照福尔摩斯的理论，此案疑点多，这群疯子应该很容易被抓到。可惜，时光流逝，事实证明，事情并非我们想象的那么简单。

让我从头儿说起。那天是周六，傍晚时分，我和几个老战友聚会后，赶到滑铁卢车站。十几年前，我和福勒、奥斯本、斯科特曾一起在阿富汗战争中服役，我起初效力于诺森伯兰郡燧发枪团，后来在从白沙瓦向坎大哈前线转移的过程中，晋升为中尉——我的军旅生涯很短暂，自然也没有太多荣耀。麦万德战役打响时，我被派遣到伯克郡团。不幸的是，我中了枪，子弹穿过锁骨下动脉，击碎了我的肩胛骨。厄运没有就此结束，我在白沙瓦基地医院的康复治疗中感染了伤寒。我回乡结识福尔摩斯的过程，在著名的《血字的研究》中已经讲过。

十多年后，四个老战友时常在奥尔德肖特聚首，共同回忆我们的峥嵘岁月。从愉快的午餐会归来，我脑海中的贝克街公寓、九榆树及窝打老道渐渐隐去，取而代之的是阿富汗光秃秃的山脊和战壕。伴随着汽笛轰鸣声列车驶入站台，而我的思绪飞到了炮火声中的贾拉拉巴德。

10 月的夜晚，细雨蒙蒙，雨水打湿了我的衣服。我离开火车站，走在繁忙的街道上。煤气灯忽明忽暗。此情此景应该只属于街头摊贩、卖花人、乞丐或衣衫褴褛的孩子。此时此刻，我们贝克街公寓里的壁炉里正燃烧着熊熊火焰，释放出温暖，等着我回家。我加快脚步，准备叫车回去。

就在这时，忽然传来一声尖叫，像麦万德战场上的吉赛尔步枪射击时发出的声音一样刺耳。

“救救我！天哪，救救我吧！”

乍听之下，这求救声像是痛哭，仔细听来，蕴含着哀求和恐慌，其惨烈程度不亚于屠宰场里的人兽争斗。就算是早已见惯死亡的医生也能察觉，这是生命结束的残酷预兆。此后的无数个静夜里，它时不时地萦绕在我耳畔，回荡在空寂的街道上。

恰逢周六，从滑铁卢桥到圣乔治广场的街道格外拥堵。我眼前的路面被沿街窗户透出的灯光照亮，笼罩着一层薄薄的烟雨。喊叫声大概是从约克酒店附近传过来的。具体位置并不确定。隐隐约约、断断续续的哭声很快又被淹没在穿梭于货车间的马车的隆隆声中。

约克酒店的大门开开合合，从酒店的公共酒吧里传出阵阵音乐和嬉闹声。但刚才的那声尖叫绝不是哪个年轻女人在耍酒疯。我正在出租车和公交车之间徘徊，忽然看到一个蓬头垢面的女孩儿，于是停下了脚步。女孩儿踉踉跄跄地倚着酒店的墙壁，双手紧紧地压着腹部，像个醉汉一般，身体扭曲而歪斜着。

“救命！快来人，救救我！”她的声音比刚才轻柔了，但似乎更有力量。

我急忙去搀扶她，还没等我将她扶稳，她就顺着围墙滑了下去，瘫坐在湿漉漉的地上。女孩儿年轻丰腴，美丽的鬈发随意地扎成马尾垂在肩上。待我扶着她，她便不再尖叫了。尽管努力克制着，她还是呕吐起来。她的身体蜷曲着躺在人行道上，无比恐惧地呻吟着。

她这样的打扮，出现在这种地方，她的职业不难猜测。夜晚的街道上人群熙熙攘攘。我扶她起来时，路边已经聚了一群围观者，我俩被夹在中间。

“让一让，我是医生。”

众人窃窃私语，眼前的场面似乎更有看头了。可怜的姑娘痛苦万状，脸色煞白，头发被汗水浸湿，紧贴在前额上。我轻轻地问她话，但她目光呆滞，好像听不到我的问话。紧接着，她紧咬的牙关里挤出一连串短促而凄惨的呻吟。她全身痉挛，脸疯狂地抽搐着，这就是传说中的“希波克拉底的微笑”，也是可怕的死亡预兆。我问她话，她好像根本听不到，什么也不回答。我根据她目前的状况初步判断，她此时处于震颤谵妄（一种酒精所致的精神病症）的最后阶段。

我跪了下来。她的抽搐短促地停顿了一下，这证实了我的猜想——酒精中毒。她正忍受着痉挛引起的急性心脏衰竭。她眼神迷离，汗流浃背，呼吸很不均匀，身上散发出杜松子酒的甜蜜烈性气味。我问她吃过什么、喝过什么，她断断续续地答道："在约克酒店……和弗雷德……喝了杜松子酒……酒里……掺了白色物质。"

"弗雷德·利内尔，原来是他！"人群中传来一个女人的声音，"上帝保佑啊！她在抽搐！"

女孩儿摇头否认。她在垂死挣扎，又一阵尖叫，这次更为虚弱。她的头向下滑，膝盖猛地抬起来，顶住胃部。紧接着，尖叫变成了凄惨的咕咕噜噜和胡言乱语。我亲眼目睹过这种症状，知道这表明大抽搐就要来了，必须立刻对她实施救治，否则她会死在人行道上。

就在这时，一个头戴帽子、腰系围裙的商贩穿过人群向我们走来。他抬着担架，两位助手紧随其后。

他好像根本没看见我，扭头对助手们说："把她送到西敏桥路杜克街 8 号，她叫艾伦·唐沃思，租住在埃文斯太太那儿。"

我向他的助手们点点头。确实不能把女孩儿留在这里。我们互换了名片，我在自己的名片上写了"震颤谵妄"、"晕厥"和"杜克街 8 号"，递给他们。

"赶紧去圣托马斯医院。把这个交给内科凯洛奇医生，给值班助理也行。杜克街需要急救车。请他们叫一驾四轮马车，送她去医院。她家离这里不远，医生来之前，我们最好先把她送回家。”我写了“晕厥”以强调病人的病情危重，现在看来，剧烈抽搐将更频繁地威胁她的心脏。

斯泰尔斯一路小跑，穿过火车站，朝河堤方向的医院赶去。

女孩儿的身体不停地抽搐着，看起来十分痛苦。两名助手合力把她抬上担架。我们抬着担架绕过转角的酒窖，走进杜克街——这是条煤炭码头后面的肮脏小巷。她的房间位于一栋住宅楼的一层，屋里有张破旧的铜床，床上铺着碎亚麻布片。此时，女孩依旧备受痉挛的煎熬。

等待凯洛奇医生及其助手的时间里，我能做的不多。屋里脏兮兮的脸盆架上有个深色瓶子，瓶子的标签上写着“溴化钾”。我知道这是专治酗酒的处方药，但因为拿不准她到底喝了多少酒，我不敢给她服用。这种药物用量过大的话反而会给病人造成更大的伤害。于是，我向女房东要了点儿碳酸钠，以帮她暂时缓解疼痛。

15 分钟过去了，一辆四轮马车叮叮当当地驶进杜克街，停在门口。凯洛奇医生的助理，南伦敦医学研究所的约翰逊先生来了。在卧室门外，我和他打了招呼，简单地介绍了病人的情况并强调，必须立刻送病人去医院。约翰逊先生连连点头，但觉得女孩儿的情况不容乐观，也许为时已晚。

最后，女孩儿还是死了。

在这灯红酒绿而残酷无情的都市中，她以出卖肉体为生。她和她数以千计的姐妹们一样迷茫、堕落、借酒消愁，以躲避现实或仅仅是为了逃离肮脏的寓所。可悲的是，她最终付出了生命的代价。

我将这件事交给了凯洛奇医生和约翰逊先生。若非出于礼貌，我没必要再探听事态的发展。脸盆架上的那瓶“溴化钾”刚好印证了唐沃思小姐酗酒。她可能正在遵医嘱戒酒，这次一定是又犯了酒瘾，不幸酗酒而死。死因非常明确，不需要再验尸。我坐出租车回到了贝克街。

我跟福尔摩斯讲述了街头悲剧，以此解释我的晚归。不过，这出人间悲剧似乎没有引起他的兴趣。那天深夜，当整个城市陷入黑暗时，我被脑海中可怕的尖叫声惊醒，烦躁不安。我决心忘掉可怜的唐沃思。

第二天清晨，马里波恩教堂的钟声将我唤醒，钟声穿透秋日阳光，传到我耳畔。我打开窗户，只见街道和广场上，落英缤纷。上午，我收到了凯洛奇先生的电报。他首先对我前一晚的帮助致以感谢，但遗憾地告诉我，艾伦·唐沃思在救护车里遭遇了震颤谵妄的致命一击，引发心脏衰竭，被送抵圣托马斯医院时，已经死亡。窝打老道司空见惯的人间悲剧就这样落幕了。

当天，我并没向福尔摩斯提及她的死。可这又是为什么呢?

2

若论办案，歇洛克·福尔摩斯思维缜密，逻辑严谨。不过，作为房客，他实在是粗心又不讲究。盛着剩饭的托盘随随便便地丢在乱七八糟的工作台上并不怎么“好吃”的化学实验器具旁。实验或许是为了提取玻璃上的指纹，或许是为了分析毒药的成分。谋杀或通奸的重要线索常常隐藏于吃饭用的黄油盘里。

唐沃思的悲剧已经过去整整三天了，凯洛奇医生和约翰逊先生那儿还是一点儿新消息也没有。

10月的阳光在绛紫色的乌云下渐渐变暗。我从部队医院的发热科会诊回来，惊奇地发现，福尔摩斯把我们的贝克街公寓整理得不同寻常。我走进房间，看到福尔摩斯的工作台异常整洁。他正埋头整理着椅子靠垫。就连屋顶常年关着的窗户也被打开了，好让黑烟草的味道散一散。

我走到他跟前，他才抬起头。

“把沙发挪到壁炉那边。行动起来，亲爱的华生！咱们有客人要来。”

“哦，好吧。”可是当天早上我根本没听说过有什么客人要来，“不会是哈德森太太回来吧……”

“要是你记得，华生，今天已经是周三了。周三下午是沃登家宴的时间，咱们的哈德森太太跟她出嫁的姐姐在克拉珀姆喝茶。”福尔摩斯说，“把剩下的椅套也递给我。”

“那咱们的客人是谁？来得这么突然？”

他边调整着椅子与壁炉的位置边说：“拉塞尔夫人。她突然发电报说有要紧的事，要亲自来访。”

我在部队医院会诊了一整天，十分疲惫。好端端的晚上，我可不想就这么被打扰。

“不少英国贵族都叫拉塞尔，”我急切地说，“这个拉塞尔是谁？上议院司法委员会的男爵夫人？首相的遗孀？”

他抬头看看我，迅速把废纸篓挪到房间角落里，遮掩起来。

“都不是。咱们的客人名叫梅布尔·伊迪丝，也就是伯爵夫人拉塞尔。你一定也听说过她。”

“没错，我听说过。这位年轻女士造访，可能要打破我们的惯例了。”

“胡说。”他边说边搓着双手，表示他把家里收拾停妥了。

“福尔摩斯，你可能以为我在胡说。但据我的可靠消息，她母亲斯科特夫人有一些见不得人的事情，被克劳德先生发现了。

俱乐部的里尔登也向我透露，拉塞尔有个贵族姐姐，一直在卡博街街角的大楼里做按摩师，你路过那条街就能看到那幢楼。大楼一层被一个叫亚瑟·卡瑞的流氓霸占着，出售法文书籍和马尔萨斯仪器，不时引起伦敦警察厅的注意。”

福尔摩斯直起身子，环顾四周，露出满意的神情——房间收拾停当，可以接待他的年轻访客了。我的话他好像一点儿也没听进去。他接着说：“华生，求助咱们的既不是她母亲，也不是她姐姐。这个年轻女人自己遇到了麻烦。她想听听咱们的意见。”

“不出我所料。是关于什么的意见？”

他耸了耸肩。

“敲诈勒索，还有谋杀，咱们做的就是这门生意。在秋天这样不景气的季节，最微不足道的案件也很受欢迎，何况这件事看起来并非那么微不足道。”

我依旧顾虑重重。近来，报上曾披露这个年轻女人和她丈夫拉塞尔伯爵的丑闻。弗兰克·拉塞尔——他希望世人这么称呼他——才二十出头，父母去世后，他由祖父——某位伟大的英国首相带大。后来，他入读牛津，度过了短短几个月的学习生涯，其间因为“令人厌恶的举止”被学院院长劝退了。随后，他弟弟伯特兰在剑桥钻研符号逻辑时，弗兰克全身心地投入到了伦敦社会的纸醉金迷中。

不久，臭名昭著的赛琳娜·斯科特夫人贪婪地将手伸向了这个羸弱的年轻人。传闻说，她的年龄比他大一倍，却想占有他……真是无稽之谈！后来，她唆使自己的女儿梅布尔·伊迪丝嫁给了这个傻小子。年内，两个年轻人在伊顿举行了盛大的婚礼，可惜，好景不长，没过多久，新娘涉嫌腐败，官司缠身。不过，她被处置得不重。案发后，她一直与上流社会保持距离，住在沙威酒店的套房里。

半小时过去了。福尔摩斯在窗前踱步，而我还在思考。

“他们来了，华生！”

楼下的街道上传来阵阵马蹄声。随后，门铃响了。哈德森太太新请的保姆出现在门前，叽叽喳喳地说个不停，兴奋得像个麻雀。

不多时，一个女人出现在楼梯上。灯光一亮，我们眼前是一位身材苗条、衣着时髦的黑发女子。她头戴面纱，遮住了整个脸，好像因上楼太累而呼吸急促。那娇小的身子使劲地颤抖着。她撩起面纱，显露出年轻美丽的面庞：鼻梁挺拔，眉毛浓密，目光炯炯有神，嘴唇很薄，仿佛随时可以挤出个令人生畏的笑容。她看起来脸庞光洁，妆容细致，像个矜贵的玩偶。

福尔摩斯上前迎接她。

“福尔摩斯先生？”她嗓音低沉，语调顿挫，“是歇洛克·福尔摩斯先生吗？”

“是我，夫人。”福尔摩斯拘谨地说。他没向这个贵族女子鞠躬，那有违他放荡不羁的性格，不过，他还是礼貌地点了点头。

她拉着福尔摩斯的手，直勾勾地盯着他的眼睛，嘴唇微张，仿佛想说些什么。福尔摩斯盯着她入了迷，过了一会儿才回过神来：“这位是我的助手华生医生。在他面前，你也可以畅所欲言，不必有任何顾虑。”

我握着她冰凉纤细的手，看着她坦诚的蓝眼睛，感到这样的女子前一刻能让你以为你就是她的世界，下一秒又能跟你撇得干干净净。

“夫人，请坐。”福尔摩斯温和地说，“请问，我该如何为你效劳?”他看着她在长椅上坐下，自己在斜对面坐下来。

“福尔摩斯先生,”她理着裙子，语速很快地说，“我就开门见山了。我跟丈夫已经分居好几个月了。除了通过律师沟通以外，我们之间没有直接的交流。最近我听说，有人告他谋杀，而且是两桩谋杀。”

“拉塞尔伯爵?谋杀?”

她点点头，又站了起来，走到小桌子前，从桌上的手提袋里取出个精巧的银质盒子。她点了支烟，又在另一把椅子上坐下，仿佛她是戏剧舞台上的女主角。

“福尔摩斯先生，要说我丈夫品行不端，我相信；要说他谋杀他根本不认识的年轻女人，我可不敢相信。”

她目光冷峻，纤细的手紧紧握着椅子扶手。我知道福尔摩斯为什么答应帮她了。一系列年轻女性谋杀案?拉塞尔伯爵?英国近五十年最伟大的首相的孙子?即使有一点儿是真的也可以轰动世界了。

“对方的说法真假难辨，福尔摩斯先生，但我确实收到了勒索信。”

福尔摩斯点点头，仿佛在肯定她的推测。

“对方说他谋杀了谁?”

她那纤纤玉指把白色烟卷攥出了凹痕，隐隐透露出她的焦虑。

“贝恩律师来信说，我们分居后，拉塞尔经常光顾兰贝斯和萨瑟克的宅邸。在那儿，拉塞尔让那些堕落的人服用有毒的药物，目睹别人肉体的痛苦，以获得快感。两星期前，不知是由于意外还是事先预谋，他致使两名年轻妇女死亡。”

福尔摩斯露出怀疑的表情。

“拉塞尔夫人，”他立刻说，“这种病态行为极为罕见。拜占庭君主、文艺复兴时期的王公以及1772年马赛的孔德萨德才有。在我的人生经历中我一个也没遇到过。我可以看看信吗?”

她脸色微红，急忙展开信纸，递给福尔摩斯。

福尔摩斯读完勒索信，看着我扬了扬眉毛。他并没支开拉塞尔夫人，便把信递给我。

伦敦

沙威酒店

伯爵夫人拉塞尔女士收

夫人：

我写信来告诉你，自从你离开后，你丈夫弗朗西斯·拉塞尔伯爵先生时常光顾兰贝斯和南华克那些声名狼藉的宅邸。他在那儿杀害了几个女孩子。一个多星期前，他给了玛蒂尔达·克莱弗和卢·哈维足量的士的宁，要她们杀匹马。谁知最后被杀的是她们。克莱弗死后，她的遗物中有两封控诉你丈夫的信。如果拉塞尔伯爵因谋杀罪入狱，可想而知，你和你的家庭将蒙受巨大耻辱。

你是否愿意以两千英镑的价格雇我做你的法律顾问？如果你立即聘请我料理此事，我会帮你避免一切可能的曝光。等到你的丈夫被逮捕了，我就帮不了你了，也没有律师能帮你了。当局可是掌握着克莱弗的信件呢！你愿意雇我的话，只消在晨报个人专栏登一则广告，说R夫人想见贝恩律师，我就会与你私人会面。只要你雇我，保你夫妇安然无恙，否则，后果自负。

律师　H. 贝恩

我读完信，心里反而轻松了不少。不管克莱弗和哈维是谁，都不是我在周六晚上目睹的那个可怜的女孩儿。

“你怎么收到这封信的?”福尔摩斯轻声问道。

“今早从信箱里取出的，是昨晚最后一批信件。”

福尔摩斯点点头。

“你的律师是?”

“乔治·路易斯先生。”

福尔摩斯又点点头，没再问下去。

“夫人，我也帮不了你。乔治先生人很好，你把信交给他，让他转交给警察厅。警察可能要你在早报上登广告，作为抓捕罪犯的诱饵。我猜测你见不到敲诈你的人了。这封信不像是勒索钱财，更像是发泄仇怨。不过，如果贝恩先生——不管他真实姓名到底是什么——试图联系你，警方就能控制他。他们能做的事可比我多。”

她流露出一丝愠怒。

“那对方说的两位被害者是谁?”

福尔摩斯冲她笑了笑。

“夫人，要是真有谋杀案报纸上早就登出来了，更别说两起谋杀案了。我跟你保证，截至目前还没有相关报道。警察厅的拉斯特雷德探长也想聘请我做顾问。我们俩都没听说过玛蒂尔达·克莱弗或卢·哈维，她们很可能是杜撰出来的人物，就算确有其人，也很可能与此事毫不相干。对方这么写，只是为了结怨。”

“也许凶手还没被发现?”

“如果凶手都无法确定，勒索还有什么意义呢?”福尔摩斯温和地说。

她没答话，指尖不停地敲击着椅子扶手。看得出来，得知没有丈夫犯罪的证据，她反而有点儿失望了。

“我也可以跟乔治·路易斯先生谈谈，”福尔摩斯接着说，像是要宽慰她，“有什么需要我帮忙的，他说一声就行了。”

“拜托你了!”她站了起来，我们也跟着起身。“在我付给贝恩先生一个子儿之前，你能因谋杀罪把拉塞尔伯爵投入纽盖特监狱几十次了!”

“乐意为你效劳。”福尔摩斯真诚地说。

拉塞尔夫人再三请求福尔摩斯帮助乔治后才离开。

福尔摩斯坐下来，双腿伸直，十指相扣，双眼紧闭。

“让路易斯解开信件之谜，”我高兴地说，“这样事情不就了结了。”

福尔摩斯依然闭着眼睛，说:

“我亲爱的华生，你太看重谋杀案的意义，忽略了敲诈案本身。敲诈者怎么会提出自投罗网的方案?一旦他见到受害人，势必会被抓住。你不也看到信件手稿了吗?辞藻华丽，仿若公开信，处处透露着对方内心的狂热。贝恩的首字母B和拉塞尔的首字母R就是明显的例子。这根本就不是了结，恰恰可能是个很有趣的开端。”

两小时后，门铃刺耳地响了。

福尔摩斯看了我一眼，我感到了他的不安。女佣匆匆上楼，出现在我们面前，衣冠不整。

“是弗雷德里克·史密斯!”她气喘吁吁地说，“史密斯先生急着见福尔摩斯先生!”

福尔摩斯看了看我，略带自嘲地笑了。

“让他进来吧。”福尔摩斯懒洋洋地说，“华生，我真不该断言咱们还有完整的夜晚。”

3

案件有了闹剧的意味，仿佛演员在舞台上彼此追逐，眼前的案情颇为棘手。女佣下楼时，我站在窗帘后面，瞥了一眼狂风肆虐的街道。楼下停着一辆深色马车，车夫一袭黑衣，束着黑纱帽带和臂带，马鞭上也点缀着黑色饰物。是夜，风雨如晦，他这身装扮，像是个要把唐·璜带下地狱的死亡信使。

片刻之后，马车的主人出现在我们面前。这位就是弗雷德里克·史密斯先生，他是英国政界、商界公认的大人物。两周前，他的父亲 W. H. 史密斯过世，老史密斯生前不仅曾任下议院议长，还是个成功的书商，他的儿子也因此荣登周刊封面。弗雷德脸型方正，眼神敏锐，这位现任下议院议员给人一种刚正不阿的印象。

福尔摩斯穿过房间，同他握手致意。

“先生，你不必自我介绍了。去年夏天，我和华生医生有幸在出版业公会上见过你。那天，大英博物馆的沃尔特先生作了激动人心的演讲——制浆造纸的化学作用。你想起来了吗?”

史密斯听了很高兴。

“我想起来了，福尔摩斯先生。你的记性真好。”

“那么，请允许我向你父亲的死致以最深沉的哀悼。”福尔摩斯沉重地说。

史密斯感动得快说不出话来。他连忙说："福尔摩斯先生，我来找你，就是为了此事。我不想让家人在服丧期间被丑闻干扰!"

福尔摩斯看了看他，多了几分机警。

"我理解，史密斯先生，你先坐。"

史密斯坐了下来，递给福尔摩斯一个信封。

"这是我今天早晨收到的。信上的内容很荒谬，这对我来说无疑是失去亲人后的双重打击。我希望我们不这么轻易被要弄，才来求助你。我也不想把这无厘头的信件交给警察局。我敢说，兰贝斯那个年轻女人艾伦·唐沃思，是被别人谋杀的……"

"唐沃思"三个字就像一只拳头向我挥舞过来，在我太阳穴边掀起一阵风。福尔摩斯看了我一眼，我欲言又止。史密斯先生一定察觉到了我脸上细微的表情变化，他重复道："艾伦·唐沃思……"

"对方说你谋杀了谁？是玛蒂尔达·克莱弗吗?"福尔摩斯问道。

史密斯摇摇头。

"信中说的是路易斯·哈维或卢·哈维。"

福尔摩斯看了我一眼，目光迅速移开。

"是吗？我能看看信吗?"

"你尽管看。"

福尔摩斯盯着信纸，朗读了起来：

"弗雷德里克·史密斯先生收。周六晚上，艾伦·唐沃思小姐（她自称艾伦·利内尔）在杜克街8号被人用士的宁毒死。她的遗物中有两封信，说你谋杀了卢·哈维。信件一旦公开，你将被指控。在此，附上一封唐沃思小姐去世当天收到的信件。"

福尔摩斯瞥了一眼附信，然后接着读刚才那封信：

“要是法官掌握了唐沃思小姐的遗物……你自己想想，还能洗清罪名吗?”

福尔摩斯跳着浏览了下面的内容：

“我写信来问你，是否愿意雇我做你的法律顾问。如你立即聘请我料理此事，我能帮你避免一切可能的曝光。要是你被逮捕了，我就帮不了你了，也没有律师能帮你了，当局可是掌握着克莱弗的信件呢!”

福尔摩斯沉默了片刻，眉头紧锁，表情凝重。

“你愿意雇我的话，只消在晨报个人专栏登一则广告，说弗雷德·史密斯先生想见贝恩律师，我就与你私人会面。只要你雇我，包你安然无恙，否则，后果自负。H. M. 贝恩律师。”

福尔摩斯抬起头。大家都默不作声。只有街道上的风在呼啸，猛烈地拍打着窗户。

“史密斯先生，你不是唯一受到这个精神病骚扰的人。你尽管放心，我敢保证，这是泄愤，不是诈骗。作为罪犯专家，我随时关注着这座城市发生的谋杀案。我有幸能够一两天去趟警察厅，同他们保持联系。据我所知，到目前为止，并没有名叫卢·哈维或路易斯·哈维的人被谋杀。至于艾伦·唐沃思小姐，她是在周六晚上犯了震颤谵妄，死于送往圣托马斯医院的路上。当时，华生医生恰巧在现场，他可以证实。救护车到达前，他还尽全力帮助了那个可怜的姑娘。所以，你尽可以不理那些流言蜚语。还有，我认得给你写信的人。”

史密斯一惊，身子一下子挺直了。

“你知道他叫什么?”

福尔摩斯摇了摇头。

“目前还不知道，我只知道他是哪一类人。亨利·墨兹利写过一本《犯罪职责》，里面就收录了这类人。这类人很难对付，他们的人格由冲动形成，受你我难以揣测的利益驱使。他们就像伊阿古一样，表面上微笑待人，背地里却诡计多端。我看，咱们先看看艾伦·唐沃思遗物里的那封信吧？”

福尔摩斯皱皱眉头，朗读起来。

“艾伦·利内尔小姐，你好。我写信来警告你，千万别吃弗雷德·史密斯先生给你的药。他想毒死你。我看到他给你配药时在配方里加入了大量士的宁，都足以杀死一匹马了。你千万小心。M. H. 贝恩。”

史密斯先生身体前倾，认真地听着。

“我已经查过律师学院的校友名册，里面根本没有M. H. 贝恩这个人。据我猜测，他提到的药品应该是一种用于流产的药物。”史密斯说。

“别担心了，先生。”

福尔摩斯把信递给我。连小学生都会写这种铜版字字体，很像报纸上的印刷体，不带任何个人感情色彩。

“你说得对，福尔摩斯先生。”史密斯先生接着说，“寄信人太愚蠢了。谁会傻到让对方雇自己当律师呢？他一旦出现就会被抓。我该把这无聊的信件烧掉，再把这事儿抛到九霄云外。”

福尔摩斯担忧起来：“你先别这么做，史密斯先生。罪犯应被绳之以法。你可以按他的要求把广告登出来，同时赶紧报警。对方要实施敲诈的可能性不大，那么他的真实目的是什么？他描述了那么多罪犯的特质，也许是为了分散大家的注意力，让他自己逍遥法外。咱们没时间走弯路。他对你的指控是无稽之谈，我敢说，公众会站在你这边。”

福尔摩斯本想用这一席话让史密斯先生把心放在肚子里，但史密斯看起来依然忧心忡忡。他不情愿地站起身来，准备去警察厅报案。

史密斯刚取下帽子，福尔摩斯又叫住了他。“等一等，先生！恕我冒犯，但有个问题我迟早要问，不如现在问你。周六晚上，唐沃思小姐死时，你在哪儿？”

我们的访客眼里闪过一丝不快，但很快又恢复了平静。

“你说得对，先生，这个问题迟早要交代。周六那天，伦敦大主教来访，我吃完晚饭后，一直在爱塞特厅陪基督教协会的人。从7点到10点半，确切地说，从下午4点到晚上11点，我都同别人在一起。我有不在场的证据。”

“这就好。谣言就是谣言。”福尔摩斯说。

“是啊，竟然有人指控我配制毒药杀人，还说，女人用药后数天内就会死亡，真是无稽之谈。”

我打断了他：“先生，你不必担心。唐沃思小姐的症状是典型的酗酒。她屋内的脸盆架上有溴化钾，这进一步说明，医生给她开过戒酒的处方。”

弗雷德里克·史密斯先生离开了。

我和福尔摩斯足足喝了一小时的热威士忌和柠檬水。福尔摩斯一直莫名地沉默。

“我真想去警察厅的墙上当只苍蝇，这样就能了解案件的发展了。”他突然说。

我安慰他道：“我觉得，乔治·路易斯会立刻将拉塞尔夫人的信交给拉斯特雷德探长。对手早就计划好了，等探长读了信件并写出调查报告后，他们再给弗雷德里克·史密斯先生寄过去两封信。到时候，咱们就有好戏看啦！”

“我觉得没必要，我亲爱的朋友。如果不出我所料，探长读到后续信件之前，咱们就能在这儿见到他了。”

9 点刚过，我们的门铃又响了。

4

福尔摩斯看不上拉斯特雷德探长的侦查能力，早已是公开的秘密。他甚至觉得拉斯特雷德是警察厅里最差的。不过，某次福尔摩斯的调查停步不前时，拉斯特雷德凭借巧妙的侦查和推理，为自己扳回了一局。他常年与我们保持着密切联系，经常将警察总署的办案进展情况通报给我们。

哈德森太太探亲结束后如期归来。她拿过客人的雨靴，领他上了楼。站在门前的是位个子不高但身材矫健的男人。他身穿厚呢外套，系着领结，打扮得像个船员。我们许久不见，一番寒暄后，他放下公文包，坐在了壁炉旁。

福尔摩斯递给他一支雪茄并帮他点燃。

拉斯特雷德右手拿着雪茄，左手握着一杯热甜酒，不多会儿就放松下来。不过，他此次来访似乎不同寻常，脸上带着一种胜利者的表情，好像要跟我们炫耀什么。

“先生们，听说你们这儿今晚来了贵客。伯爵夫人拉塞尔夫人？国会议员弗雷德里克·史密斯先生？”

“嘘——”福尔摩斯谨慎地说。他身子前倾，用拨火棍拨弄着壁炉里的炭火。

拉斯特雷德烦躁地瞥了他一眼。

“好吧，福尔摩斯，眼下咱们应该交流一下。不过，对艾伦·唐沃思案子的调查我可比你进展得快！”

听到这个名字，我再次为之一振。

福尔摩斯放下拨火棍，抬头看着他。

“是吗？拉斯特雷德，不见得吧？”

“我确定，福尔摩斯先生，恐怕我可以给弗雷德里克·史密斯先生点儿证据了。”

“我都知道。”

“你知道什么？你和华生医生跟他说什么艾伦·唐沃思死于酒精中毒！今天下午，我拿到了内政部授权的尸检报告。史蒂文森医生得出的化验结论是酒精中毒。她体内的士的宁足以毒死半个兰贝斯的人了！你怎么看，福尔摩斯先生，嗯？”

听了这话，我在一旁错愕不已。福尔摩斯则紧盯着火堆。

“拉斯特雷德，如果你是医生就知道，强直性收缩伴随剧烈呕吐，是震颤谵妄或植物碱中毒的症状。华生医生当时在现场，也参与了抢救。他不是活动实验室，当然无法在现场进行检验。我想，联合调查前，咱们暂时只能相信内政部的投毒一说。”

我努力回忆着周六晚上的情景，在脑海里搜寻着艾伦·唐沃思死于酒精中毒的确切证据，渴望能找到蛛丝马迹。可是，证据似乎根本不足，实验室采样也不够。而她死前接受的戒酒治疗更加大了取证的难度。

我揣测道：“她当时说，她喝的杜松子酒是一个叫弗雷德的男子给她的，酒里有白色物质。”

拉斯特雷德转过头，露出得意的神情：“商贩吉米·斯泰尔斯也是目击者，他证实，女孩儿当时说的是‘弗雷德’。当我告诉弗雷德里克·史密斯先生，我们要找的人和他同名时，他大惊失色。”

福尔摩斯打了个哈欠，对拉斯特雷德的话不屑一顾。拉斯特雷德眼中的兴奋丝毫不减，他的舌头在牙齿后面愉快地打着卷儿，发出逗趣的声音。

福尔摩斯说："不过，我也听说，周六下午 4 点到晚上 11 点，史密斯先生都和别人在一起，他有不在场的证人。这件事你还是谨慎为妙，先不要妄下结论。"

探长笑了。

"这我知道，福尔摩斯，但你对他也要一视同仁。"他顿了一下，吸了口雪茄，接着说，"史密斯先生和拉塞尔公爵未必是罪犯，但我们暂时不能排除他们的嫌疑。不管真凶是谁，说不定现在正躲在离打老道的暗处，边窥探着这一切边沾沾自喜呢。"

"恕我直言，"福尔摩斯说，"你的推测合情合理，但缺乏事实根据。"

拉斯特雷德摇摇头。

"我有证据，福尔摩斯。今早，史蒂文森医生第二次化验时，发现士的宁中混有吗啡。如果用士的宁能轻而易举地害死她，罪犯为什么还要加吗啡？医生认为，唯一合理的解释是，杀手想让那个可怜的人慢慢死去。要不是士的宁里混有吗啡，那女人几分钟内就死了。而这恶魔想亲眼看着她躺在街边遭受痛苦的折磨，说不定当时还像斯泰尔斯那样，假模假式地帮着她按压胃部以减轻她的痛苦呢。"

福尔摩斯夹起一块儿烧红的炭渣，点燃樱桃木烟斗。有那么一会儿，他什么也没说，然后，他又坐了下来。

"按你的逻辑，斯泰尔斯、华生都该被抓起来，你还应该逮捕那天晚上碰巧出现在约克宾馆门口的所有人。"他顿了顿，抽了口烟，接着说，"不好意思，你接着讲。"

探长接着说；"我们要进一步调查这些信。史密斯收到的信件写于发现毒药的前一天。若非凶手本人，谁会确知真相?”

福尔摩斯晃了晃烟斗，若有所思地说：“没错，咱们在接近真相。”

探长说：“拉塞尔夫人的信也存在疑点。据调查，最近根本没有叫玛蒂尔达·克莱弗或者路易斯·哈维的人死亡，更别说被谋杀了。警察厅向伦敦各区乃至全国各地都发了通告，也没有任何新发现。从这两个名字查不出线索。”

“那就不必再调查什么克莱弗和哈维啦!”

拉斯特雷德看看福尔摩斯，好像他说的是废话。“瞧咱们的对手干得多漂亮，他每提到一个名字，咱们就要列入嫌疑人名单，进行调查追踪。要是对方每次写信都提到一个新名字，我们怎么办?”

“这就是你的办案思路?”福尔摩斯一脸不屑。

“我还没说完，”探长说，“这件事还引发了连锁反应。你身在贝克街，可能没听说。今天早晨，关于艾伦·唐沃思之死已经谣言四起了，可能是从太平间工作人员那儿传出来的。不用我说你也能想象，‘士的宁’三个字在兰贝斯引起不小的恐慌。咱们暂且别提什么克莱弗和哈维了，避免大家骚动。你比我还清楚，惨剧当前，必须谨防某些不安分的家伙借机效仿。”

“确实，”福尔摩斯疲惫地说，“依你所见，我们都还以为是酒精中毒时，寄信人已经知道是士的宁了。”

“姑且这么说，先生。另外，明天一早，我会按麦金泰尔警长的指示，去萨默塞特宫查查过去两年内死亡人员的名册，看看有没有克莱弗和哈维的线索。如果对方再提到别的人，我们也会查下去。你看，我们作调查很在行。”

5

第二天早晨，我起床时惊奇地发现，福尔摩斯已经吃过了早饭。他坐在老式椅子上，身旁堆着一沓散乱的晨报。他看起来面色憔悴，目光涣散，像是彻夜未眠。

“华生，咱们尽力而为。”他说着，腾出一把椅子让我坐下。“待会儿咱们还有一位客人。”

“不会是贝恩律师吧？”

“不是。还是我的老兄拉斯特雷德。他总是自诩能独立处理问题，却每每要我帮他们弥补初期侦查的不足。”

“听他昨晚那口气，咱们就不该再见他。”

我刚咽下最后一片吐司，门铃响了起来。福尔摩斯说得没错，我们的熟客——“斗士”拉斯特雷德先生造访，他不再像昨晚那么骄傲，但也没有一点儿认输的意思。

“请坐，”福尔摩斯格外客气地说，好像他俩几个月没见面了似的，“快给我们讲讲兰贝斯谋杀案的新进展。”

拉斯特雷德看起来心神不定，他说：“今早 8 点，麦金泰尔警长到萨默塞特宫查阅了近两年的死亡记录，但并未查到玛蒂尔达·克莱弗、卢·哈维或路易斯·哈维，只查到一个艾伦·唐沃思，是一起早已结案的案件中的受害人，而且案情并不复杂。”

“不错，这就值得高兴。要是调查没有进展，你就不会来这儿了。你不打算说说你们遇到什么困难了吗？”福尔摩斯说着，给探长倒上咖啡。

拉斯特雷德抿了一口咖啡，眼睛越过杯子上缘直勾勾地盯着福尔摩斯。

“我们没有遇到什么困难，相反，我们还取得了不少证据。”

“哦?”福尔摩斯将信将疑地说，“那就更可喜可贺啦。”

“我给你通报一声，今天早晨，萨里郡的验尸官怀亚特先生也收到了一封信。”

“啊，有人给你出了个谜呀。”福尔摩斯得意扬扬地说。

拉斯特雷德递给他一张纸。

福尔摩斯接过来，念给我听：

“先生，我写信来告诉你，如果你和部下们难以侦破艾伦·唐沃思（即利内尔）小姐一案，我愿意竭诚帮助你，将真凶绳之以法。我要30万英镑作为酬劳，事成交钱。侦探奥布莱恩。”

拉斯特雷德看着我们，平静地问道：“先生们，你们怎么看?”

“你不必理会，可以把信扔进壁炉里烧掉。”我说，“不过，我知道你不会这么做。那么，你可以先置之不理，反正钻研这封信可能是无用功。你还是先回归案情本身吧!”

福尔摩斯耸耸肩：“30万英镑，我都开不出这种天价！要是一单活儿能赚30万，他奥布莱恩侦探可比我还牛。拉斯特雷德老兄，有人帮你破案这等好事，你不妨考虑考虑呢。”

我坚持己见：“太不像话了。史密斯先生刚刚失去亲人，竟然被如此嘲弄。警方还把罪责归在一个疯子名下。”

“说不定是两个疯子。”福尔摩斯说。

“两个?”拉斯特雷德差点儿从椅子上跳起来。

“当然。”福尔摩斯故意露出夸张的表情，“你一定还没读过律师M. H. 贝恩所写的另外三封信吧?分别寄给了拉塞尔夫人、史密斯先生和艾伦·唐沃思。你先看看吧，看完后说说你有什么发现。”

拉斯特雷德接过三张信纸，仔细研读起来。

福尔摩斯又给他添了点儿水。

拉斯特雷德读罢，什么也没说。

“不是吧？你可别谦虚，你肯定看得出问题来。你再仔细瞧瞧。弗雷德里克·史密斯和艾伦·唐沃思收到的信，显然不是出自同一人之手。铜版字也掩盖不了这一点。”

“我怎么看不出来？”拉斯特雷德略显不安。

福尔摩斯叹了口气。

“不过有一点，你确实未必看得出。受过相关训练的人能分辨出来，给史密斯先生的那封信是右手写的，附信则是天生的左撇子所写。惯用右手写字的人用左手写不出第二封信那种笔迹。你看，附信的字体逆向倾斜，只有左撇子才能写得出来!”

探长依照福尔摩斯的话努力地辨认着。

“既然如此，你昨晚怎么不告诉我？”探长生气地说。

福尔摩斯耸耸肩。

“我不是刻意保密。昨晚，我本想把我的发现全都告诉你，可还没等我开口，你说你可以独立调查出结果！而且，我当时预感到，咱们很快还将收到信。我的预感今早不就应验了。”

接下来是一段令人尴尬的沉默。

福尔摩斯接着说：“目前，最大的疑点是，为什么……一共有四封信?”

“四封信怎么了？几封信有什么关系?”我说。

“你理解错了，华生。我是说为什么四封信出自四人之手。一般来说，不管投毒者是为了耍弄别人还是为了保护自己，都应该单独作案。此案中，信件是四个人写的。根据他们使用的信封来看，他们很可能两两相识。如果这个假设成立，四人也像个团伙。”

拉斯特雷德显得有些坐立不安，福尔摩斯仍然悠闲地给他添水。

“暂且不论遣词造句的相似之处，我们判断，信件出自四人之手。另外，拉斯特雷德先生，恐怕你还没看出来今早验尸官收到的信出自女人的手笔吧？”

“女人？”拉斯特雷德双眼圆瞪。

“对啊，这是女人的笔迹。尽管有人爱刻意模仿女人写字，我想，这封信货真价实地出自女人的手笔。男人模仿女人写字时，能把单个字母或一个单词模仿得很到位，但在单词之间会出现一些模仿时留下的停顿。而这封信的字迹流畅，即使拿放大镜观察，也找不到一点儿停顿和模仿的痕迹。毋庸置疑，它出自女人之手！”福尔摩斯说道。他对我和拉斯特雷德忽略了这么明显的事实感到不可思议。

“这种说法不成立！”拉斯特雷德厉声说。

“怎么不成立？我就是这么看的。”福尔摩斯得意地说，“我刚才给华生读信时，还仔细观察了信纸。信纸上的水印是‘梅菲尔’，女人们最爱用这种信纸了。这本身不能说明什么，男人未必不能使用。但我展开信纸时，嗅到了一丝淡淡的茉莉香水味，应该是写信人的手腕或袖口上的。犯罪专家要会分辨 75 种不同的香水味，这就是其中一种。你在杀害唐沃思小姐的真凶身上未必找得到茉莉香水味。”

我惊呼道：“他们是三男一女？投毒团伙？敲诈团伙？”

“不可能！”拉斯特雷德突然打断了我，“据史蒂文森医生的尸检报告显示，罪犯应该是单独作案。再说，如果罪犯被捕一定会被绞死，他怎么可能把自己脖子上的绳索放到别人手上？雇别人抄写信也说不通。福尔摩斯先生，我觉得，你所谓的发现，只能说明对方集体制造了一个恶作剧，说不定他们根本不是投毒的元凶。”

福尔摩斯耸耸肩，叹了口气。

“拉斯特雷德，既然如此，那你跟我解释解释，为什么两封出自不同人之手的信都坚称唐沃思小姐死于士的宁呢？除非万分巧合，写信人歪打正着地猜中了‘士的宁’。那么，应该只有杀人犯自己知道真相吧！”

“很好，”探长声嘶力竭地说，“咱们就当是巧合。可我提醒你，福尔摩斯，你经常说：‘如果所有看似合理的解释都被排除了，不管剩下的解释多不合理，都是答案。’”

福尔摩斯平静地说：“准确地说，那是‘奥卡姆剃刀定律’。老威廉·奥卡姆可不允许你这么武断地歪曲他的理论。”接着，福尔摩斯不温不火地说，“你再回想一下，多少次都是我力挽狂澜，让大家在办案中重回事实的正轨。你们总是一心想着怎么破案，却对事实漠不关心。”

6

连续几周，杀人犯杳无音信，渐渐销声匿迹了。拉斯特雷德没再收到谋杀者的任何信件。高级官员又去萨默塞特宫仔细检索了 20 年内的死亡记录，仍没有找到玛蒂尔达·克莱弗、路易斯·哈维或卢·哈维的名字。除了已知线索，没有发现任何新线索。兰贝斯谋杀案不再是媒体关注的焦点，拉斯特雷德也不再被案情困扰了，现在，连福尔摩斯也很少主动关心案情的进展。犯罪团伙似乎真的洗手不干了。

一天，探长的属下在威奇大街上抓了个嫌疑人。说起来，嫌疑人斯莱特先生的确名声不好。他的行为举止很古怪，经常在兰贝斯惹是生非，附近的女人们都很讨厌他。伊莱扎·马斯特斯和伊丽莎白·梅就经常被他骚扰，两名女士指控他在案发当天和艾伦·唐沃思小姐在一起。

警察厅宣布，兰贝斯迷案即将告破，我和福尔摩斯应邀参加弓街警察局的指认活动。指认过程中两个女人从走廊里的一排男性面前走过时，揪出了衣衫褴褛的斯莱特。在我看来，这种办案程序未免过于简单。不过，警方还是向两人道了谢，然后把她们送走了。

随后，拉斯特雷德就唐沃思一案提审了斯莱特。斯莱特先生镇定自若，只是觉得有点儿莫名其妙。他无奈地耸耸肩，对探长大人说："悉听尊便，随你处置。"

拉斯特雷德要他详细说明他在案发当晚的行踪。他告诉拉斯特雷德，那天早上，也就是唐沃思小姐死前 12 小时，他因与下马殊街的体面女人发生纠纷被警方扣留。他平静地回忆说，周六当天，他被关押在兰贝斯监狱，地方法庭没有传唤他，所以，他一直被羁押到周一早晨，具结保证不再扰乱治安后他才被释放出狱。由此看来，他谋害唐沃思的可能性微乎其微。拉斯特雷德认为斯特莱在耍花招，因为他此前并未从兰贝斯区警方获知此事。福尔摩斯发现，拉斯特雷德所在的 A 区警察局与一水之隔、相距仅数十码的 L 区警察局缺乏有效合作。

福尔摩斯对警方的无能既生气又得意。在接下来的好几天里，他对拉斯特雷德说起"A 区"二字时，总是用一股阴阳怪气的腔调，充满了讽刺意味。不过，没过多久，福尔摩斯便把注意力转向别处，对警察局的失职不再过问。

借用萨缪尔·约翰逊的名言，案件目前是"没有结论的结论”。直到一个多月过去了，才出现了转机。

那天的天气特别冷，临近正午时，我们的门铃响了。我从窗户望下去，看到一个男邮差头戴帽子，手拿电报，站在我们楼下。片刻后，哈德森太太拿上来一个蓝色信封。

福尔摩斯撕开信封，看了一眼里面的电报，然后把电报递给我。

贝克街，221 号 B

福尔摩斯亲启

兰贝斯谋杀案嫌犯制造巨大威胁

请你即刻前来

我们已派警员去接你

伦敦警察厅　拉斯特雷德

福尔摩斯对在一旁焦虑地等着的哈德森太太说：“你去告诉邮差，不必等回信。”

我俩匆匆下楼，朝街上走去。这时，一辆马车向我们驶来，里面坐着一位戴头盔的警员。不一会儿，马车便拉着我们飞速地离开了贝克街，向摄政街和特拉法加广场方向驶去。由于事情紧急，一路上我们谁也没有说话。

穿过特拉法加广场后，马车加速驶入诺森伯兰大街。在栗子树树荫的掩映下，我们一路穿过雄伟的高楼大厦，驶过波光粼粼的泰晤士河，抵达了伦敦警察厅后门。没想到，到了警察厅后门时，警员再次快马加鞭。最终，马车停在大都会酒店华丽的大理石台阶下。

为什么带我们来这儿？我一点儿也摸不着头脑。

“我们来这里干什么？”我不解地问道。

陪同的警员还没答话，拉斯特雷德已为我们打开了车门。眼前的场景更令人困惑：大都会酒店外的人行道上人山人海，地上堆满了大大小小、各式各样的行李箱，人群像一支溃散的军队四下散开。我们在人墙的阻隔下寸步难行。人们背着行李，有的大喊大叫，有的相互争吵，有的高声质问。这里像疯人院里一样混乱，人群就像一支逃难的队伍。酒店大堂里，行李被扔得乱七八糟，有的砸在镀金镜子上，有的被扔在厚厚的地毯上。酒店服务生和保安正在努力地控制混乱局面。

“兰贝斯杀人犯扬言要杀哪位贵客？”福尔摩斯口气温和地对拉斯特雷德说，“肯定不是所有人吧。”

拉斯特雷德寒毛直竖，义愤填膺。

“福尔摩斯，你看，他们每个人都收到了这个！”

我以为拉斯特雷德会拿出一个装有士的宁的瓶子，谁知他却拿出了一张卡片，卡片上的内容荒诞无稽。

艾伦·唐沃思已死

敬告大都会酒店的宾客

女士们先生们：

10月13日艾伦·唐沃思谋杀案的凶手现在在大都会酒店当厨师。你住在这里，人身安全将受到巨大威胁。

此致

敬礼

W. H. 默里

让拉斯特雷德吃惊的是，福尔摩斯竟然还笑得出来。福尔摩斯平时不常大笑，通常他的笑声先在喉咙里酝酿，然后渐渐迸发出来，一发不可收拾。此刻，他整个人笑得前仰后合，旁若无人。他欢快的笑声飘过人行道上堆积的行李，一直传到酒店华丽的大堂里，与慌乱的人群形成强烈的反差。身着双排扣礼服外套和条纹裤子的酒店经理站在大堂中央，正向慌乱的人群挥手。

福尔摩斯笑得太夸张了，以至于他要跟愁眉不展的探长说话时，不得不拭去眼角的泪花："亲爱的拉斯特雷德，对手在戏弄咱们。我敢说，他现在就在这里。你觉得会是谁？那边那位穿花呢套装的人吗？留着整齐的小胡子的那个人吗？或者那个穿黑色丝绒、手拿象牙拐杖的小老太太？那个高个头脸颊绯红的外国人？是哪一个人呢？还是所有人？"

拉斯特雷德的脸色越来越难看。他意识到，杀人犯可能近在咫尺，而他却无能为力。他看着福尔摩斯，有些气急败坏地说："大侦探福尔摩斯先生，你总是这么聪明，那你说，谁是杀人犯？"

福尔摩斯又笑了，不过这次笑得比较温和。

"我劝你别找啦。什么贝恩律师、奥布莱恩侦探，还有什么默里先生，不管他们是三个人还是一个人，可能此时就站在你身边，也可能站在酒店大堂里，而你永远也找不到。"

拉斯特雷德是应酒店经理的请求打电报求助福尔摩斯，请他来参与调查后厨。他现在十分气愤，根本不想听福尔摩斯的话。兰贝斯谋杀案已久不见报端，这下又要成为头条新闻了，说不定新闻大标题就是：逃犯逍遥法外，伦敦警察厅被耍。

当天下午，我们回到住所时，福尔摩斯还在不停地嘲笑拉斯特雷德的狼狈相，更为大都会酒店那群不幸的客人鸣不平。

我俩脱下外套，准备喝茶。

我问："福尔摩斯，你真觉得寄卡片的人今天中午就在现场？"

"万分肯定。"福尔摩斯说。

我不知道我怎么说出了接下来的话，但是那一瞬间我脱口而出："是你寄了那些卡片！福尔摩斯！是你！天哪，怪不得你的语气那么坚定呢，那人原来就是你！"

他看了我一眼，表情显得很无辜，不过，他的这个动作比我想象的慢。

"华生，我干吗要那么做？"

"为了推动案件进展或者给罪犯们敲警钟。"我坚信不疑地说。

福尔摩斯没有跟我继续讨论下去。

7

很快，大都会酒店事件登上了晚报，伦敦各家媒体也争相转载。尽管福尔摩斯始终不承认那些卡片是他寄的，不过我想，这就是他"推动案件进展"的手段之一。对手如果如我们所料狂妄自大，肯定要对这一事件有所回应。但我们对案件的突破也没有抱太大的希望。福尔摩斯似乎很疲惫，一连几天都坐在他的老式椅子上，终日与小提琴为伴，面前摆着贝多芬的乐谱。

又过了两三天，一个午后，福尔摩斯拉起了贝多芬的小提琴协奏曲。随着舒缓的音乐，他的头一点点低下去，眼睛眯成了一条缝儿，像是快睡着了。我坐在他对面，听着音乐，思绪也飘到了别处。

忽然，琴声戛然而止。福尔摩斯把琴弓和琴放在桌子上，双手抓着谱架上的乐谱。

“咱们怎么这么蠢！怎么没想到！”他嚷道。福尔摩斯没有看我，眼睛盯着乐谱，表情很惊慌，好像谱子上有什么妖魔鬼怪。我以为调查的负担让他产生了幻觉。

“华生，你知道吗？”他几乎是喊出来，“咱们要找的是玛蒂尔达·克莱弗……”

“我知道……”我激动地说。

“……咱们浪费了那么多时间，却不知道要找玛蒂尔达·克莱弗！”福尔摩斯喃喃自语。

刚才我还以为他着了魔，现在我觉得他的话是认真的。

福尔摩斯又看了看乐谱，说：“让我们祈祷吧，贝多芬知道的线索，拉斯特雷德却没有发现。”

接着，福尔摩斯匆匆穿上长大衣，取下帽子、手套，拿起他的拐杖。

“我这就出门，两小时内回来。”他说。

“要我陪你吗？”

“不用。”他一脸严肃地说，“如果不出所料，我一个人就能找到。要是判断有误，也应该由我自己承担责任。”

说完，他就出门了。

福尔摩斯总是神出鬼没，让人捉摸不透。不知道他这回又要搞什么名堂。我拿起我们在大万宝路街书店买的乐谱，看见封皮上用德文写着一家出版社的名字，地点为德国莱比锡城。我只能看懂部分德文。配图是一座哥特式建筑，中间用德文写着“贝多芬D大调61号协奏曲”。

我一点儿也看不出来贝多芬的小提琴协奏曲和兰贝斯谋杀案有什么联系。我什么也不想干，忐忑不安地坐着，等待福尔摩斯回来揭晓答案。

时间一点点流逝。两个多小时过去了，门外传来马车夫的声音，接着是福尔摩斯用钥匙开门锁的声音。我听见他一步两个台阶地轻快地上了楼。他一定有所斩获！

他一进屋就脱掉大衣，看着我说：“华生，玛蒂尔达·克莱弗也于十月死于震颤谵妄，这事儿就发生在兰贝斯。”

我疑惑地盯着他：“你怎么知道？”

“在萨默塞特宫查到的，就是拉斯特雷德调查了一个月的那些死亡记录。”

“他查不到，你怎么查得到？”我问道。

他拿起乐谱，说：“我怎么这么笨？我此前一直没有注意到谱子上的‘协奏曲’是德文，而是一直习惯把它直接看成英文‘协奏曲’。这两个词的意义相同，德文和英文的字形也相似。克莱弗这个名字如果转写成德文，是一个德国很常见的教名。这种可能性拉斯特雷德怎么也想不到！”

“这么说，克莱弗可能是德国人？”

“是，很有可能。”福尔摩斯把小提琴装进琴箱，然后接着说，“说不定她父亲或祖父是船员，所以喜欢这样的名字。或者医学院的学生为她开死亡证明时，把她的名字的首字母K误写成了C，恰巧把德文‘考莱弗’改成了英文‘克莱弗’，谁也说不准。不过咱们现在发现了这个线索，克莱弗将给案件带来新的进展。”

“怎么查下去？”

他坐下来，看着我，眼睛里流露出一丝笑意。

“咱们还叫她玛蒂尔达·克莱弗吧。她死于10月20日，华生，也就是说，拉塞尔夫人来找咱们并说她丈夫被指控谋杀克莱弗时，克莱弗还活着。如果投递信件需要两三天，那么，对方提前一周预知了克莱弗的死！”

“不可能吧！”

此时我的大脑就像小孩耍的陀螺一般，为兰贝斯案飞速地旋转着。福尔摩斯也察觉到了我的慌乱。过了一会儿，我终于平静下来，抬起头，看到他正看着我偷笑。

“咱们应该立即通知拉斯特雷德！”我坚决地说。

“不，华生。克莱弗小姐这两天是咱们的。俗话说得好，‘谁捡到归谁’。”

8

接下来的几天里，为了缓解办案的焦虑，福尔摩斯将注意力转移到了别的事情上。在调查的空当儿给自己放个小假也不错。第二天下午，福尔摩斯出去检测头骨，进行他的骨相学研究。据说，那个头骨的主人是大名鼎鼎的强盗乔纳森·维尔德，1725年被处死后，他的头骨被悬挂在泰伯恩的刑场外。

快3点时，楼道里传来轻快的脚步声，哈德森太太的仆人马斯特·比利走了进来。他平时只是帮太太干些杂活儿，不过，有几回在关键时刻，他给我们提供了很重要的情报，证明自己确实有仆人的天赋。

“先生，有位医生找你，”他屏住呼吸轻声说，“十万火急。”

比利说着，递给我一张名片，名片正面印着“麦克吉尔大学医学部外科医生托马斯·尼尔”。我让比利把他请进来。我不认识这个人，理所当然地以为他是来找我谈会诊的事。

我翻过名片，看见背面用铅笔写着“玛蒂尔达·克莱弗”，我的心一下子收紧了。

尼尔医生走进屋。他披着一袭披肩，手拿丝质帽子，书卷气十足，架着副镜片很厚的夹鼻近视眼镜，像个勤奋的学生。他面色苍白，形容憔悴。

“华生医生，你好。”他的嗓音低沉谦恭，“我冒昧来访，多有打扰。多谢你的接待，很高兴见到你。”

我用力地握了握他的手，招呼他坐下。

“你要是为玛蒂尔达·克莱弗之事而来，那你该约见福尔摩斯先生。”我急切地说。

他看了看我，局促地笑了笑。

“见福尔摩斯先生当然好，我也很期盼见到他，”他显得很认真，“不过我觉得，我应该先跟同样懂医学的人谈谈。事情是这样的，我收到了一封信。我可能卷入了谋杀案，也可能这只是个恶作剧，我也不知道怎么回事。你说不定听说过这个年轻女人，可我根本不认识她。有传闻说，基督教协会的弗雷德里克·史密斯先生也遭到了诬陷，关于他的流言蜚语已经在医院附近传开了。听说你和福尔摩斯先生帮助了他，是真的吗？我很担心我的名誉受损，也想请你帮帮我。”

“你在圣托马斯医院实习？”

他点点头。

“是，不过我平时大部分时间在乡下读书，偶尔进城来，就住在兰贝斯宫附近。”他没再说什么，而是递给我一封信。

信上的邮戳时间为两天前。

信件原文如下：

托马斯·尼尔医生收

先生：

不久前，住在兰贝斯路27号的克莱弗小姐于10月20日被人用士的宁毒死。案件发生后，克莱弗小姐的遗物被送检，有证据证明，你不但给她开过药，而且受人之雇毒死了她。证据就在我们的侦探手中，我们可以给你，仅收1000英镑，如果你不买警方也会向我们买。

如你愿以1000英镑的价格买下证据，请在《每日纪事报》登一则消息，说你愿意出钱请马龙先生服务。我会派当事人去料理此事。当然，如果你不想买，我们会把证据移交警方，到时候让你声名扫地。

请你考虑清楚，支付1000英镑还是自愿名声扫地。下周《每日纪事报》头版见分晓。

我不骗你，我掌握的证据足以毁了你。

M. 马龙

我读完信后，脊背一阵阵发凉。值得注意的是，信件中提到了玛蒂尔达·克莱弗生前的住址。除了笔迹不同，这封信的腔调和之前贝恩律师、奥布莱恩侦探收到的信的腔调一模一样，不过，这封信中提到了玛蒂尔达·克莱弗生前的住址。

尼尔医生坐在我身边，神情十分沮丧。

“华生，告诉我该怎么做。我根本没听说过什么克莱弗。我只来过英国两次，而且10月20日我根本不在这里。”尼尔说。

“你得把这封恼人的信件交给警察。”我坚定地说，心想，这群神经病怎么又找上了个无辜的人。

他满怀感激地说："我一定去报警。不过，说实在的，我不敢报警。"

"你害怕什么？"

"先生，我怕……"温和的美国人接着说，"虽然这封信里写的全是一派胡言，可我怕公开调查本身会影响我的声誉。这个卑鄙小人正是利用了这一点。你知道，谣言的力量很可怕。如果我被调查的话，不管在哪儿，那些不明真相的人都会对我指指点点，再添油加醋地说'无风不起浪'。"

"一旦公开调查，你要相信当局有能力还你公正。"

"你这么说真好。还有一件事，我想跟你说说。"

我看出他对我很信赖。

"你讲。"

他显得更加无助。"我的行医资格保留在安大略和芝加哥。我来英国进修，再过一两周，就能完成神经错乱方面的实验。我在这儿是个小人物，几乎没人认识我。我不像弗雷德里克·史密斯或者福尔摩斯先生那么有名，对吧？我万分不情愿地推测，加害我的人应该是和我熟识的人。如果对方根本不认识我，他为什么要害我？"

福尔摩斯要是在一旁，一定会眯着眼睛敏锐地思考，然后给出更深层的推论。而我只能问："那你觉得，你的熟人里谁的嫌疑最大呢？"

他摇摇头，迟疑了一下。

"我想……可能……但愿不是他……唉！还是别说了。华生，你让我报警没错，但我怕到时候警察也提这个问题，逼我把熟人推上风口浪尖。他们很可能是无辜的啊。先生，那样做的话，我良心不安。”

如果敲诈者或者敲诈团伙与尼尔医生认识，那我们跟兰贝斯之谜的答案就近在咫尺了。此刻，我仿佛悄悄地站在一只脱笼之鸟背后，很想出手逮它又不敢轻举妄动。

我小心翼翼地问：“那是谁呢，你愿意告诉我吗?”

他踌躇着：“华生，你相信我吗?”

我很想说不相信，不过还是点了点头。

他看出了我的迟疑。

“先生，我原本以为，我今天下午来拜访你时你能告诉我真相，甚至告诉我你已经追踪到了罪犯或者快要追踪到了，但没想到事与愿违。如此也好，让我有自己的调查空间。如果我的猜测不对，我会照你说的去做，把信件交给警方妥善处理。我希望事情不是我想象的那样，那么我下下周还可以如期回美国。我会继续观察事态发展，与你保持联系。”

我不想让谈话就此结束。我在心里默默祈祷福尔摩斯快点儿回来。不过，客人已经起身要走。他走到门口时又转过身来，抛出了个令我万分惊恐的问题。

“华生，请你告诉我，信上说的这位可怜的女人是不是确有其人而且确实被谋杀了?”

截至目前，只有福尔摩斯和我知道这个事实：这个女人并非杜撰出来的人物，而且她已经死亡。我不想在福尔摩斯不在时把这件事告诉第三个人。我想了想，跟他打了个官腔：“目前，警方没有任何线索。”

他松了一口气。

“那你还误导我，让我以为这不止是恶作剧。现在我真想把这封信撕了，权当这件事没发生过。”

我呆呆地站在原地，一时不知说什么好。

“尼尔先生，你应该留着这封信，以防你再接到类似的敲诈。待到真相大白之日再撕了它也未尝不可。”

我只能说这么多了。

9

半小时后，福尔摩斯气鼓鼓地回来了。原来，所谓的乔纳森·维尔德的头骨是赝品。他拿起尼尔医生的名片，看了一眼名片背后的字，随即略带嘲讽地说：“起码美国学者不会写勒索信。”

不过，他看到玛蒂尔达·克莱弗的地址时就立即让比利给他备车。

那天傍晚，太阳落山前，马车载着我们穿过了西敏桥。河上的运煤船只熙来攘往，仿佛一个人可以踩着船只走到对岸。火车在我们头顶上方的桥上驶过，火车头放出的蒸汽挡住了我们的视线。在福尔摩斯的指引下，我们的马车停在赫克里斯路路口。这里的建筑颇具威尼斯风格，不过，在路边徘徊的年轻人个个衣衫褴褛，说明这个地区实际上是贫民窟。

我们面前就是兰贝斯路。路边有一排外观破旧的民房，墙面被火车的烟雾熏成了黑灰色。兰贝斯路 27 号是共济会旅馆，就矗立在民房的旁边。

福尔摩斯上前敲了敲门。我发现他的衣领很不整齐，可能是领带没打好，也可能他把衣服穿反了。他这身打扮活像个教士，样子看上去很可笑。

开门的是个六十岁左右的女人，身着米黄色裙子，系着白色背带围裙。女人的头发由于常年烫染变得稀疏起毛，斑斑可见的头皮看上去十分吓人。

她看看我们，挤出了个微笑，很快又板起了面孔。

“夫人，你早。”福尔摩斯鼻翼微张，但语气温和，“我是南伦敦教会的教士威廉·福尔摩斯，这位是我同事华生医生。”

我从没听过他用教名当假名。

福尔摩斯对面色铁青的女人说：“请问，这里是不是死过一个叫玛蒂尔达·克莱弗的女孩儿？”

“可能吧。”女人一脸怀疑。

福尔摩斯的表情异常恭敬。

“这栋房子是你的吗？你叫……？”

“艾玛·菲利普斯。”她不耐烦地答道，一副拒人于千里之外的模样。

福尔摩斯没被她的表情吓住，泰然自若地拿出黑色笔记本，朝菲利普斯太太微笑着。

“太太，是这样，我们专程来此料理克莱弗小姐的后事。她的老家在肯特，其实，她出身名门，家里非常富有，她只是自己把自己作弄死了。”

“出身名门？我怎么没听她说过？”菲利普斯太太十分惊讶。

“你听我说。她的家人很关心她生前的好友，尤其是像你这样的曾帮助、照料过她的好人应该得到回报。另外，如果她生前欠了你的债……我们也负责偿还。”

一听到钱，这个女人的表情立刻变得像守卫食物的野兽，声音也随之温柔起来。

“是保险吗？还是互助会救济金？”

福尔摩斯假装翻阅着笔记本，其实我看到，他翻开的那一页是空白。

“嗯，不管是保险还是救济，给你的补贴一样多。请问，克莱弗小姐是10月20日死在这里的吗？”

“是的，是的！就是在这栋房子里。”女人说。我几乎能听出她声音里的胆怯，生怕还没到手的馅饼飞了。“几个星期前，她租下了这栋房子顶楼的公寓。后来，准确地说，也就是在10月21日，她在卧室里犯了震颤谵妄，最终因心脏衰竭而死。不说别的，前一天晚上她至少喝了一整瓶白兰地。凌晨3点，她的情况恶化，早晨8点死亡。不过，你们要是认识她就知道，她早晚得把自己这么折腾死。”

“是啊，你说得没错。”

“实习医生给她开具了死亡证明，具体问题你们可以咨询他。他很斯文，是个说话有外国口音的小伙子，那天夜里他一直守在这里，时不时地向麦卡锡医生汇报病人的情况。我的补偿金是多少？看，阁楼上那两间房子是她的，她还欠我5周的房租。她死后，这两间屋子迟迟没有转租出去，使我的损失不小。”

“你慢点儿说，我都要记下来。”福尔摩斯拿起铅笔，在笔记本的空白页上装模作样地记着。

“唉，说到底，那个女人真有病！对了，还有一些清理房间的费用……请问，你们付我现金吗？开支票的话，请写‘艾玛·瓦尔斯’，不是‘菲利普斯’。”

福尔摩斯边念着“瓦尔斯”边在本子上记下：“瓦尔斯，不是菲利普斯。”

“她欠你5周的房租？”

“是的，而且……她死后房间一直空着，也不适合再用。”

“那我们就按6周来算？我看我们今天就应该付给你一部分

现金。另外，我想了解一下：她生前还有别的未还清的债务吗？她还有什么可能给过她帮助的好友？”

艾玛·瓦尔斯，而不是菲利普斯太太，摇头晃脑地做了个鬼脸。

“喏，可能有一个，就住在这里，你现在就能见她。克莱弗死后，那姑娘搬到了阁楼上。”

“麻烦你了，我想见见她。”福尔摩斯礼貌地说。

我们跟随瓦尔斯太太走上楼。楼道里散发着受潮的水泥气息以及地毯腐烂的味道。来到顶层阁楼低矮的门前，瓦尔斯太太敲了几下门，便推门进了房间，说：“来了两位绅士，他们要偿还克莱弗小姐生前的债务。我想，你说不定了解情况。”

接着，传来另一个女人的低语声。瓦尔斯太太退出来，敞开房门让我们进屋，介绍道：“这位就是……”

“露西·罗斯。”女孩儿说着从床上站起来。她面容姣好，扎着两条可爱的大辫子，不过，她的右颧骨上隐约可见一块擦伤。她的眼神显得很疲惫，好像我们的到来并未给她的生活带来什么兴奋点。这间屋子里的陈设则格外眼熟，破败的地毯、光秃秃的脸盆架、水壶、脸盆、五斗柜……窗户上挂满了蜘蛛网，贴着旧画报。这一切我仿佛在哪儿见过。

福尔摩斯温和地握着她的手。

“露西·罗斯，你和玛蒂尔达·克莱弗是好朋友吗？”

“是朋友，不算熟。”她收回手，谨慎地回答。

福尔摩斯冲她笑了笑：“好，咱们都是她的朋友。她家里人准备了点儿钱，想给克莱弗生前的好友。”

福尔摩斯数出 3 英镑硬币，放在一只手上，递给女孩儿，女孩儿接过钱，一句感谢的话也没说。

福尔摩斯四处打量了一番。

“你在这里住多久了？”

“3 年，我只是个卑贱的制帽工。”

“我知道了。孩子，你多大了？”福尔摩斯问道。

“20 岁。”

他点点头，好像突然迸发出什么有趣的想法，接着问道：“你什么时候过生日？”

“生日？你问这个干吗？”

福尔摩斯又笑了笑，说：“傻姑娘，你对克莱弗那么好，她妈妈一定很感激你。露西，明年你想过个特别的 21 岁生日吗？你乐意的话，克莱弗的妈妈想给你寄礼物，为你庆生。”

她抬头看了看福尔摩斯，愉快地说：“当然乐意啊，竟然有人愿意给陌生人过生日。”

“因为他们都是无比虔诚、心地善良的基督徒。”福尔摩斯说。

女孩耸耸肩。

“从来没人在意我的生日，4 月 4 日。”

“好的，我记下了。”福尔摩斯关切地说，“那你能跟我讲讲克莱弗去世那天的情形吗？当时，你们俩在一起吗？”

我一惊，怕女孩儿不愿意回答这个问题。不过，福尔摩斯是问题高手。他问话时，装作要代克莱弗的家人了解情况。

“那天晚上，她带了个男人回来。”女孩儿满不在乎地说，“她经常带男人回来。我在门厅看见他们了，菲利普斯太太姐妹俩应该也看到了。在这种地方，我们对这种事早就见怪不怪了。”

“那男人长什么样？”

“当时逆着光，不过，我看得出他身材很健壮，留着棕色胡子，脸膛儿赤红，像个工人。他当时身穿大衣，戴着顶圆礼帽。他们直接上楼进屋了，后来克莱弗出门去买啤酒。我当时已经上床睡觉了。大概过了一个小时，我又听到了他俩下楼的声音。当时克莱弗拉开大门后，那个男人对她道了‘晚安’，她也回了一句‘晚安，亲爱的’。大概就是这样。”

“我知道了。”福尔摩斯略带失望，好像他为了了解情况准备了不少贿赂却送不出去了。

姑娘急忙接着说：“凌晨3点左右，我被她的尖叫声吵醒。我跑过去看她，发现她蜷缩在床尾，双手使劲儿按着胃部以缓解疼痛。她说的第一句话就是，她可能被人下毒了，可能是她的避孕药被人做了手脚。”

“你觉得她当时是中毒了吗?”

“当然不是，”露西·罗斯不以为然地说，“除非她自己在自己的酒里投了毒。医生当时也认为她并非中毒。克莱弗当时全身抽搐，眼神十分可怕，这是再典型不过的酒精中毒引发的震颤谵妄。”

“她还说过什么吗?”

“她说她要死了。你看，她说得没错。”

我突然意识到，这个小姑娘温和的面孔后面可能有颗铁石之心，一想到这里，我不寒而栗。福尔摩斯继续从容不迫地扮演着他的教士角色。他又拿出两英镑递给了女孩儿，女孩儿接过钱，咧开嘴笑了。

“你根本不是什么教士，”女孩儿轻蔑地说，“你我心知肚明。”

“我对天发誓，我是教士，千真万确……”

“别装了，教士那么小气，才不会给人钱，你给了我两次钱，你是……”露西得意扬扬地说，“你是个记者，对不对？记者为了抢新闻常常不惜给别人钱。5 英镑？希望你拿到新闻了。说实在的，你打听这些干吗？”

福尔摩斯被这个小女人恶语相加，我都看不下去了。

“亲爱的小姐，”福尔摩斯温和地说，“和你说话的是名副其实的——大侦探。”

“呵——我当然猜到了。”露西应道。

回贝克街的路上，我对福尔摩斯说：“这姑娘不配合，咱们将毫无进展。”

福尔摩斯静静地看着窗外匆匆归家的人说：“幸好咱们还可以找当事医生，不然咱们得跟这个莽撞的小女人没完没了地纠缠下去了。”

我看了看他。

他接着说：“咱们应该帮帮拉斯特雷德，这家伙对案子已经信心全无了。”

10

尼尔医生根本不必担忧，因为他只是众多收到勒索信的医生之一。第二天早晨，我得知，西摩街的威廉·布罗德本特也收到了类似的勒索信。他曾拜于巴特门下，如今是名事业有成的眼科医生。马龙和他的同伙们这回漫天要价，给他们所谓的“证据”开价 2500 英镑。这帮家伙根本不懂医学。眼科医生上哪儿去搞士的宁？

福尔摩斯厌倦了无休无止的勒索信，把精力全部集中在玛蒂尔达·克莱弗的线索上。他老是跟我开玩笑说，尼尔医生和布罗德本特医生是我的“客户”，他实在不想再听他们抱怨了。

三天后，福尔摩斯和拉斯特雷德实现了信息共享。那天的情景格外恐怖，令我终生难忘。从兰贝斯路回来那两天，我一直夜不能寐。有天晚上，正当我辗转反侧难以入睡时，忽然有人拍了拍我的肩头。原来是福尔摩斯。我勉强睁开眼睛，看见他衣着整齐，手托蜡烛，站在我床边。他的脸庞迎着烛光，表情十分痛苦。我想，大事不好，肯定有什么不妙的事情发生了。

“华生，快起床，拉斯特雷德在客厅等着咱们呢。咱们得跟他走一趟。带上你的医药箱，有备无患。”

我被巨大的恐惧感包围了，一点儿探险的心情也没有。福尔摩斯的话无疑在暗示，贝恩他们又杀了一个人。职业素养让我早已习惯夜间出诊，但我从来没有哪次夜诊像今天这般，出诊前就有极其不祥的预感。我穿好衣服，拿起医药箱，进了客厅。福尔摩斯已经穿上大衣，打好领结。外面寒风凛冽，他又戴上了旅行帽，拉下护耳。

我一进客厅，拉斯特雷德就说道：“去史丹福街，快走，咱们能为她们做的不多了……”

“她们?”我大惊失色，“难道不止一个人?”

“是啊，这次是两个姑娘，都是医生。咱们得抓紧时间，不然恐怕来不及了解到底发生了什么……”

街道很干净，深夜的城市里，只有路灯还在闪烁。拉斯特雷德驾着马车向滑铁卢桥方向全速前进。史丹福街位于河岸边的码头和仓库背后，从滑铁卢桥延伸到黑衣修士桥。街道很窄，我们沿街走了好一会儿。来看热闹的人已经三五成群地聚集在路边。街道两旁的房屋向路人展露着破旧的阳台和褪色的门窗，这里和杜克街别无二致。

我们终于赶到了目的地，看见墙上“118”的门牌号斑驳依稀。一位身穿制服的警员头戴头盔，手提灯笼，把守着大门。警员身边停着一辆四轮马车，像是医院的救护车，不过里面并没有医生或护士。屋内传来阵阵骚乱声，乍听起来像里面有一群疯子。一个男人在大声嚷嚷，几个女人发出尖叫声，那声音充满了痛苦，不像是在嬉闹时发出的。

我们下了车，走进屋子。两名戴着头盔的年轻警察各搀扶着一个东倒西歪的姑娘，想把她们拖进四轮马车。她俩面如土灰，头发散乱，其中一个姑娘披着睡衣，四肢瘫软地趴在过道里的椅子上，我后来得知，她名叫爱丽丝·玛什。一有人要挪动她，她的身体便缩得更紧。另一个姑娘名叫艾玛·斯维尔，同样身着睡衣，好像刚被从睡梦中惊醒。她刚喝过警官给她配的淡盐水催吐药，正趴在屋里的床上不停地呕吐。

场面如此混乱，难怪警察们大喊大叫。我听到一个男人跟拉斯特雷德说，他和警员艾沃斯菲尔德费了九牛二虎之力，想把两个女孩儿抬上救护车，但拖到楼梯边就挪不动两人了。她俩好像固定在了椅子和沙发上。这样下去，什么时候才能把她们送到圣托马斯医院?

人间如果有地狱，那晚的史丹福街118号无疑就是地狱。由于催吐剂起了作用，艾玛稍微清醒了一些，可以回答问题了。痉挛的间歇，她咕咕哝哝地回答了警方的几个问题。我从她含混不清的话语中得知，当晚，她和爱丽丝带回来一个男人，他们一起吃了三文鱼罐头，还喝了点儿啤酒。男人给了她俩每人一颗细长的胶囊，说是能增加她们行乐时的快感。后来，那个男人独自离开了，过了不多时，两个姑娘就不约而同地难受起来。

爱丽丝听不懂别人的问话，无法提供那个男人的任何信息。

艾玛只能回忆起，那个男人有深色头发和深色胡须。警员艾沃斯菲尔德起初以为，两个女孩儿是因为食用了不干净的三文鱼罐头引发食物中毒。事实证明，要是这样就好了！

面对眼前的局面，我这个退休的战地医生根本没有处理经验。在这样的贫民窟里，任何慈悲为怀的人都受不了被痛苦的声音折磨，何况我是医生！如果两个女孩儿这次又是士的宁中毒，那我真的救不了她们。如果给她们注射吗啡，只能暂时镇痛，还会把痛苦延长数小时。过了一会儿，我们发现，下毒者这次也在毒药中添加了吗啡！用士的宁就能毒死她们，为什么还要加入吗啡？在这样的冬夜里，若非亲眼目睹两个可怜人的惨痛挣扎，谁都不会希望她们死得快些！下毒者用吗啡延长她们的死亡过程，这是多么丧心病狂呀！这出惨剧的导演是否正躲在巷子里，看着这一切偷笑呢？

我心有余而力不足，于是建议拉斯特雷德把两个姑娘送医院，让她们在生命的最后时刻好过一些。我们依次把爱丽丝和艾玛抬进救护车，她俩奋力地挣扎着、颤抖着，大声说着一些谁也听不懂的话。

我随她们一起上了车。救护车穿过窝打老道，转入西敏桥路，驶向医院。行至河边时，爱丽丝突然声嘶力竭地哭喊起来，她的哭喊声越来越小，紧接着，她呼出一大口气，好像她的整个肺都被这口气掏空了，接下来，她缓缓地躺在靠垫上……死了。

艾玛则幸运地挺到了急救室，我后来听说，她也于当天早晨8点死亡，死前没有提供更多有关嫌疑人的线索。

在我和福尔摩斯办理的案件中，杀人犯大多都是激情犯罪，或为利益，或为妒忌，或为私欲。没有哪个杀人犯如此穷凶极恶，手段如此残忍，也没有哪起案件像这起双尸案这样触目惊心。此案的凶手像是个单纯地享受杀人乐趣的恶魔。每每想到这里，我都会不寒而栗。

福尔摩斯回顾了案情的重大节点，感到自己并没有被罪犯打败，而是被他们要弄了。两个女孩儿死后不久，一天早晨，我们用早餐时，福尔摩斯抒发了他的个人见解："华生，我想创作一本《作为艺术家的凶手》，可惜我没时间。不过，我想给克拉夫-艾宾教授写点儿材料，告诉他，有这样一类精神病患者，他们以毒害别人获得快感。这正巧能填补他在精神病理学系统研究上的空白。"

我装模作样地翻阅着《泰晤士报》，不想跟福尔摩斯讨论这个话题。"我们遇上这样的无赖已经很棘手了，你的大作就等等吧！"

他没能从我这儿得到他想要的支持，叹了口气。

"华生，我仔细想了一下，你对这个案子的估计不足，很难接近真相。此案的投毒者比过去那些死刑犯还要高明。"

福尔摩斯这么说有点儿太不留情面了，我已经尽力而为，为那两个女孩儿做了我力所能及的一切。

此刻，福尔摩斯正跟拉斯特雷德讨论案件的疑点。他总是把疯狂的杀人犯说成艺术家，真让人无法忍受。拉斯特雷德的造访正好打破了这种尴尬。哈德森太太还没通报，拉斯特雷德已经拿着一张纸站在我们面前了。

"福尔摩斯，你们俩要参与史丹福街验尸会。你们先看看这个，这是南华克验尸官怀亚特先生今天早上收到的信件。对手是咱们的人，从头到尾都是咱们的人！他这次也太过分了，很可能暴露自己。"

我看了信件后，不知是该高兴还是该绝望。

福尔摩斯看完信后，抬起头，扬扬眉毛，对我说："华生，如果这封信里有一句话属实，那说明你的‘客户’给咱们提供了有效的线索。”

信是这样写的：

亲爱的先生：

希望你相信我。我有证据证明，圣托马斯医院的学生用士的宁毒死了爱丽丝·玛什和艾玛·斯维尔。至于证据嘛，你可以帮我还债来换取。债主：侦探乔治·克拉克，地址：查令十字，鸡距街 20 号。帮我还债，可获证据。

W. M. H. 默里

“默里”正是大都会酒店传单上的那个名字。

我把信还给了福尔摩斯。

福尔摩斯若有所思地说：“拉斯特雷德，你还记得乔治·克拉克吧？”

拉斯特雷德面容紧绷。“我记得，他曾任高级警官，十五年前离开了警察厅，离职原因不明。后来，他在威斯敏斯特做起了酒吧老板。不过，我们认为，他跟这个默里没有关系。”

“是吗？为什么？”

拉斯特雷德一脸得意。

“克拉克 3 个月前就死了，不管他上天堂了还是下地狱了，反正他已经死了。”

也许不值一提，不过我承认，我很高兴地发现，艾宾教授的所说“凶手是艺术家”的迷雾被现实的狂风无情地吹散了。

11

话分两路。去史丹福街案验尸前，我们查到了玛蒂尔达·克莱弗的死亡证明，并据此确定，她埋葬在兰贝斯公墓。内政大臣下令对克莱弗开棺验尸。兰贝斯公墓虽然以兰贝斯为名，但根据1852年公墓法案的新卫生政策，它实际上建在伦敦城外的图丁地区。

那天早晨，天气格外阴冷，浓雾凝结成了露珠。我和福尔摩斯由维多利亚出发，乘火车赶往图丁。拉斯特雷德正在图丁火车站等我们，要和我们一起去公墓。

拉斯特雷德探长一直密切关注着拉塞尔夫人和弗雷德里克·史密斯先生的动向。其实，他完全没必要这么做，因为国会议员们最怕自己牵连上丑闻，哪怕这些丑闻是无中生有的诽谤。验尸官收到那封信后，可以将信呈交陪审团，但没必要向媒体公开。

火车驶出维多利亚车站。福尔摩斯把脸埋在旅行帽里，翻开《晨邮报》，看起了私人广告栏。调查开始后，福尔摩斯就再也不能漫无目的地读报了，而是养成了看广告栏的习惯。不过，他始终一无所获。列车穿过广阔无垠的郊区后，福尔摩斯把报纸折叠起来，放在座位上，递给我一支雪茄。

“华生，我很欣慰，这个案子没有连贯性。”

“连贯性?”我揣测着福尔摩斯在想什么。这个案件充斥着谣言、混乱和前后矛盾。

他沉思了片刻，说：“验尸官收到的信和布罗德本特医生收到的信的内容别无二致，但是笔迹不同，它的铜版字体和史密斯先生收到的信的字体吻合。这些信件相互交织，彼此印证，这就是我所谓的‘连贯性’。”

我打断了他：“也就是说……信件背后的敲诈者们彼此认识，一定是这样！”

“或者说……他们会不会互不相识，但被同一个首领指使？”

“他们信息共通，写信的风格相似，连索要钱财的手段都一样。”

“你说得对。”福尔摩斯说。

“福尔摩斯，咱们现在毫无进展，除非咱们假设敲诈者和杀人犯是两伙人。也就是说，杀人狂魔杀了那些女孩儿，而敲诈团伙利用了这些案件。他们明知受害者并非凶手，但根据常识，有时候，无辜的人反而容易上当。大多数人不会花冤枉钱，可只要一两个人买账，他们就能大赚一笔。”

“于是，你的布罗德本特就上钩了，尼尔医生也是。”

我就知道他会这么说。我接着说道：“他们都知道自己无辜。但是，就拿布罗德本特来说吧，要是他上了法庭，陪审团说‘无风不起浪’，他就算清白无辜，也百口莫辩啊。这时候，流言蜚语就能轻而易举地颠倒是非。不过，他们选错人了。布罗德本特为人正直诚恳，流言蜚语吓不倒他。但说不定下次，咱们的对手能侥幸找到一个甘心吃哑巴亏的人。”

福尔摩斯靠在座椅上。“我觉得，在克莱弗小姐死前一天，他们就说拉塞尔公爵谋杀了她，应该是个巧合。”

“不，”我心里有了个合理的解释，“传闻说克莱弗小姐严重酒精中毒，但并不能确定她死了，对方只需要知道这么个名字，就能顺利地实施敲诈，至于她到底是死是活，根本不重要。再说了，克莱弗小姐就不能是敲诈团伙的人？妓女经常和敲诈案有关联呢。”

福尔摩斯拿出衔在嘴里的烟斗，若有所思地说："他们告诉史密斯先生，唐沃思小姐被害，那时我们都以为唐沃思死于酗酒。这是多么侥幸的巧合啊。"

"约克酒店外的人都听到了唐沃思小姐死前提到了弗雷德和白色物质，谣言因此而起。也就是说，敲诈者也许并非真正的谋杀者，他们只是想借机恐吓那些为了名誉噤若寒蝉的有钱人，但他们不是杀人犯。"我分析道。

"嗯，如果他们不是杀人犯，则杀人犯另有其人。"

"我猜想，"我大胆地说，"要不了多久我就能找到敲诈团伙，揪出罪魁祸首来。尼尔医生是美国人，他在英国的交际圈很小。他认为敲诈者是他的熟人，我看极有可能。我们沿着这个思路查下去，离真相就不远了。"

"老兄，"福尔摩斯充满敬佩地说，"说不定我们大家还摸不着头脑的时候，你已经把案子给破了！"

我开始在福尔摩斯的领域小试身手了："最近一封信，也就是验尸官收到的那封信上，说，艾玛和爱丽丝是被医学院学生谋杀的，我认为，这封信也是敲诈团伙写的。你觉得呢？他们想让验尸官把这个消息传出去，以制造更多的谣言。"

"很有可能。"

"咱们打个赌吧。我敢保证，验尸之后还会有一封信，可能寄给某个有钱的医学院学生或他的家人。对方会先指控他谋杀了两个女孩，然后再借机敲诈勒索。你说呢？"

福尔摩斯盯着我，好像有什么难言之隐。

"老兄，我真不该不相信你。"他说，"保留意见是一回事儿，相信是另外一回事儿。如果你和你的客户成功了，你比我们任何人都更接近真相。"

“不是‘我的’客户，是‘我们的’客户。”我说。

他笑着摇摇头。

“不，华生，我根本没见过他们，他们怎么可能是我的客户？你有经验，有能力，他们能遇见你也很幸运。”

几分钟后，随着刺耳的刹车声，火车转了个弯，稳稳地停在了图丁站。

拉斯特雷德穿着正式的黑色西服，在车站外等我们。他身旁停着一辆出租车。我们上了车，前往兰贝斯公墓。

墓园紧邻主路，大门之内排列着一个个墓碑，处处可见十字架、纪念碑和大理石雕刻的天使。

远处是一些穷人的墓，看起来杂乱无章，墓里的一些随葬品还被人挖了出来并付之一炬。

绿色帆布棚立在草坪上，挖掘工作已经开始。我们驱车进入墓园大门时，几个顽皮的小孩儿围着车子大喊：“盗墓人来啦，盗墓人来啦！布克和海尔！[1] 布克和海尔！”

福尔摩斯说：“真想看看聪明的破案专家怎么感化愚昧无知的人。”

玛蒂尔达显然被埋在穷人的墓穴里。掘墓人没挖几下，就露出了横七竖八地摆放着的很多棺材，他们不得不挨个儿打开那些棺材，寻找玛蒂尔达。

福尔摩斯和拉斯特雷德站在不远处，一边交谈一边观望着这边的进展。

早晨的薄雾终于变成了一场小雨。警员们每一铲子下去，墓

---

① 指发死人财的人。——译者注

穴旁的小土山就高一点儿。墓穴前的小路上挤满了来看热闹的小孩。

拉斯特雷德瞪了他们一眼，又回头看着福尔摩斯。

“福尔摩斯，路易斯·哈维怎么办？我们找不到她，也不知她是死是活。”

“我也不知道。”福尔摩斯表情漠然地朝墓穴那边做了个手势。“如果必须找到她，我一定能找到。”

毫无疑问，这话激怒了拉斯特雷德。

“福尔摩斯，你发现了克莱弗的线索后，我们又在死亡记录里反反复复查找了路易斯·哈维的名字，有一点可以确定，她肯定不在这里。”

“不，她就在这儿，”福尔摩斯语调深沉地说，“我万分肯定，她就在这里。”

“路易斯·哈维在兰贝斯公墓？”

“当然。”

“福尔摩斯，此话怎讲？”

“拉斯特雷德，我回想了一下，我和路易斯·哈维小姐是老朋友了。”

“‘老’朋友？老到她已经死在这儿了吗？”拉斯特雷德生气地说，然后喝了口热水，冲他的那几个正在帆布棚里面偷懒的手下大喊大叫了几声。

我逐个回想着我们以前处理过的案件，没有想起哪个案子的女主人翁叫路易斯·哈维。福尔摩斯的这句话到底是什么意思？我问他，可他不理我，而是专注地看着挖掘人员作业，直到他们向这边做出手势，说他们找到了玛蒂尔达·克莱弗。

尸体被拖到小教堂旁边的一座棚屋里，这里被当作了临时太平间。史蒂文森医生代表内政部正在等待验尸。他一脸兴奋，显得十分不合时宜。

棺材被打开后，一具看起来有些早衰迹象的保存完好的年轻女性尸体呈现在我们面前。

接下来是解剖和取样。尸检的场面极其恐怖，连作为医生的我都不忍直视。采集残余肉体标本好似撕扯帆布条，而割断头骨或骨头的声音则像是残忍的锯木。史蒂文森医生一直忙活到下午，验尸才终于结束了。医生装满了好几个标本罐子，并在上面分别贴上标签，写着“玛蒂尔达·克莱弗——大脑”、“玛蒂尔达·克莱弗——胃”、“玛蒂尔达·克莱弗——肠”，等等。

福尔摩斯如愿以偿，他好奇地观看了整个验尸过程，甚至完成了一个真正伟大的侦探该做的事。他和史蒂文森医生对视了一下，摇头晃脑地说：“来吧，没问题。”

史蒂文森医生拿出一个玻璃薄片，用一根小棒蘸了一下上面的标本，然后把小棒递给福尔摩斯：“尝尝这个。”

福尔摩斯伸出食指。我立刻扭过头去，不敢看他。等我再回头时，看到福尔摩斯正不停地咂嘴，好似刚品尝了稀世美味。他停下来，盯着史蒂文森医生。

“士的宁。”他说，快乐得像个孩子。

12

没有那些发现，我们到现在也找不到玛蒂尔达·克莱弗。在我看来，士的宁的发现，根本没有为锁定真凶提供任何线索。而露西·罗斯死前对嫌疑人的描述——那个男人体格强壮，留着胡须，戴着圆顶礼帽——则过于简单，伦敦有成百上千个这样的人。

福尔摩斯陷入了调查烦躁期。他又拿起了小提琴，弹奏贝多芬的协奏曲。而且，他不停地抽烟。他总是开玩笑说，兰贝斯谋杀案是“你手头的调查……”或是“你就要破的案子”，并把那些访客称为“你的客户”。他想用这些词汇来刺激我，表明他已经彻底洗手不干了。他坐在实验桌前，继续他的电镀实验，公寓里充斥着废弃电池的酸臭味。

第二天晚上，我突然问：“你还认为路易斯·哈维现在在兰贝斯公墓吗?”

“不。”他平静地说，眼睛没有离开他的微量金属秤。

“所以，昨天……”

“华生，这是女性的变幻莫测。”

“你是说，她把自己从坟墓里挖出来，然后离开了?”

“差不多吧，”他用小指轻抚着磅秤回答道。

第二天清晨，我们收到了克莱弗的尸检报告，报告称，在她体内发现了双倍致死剂量的士的宁。我无法掩饰内心的懊恼。我仍想坚持己见，即摆在我们面前的是两起犯罪案件。但是，敲诈者们怎么能在玛蒂尔达·克莱弗遇害前两个星期，预知她死于士的宁呢？除非是他们谋杀了她！

显然，福尔摩斯持另一种看法，但在我看来，他的推测同样难以自圆其说。他认为，那些勒索信来自有男有女的一群人，他们共同谋杀了四个人或者更多人。从他们的恐吓信来看，至少还有一个遇害者——卢·哈维。但萨默赛特宫并没有她的死亡记录，哪一种姓名拼写都没有。那么，她死后被以什么名字安葬了呢?

案件被搁置了三天。第三天晚上，我们的楼道里响起了标准的拉斯特雷德式的脚步声。他穿着斗牛图案夹克，打着领结，站在我们的门口。

“拉斯特雷德！”福尔摩斯礼貌地跟他打招呼，“老兄，进来坐会儿吧。我和华生恭候你多时了。看来，玛蒂尔达·克莱弗和卢·哈维的案子让你忙得够呛。”

探长满脸愁容地坐了下来，连福尔摩斯递上的雪茄烟都没看到。

“我不是过来聊那几个人的，福尔摩斯先生。我们又收到了一封信，我想，我们已经掌控了敲诈犯。”

“快说来听听，”福尔摩斯温柔地说，“老兄，这段时间你的线索比我们多。”

“你先看看这个！”拉斯特雷德严肃地说，递过来一封信。

我们轮流读了这封寄给约瑟夫·哈伯医生的信。

亲爱的先生：

我写信来告诉你，你的儿子，圣托马斯医院学生 W. J. 哈伯，在 12 号研究所毒死了两个女孩儿，爱丽丝·玛什和艾玛·斯维尔。我掌握着相关证据。如果你想销毁证据，我愿意以 1500 英镑的价格卖给你。不然，我将以同样的价格把它们卖给警察……

还没看完信，我就猜到了，结尾会有“将毁掉你和你的家人”这样的威胁，并指明回信的方式是在《每日纪事报》上登一则广告，内容为“愿意出钱请你服务——H 医生”，等等。这封信的署名和尼尔医生及大都会酒店接到的勒索信一样。

如果你未能立即答复我，我将把这些证据送交警局。

W. H. 默里

福尔摩斯又把雪茄递过去，这次探长拿了一支。

“你说你们掌控了勒索者？他被逮捕了吗？在监狱里？”

探长的脸色微红。

“不是，福尔摩斯先生。我认为，我们已经知道他是谁了，但是如果现在对其实施抓捕，未免过于鲁莽。”

“啊，”福尔摩斯感叹道，好像这解释了一切，“那么会是谁呢？”

拉斯特雷德掩饰不住他的兴奋，好像要宣判重大案件一样。“先生，勒索者是收信人的儿子——医学院学生沃尔特·哈伯。”

福尔摩斯显得有点儿困惑。

“沃尔特·哈伯指控自己谋杀了两个女孩儿？”

“别忘了，他只是对他父亲指控，福尔摩斯先生。我们还不能确定他是不是谋杀犯，但是我们已经确定，他认识那两个女孩儿，并且在布莱顿的时候还找过其中一个女孩儿的麻烦。”

“但是，他为什么要指控自己？”

“因为他坚信，他爸爸虽然听闻了一些关于儿子的谣言，但绝对不会把信交给警察；他宁愿花钱买下那些证据，也不愿眼睁睁地看着儿子受苦，更不愿看到儿子的事业刚刚起步便被终结。我们了解到，小哈伯其实根本不想学医，他学医是被迫满足父亲的愿望。如果我们了解的情况属实，那么他欠了不少外债，他必须想办法还钱。试着勒索了不少旁人之后，他又把魔爪伸向了他认为绝对不会出卖他的至亲。”

“那谋杀案呢?”福尔摩斯满怀希望地问道。

“至于这个，福尔摩斯，敲诈犯和他的同伙为什么能那么快就得知艾伦·唐沃思的死讯?他们如何预知玛蒂尔达·克莱弗会中毒身亡?把这些疑问和信中的指控结合起来看，沃尔特·哈伯也许要面临比敲诈罪更严重的罪名。”

拉斯特雷德起身准备离开，福尔摩斯站起来，握着他的手说:

“亲爱的拉斯特雷德，恭喜你。你赢了，你已经证明了你是这个案件的侦破工作中做得最好的人。如果我此前的拙见给你的调查带来了麻烦，或是以任何方式妨碍了你的调查，我向你道歉。”

拉斯特雷德露出满意的表情。

“你真是宽宏大量，福尔摩斯先生。”

“还有一件事，我想问你，哈伯先生有多高?”福尔摩斯问。

拉斯特雷德盯着福尔摩斯。

“身高?”福尔摩斯继续问。

“挺高的。”

“那怎么……”

“相信我，这个信息很关键。”

“好吧，嗯，他大概5英尺9英寸。”

“身材呢?”

“他是医院橄榄球队的前卫。”

“胡子刮得干净吗?发型什么样?”

“棕色中长发，军人式短胡子。”

“是不是戴圆顶礼帽?”

“他待在室内，戴什么帽子!”拉斯特雷德不耐烦地说，“你问这些干吗?”

“帮你的谋杀犯塑个像,”福尔摩斯不疾不徐地说，“我只是好奇而已。”

不管福尔摩斯是不是“好奇而已”，我感觉到，探长离开的时候浑身不自在。

门一关上，我就低声问福尔摩斯说，“你没有看到那封信上哈伯的地址吗?”

“当然看到了！正巧是你的客户尼尔医生在伦敦的住所。”

“难怪尼尔医生觉得勒索犯是他周围的什么人。”

“是啊。”他说。

“他是不是菲利普斯太太在克莱弗遇害那晚看到的那个男人呢?”

“毫无疑问。”

福尔摩斯身体前倾，用火钳拨弄着快要灭的炉火。

“拉斯特雷德找对人了!”我说。

他抬头看着我。

“我不怀疑他能找到，华生。他找到了他要找的，那咱们呢?”

福尔摩斯又陷入了沉思。我陪他静默了几分钟，然后很自然地对他说：“福尔摩斯，那你记得两天内还我钱。”

他吃了一惊：“钱？什么钱？我什么时候欠过你的钱?”

“打赌的钱。”我平静地说，“那天咱们去兰贝斯公墓的路上，我跟你打赌说，在验尸官收到敲诈信后会再有敲诈信，寄给有钱的医学院学生或他们的家属。我赢了，你就愿赌服输吧。”

“天哪，”他轻声说，“你的话真的应验了！不过，我想请你先帮我个忙，好伙计。”

“什么事?”

“华生，我并不关心哈伯先生到底有没有罪，但我觉得用不了多久这类事件还会发生。所以，我想请你协助我调查沃尔特·哈伯的房间。打赌的事，咱们到那时再议。”

13

两天后，兰贝斯谋杀案已经家喻户晓。

艾米莉·斯利普太太的家位于兰贝斯宫路一个体面的小区里，门前的道路宽敞而空寂，春天快要到了，街道两旁的树木还是光秃秃的。周一早晨9点半，女佣梅奇听到有人敲门，她打开门，看到台阶上立着一位中等身材、体格健壮的男子，他头戴圆顶硬礼帽，留着小胡子，手表生硬地搭配着他的老式西装背心。

“我叫杰文斯，”他说着微微低了一下头，“我是南伦敦燃气公司在本区的检查员。请问，斯利普太太在家吗?”

“她不在，先生。”梅齐说，白色帽子遮挡下的脸微微发红。

“那管家呢?”

“只有我一个人在家，先生。”

他看了她一眼，小声问道：“你们屋里有煤气味吗?”

“没有，先生，我觉得没有。”

“你觉得没有，此话怎讲?”

“我是说，我没有去所有房间。”她生气地说，“斯利普太太和先生都出去了，我不能私自进他们的房间。”

“家里有明火吗?”

“厨房有。”

“赶紧把它熄灭。”

“不行！太太会剥了我的皮！”

他眉头紧锁：“喂，女人，你应该听说过兰贝斯投毒案吧？”

“听说了，那又怎样？”女佣轻轻地颤抖了一下，这个动作无比惹人怜爱。

“兰贝斯杀人犯昨天给燃气公司写了一封信，扬言要用加压的办法让本区住户家里的燃气泄漏，毒死大家！你没听说吧？也就是说，即使你关闭阀门，煤气也能从管道接口处泄漏。不管夜里还是白天，你根本察觉不到。它没有声音，没有气味，却能让你昏昏欲睡。到时候，你不知不觉就长眠不醒了，而这一切几分钟就完成了。”

“天哪！”

“小心为妙。”检查员杰文斯建议道，“我的维修工人克拉布先生马上就来，他正在挨家挨户地帮大家检查管道接口。你家的管道接口也得再上紧些。不过，别担心，如果你闻到什么异味，请立刻离开房子。”

他关上了门，留下女佣惊魂未定地守在厨房里。街道一如往常，偶尔有一两辆手推车经过。小贩沿街贩卖着面包，送奶工不时停下来吆喝着：“取牛奶啦！”

这时，斯利普太太的房门大开，梅奇慌慌张张地跑出来，差点儿跌坐在门前的台阶上。

“煤气！煤气！杰文斯先生！屋里有煤气味儿！”

杰文斯自信的表情使她平静了一点儿，他喊来了检修员。

“克拉布，下一个请给这家维修。”

克拉布先生长得很像只乌龟。胸脯和肚子隆起，双腿由于常年承受身体的重量变成了罗圈儿腿。小眼睛藏在厚厚的眼镜片后面。他留着一撮儿小胡子，戴着顶破烂的帽子，背着工具包。从他的面孔看，好像他从小就跟检修孔打交道。

“亲爱的，请带我们看看你家的管道。”他的声音沙哑，像是威士忌成瘾。

梅奇愤怒地瞪着他，带着他走到门前，试探着向里面走了几步。

“不开火就没事。”他恶作剧似的说，顺手解开梅奇围裙背后系的带子。梅奇根本没有注意到，只管自顾自地往前走。

他从背包里掏出一把扳手，喃喃自语：“我要是能娶你多好，可我妻子不会同意……”

“你没有闻到吗?”梅奇问。

“我闻到了，亲爱的，你在这里等着就行了。”

他用背包里的橡胶面具捂住了鼻子和嘴，打扮得活像个威尼斯嘉年华上的怪诞小丑。他跑进一楼的房间，梅奇听到扳手碰在管道上的声音。

现在，他小心翼翼地沿着楼梯向上走。上层有两个房间开着门，由门上不一样的小铜把手区分。这些公寓看起来和隔壁医院的结构差不多。克拉布轻轻地敲了敲其中一扇门，确定里面没有人后径直走了进去。黑色壁炉前铺着旧地毯，两侧摆着壁炉架，壁炉架上挂着一面很宽的镜子，黑漆家具很简朴。

隔壁的卧室里有一个衣柜，起居室里则摆着一张桌子。克拉布先生一个接一个地打开桌子上的抽屉，到处翻找了一遍后，嗓音沙哑地自言自语：“这就是那张便条……他写的便条……”他取出一张象牙白色的纸，紧紧地攥在手中，从白纸上方撕下了一块儿，然后愉快地哼唱起来：“我站在这里……等在教堂里……”

他停顿了一下，听了听周围的动静。听见只有壁炉架上的黑色大理石钟发出嘀嘀嗒嗒的声音，他又边唱边翻别的抽屉和柜子。而后，他一路小跑着下了楼，用扳手在管道上随便拧了几下。

“现在安全了，小姐。”他乐呵呵地说。

“你确定?”

“接口紧得像诺亚方舟，任凭凶手加压，这所房子也不会煤气泄漏。你就放心吧。”

可是……女佣转念一想，如果眼前这个人就是兰贝斯凶手，刚才拧松了家里的管道接口怎么办？太恐怖了！她这样想着，情不自禁地躲开了他。

“反正你不是好人!”她怒气冲冲地喊道。

“我这么善良……”克拉布先生大摇大摆地出了门，他的声音远远地飘来，“你得感激我呢，我的姑娘!”

他走上了兰贝斯路，在一座铁路桥下停了下来。见四下无人，他在火车发出的隆隆声的掩护下，打开背包，摘掉帽子和眼镜，收起工作服，撕下了小胡子。

“杰文斯”先生早早地等在了滑铁卢的士站。“克拉布”先生向他走来。

“华生，不是我吹牛，”“克拉布”哈哈大笑，“这回扮演得相当成功！我在厨房忙活的时候，你是不是偷吃了人家的大蒜?”

我当然不会错过美食。至于福尔摩斯在沃尔特·哈伯房间里发现的东西，他坚持要到贝克街后再给我看。

回到我们的公寓后，福尔摩斯拿着那张白纸直奔工作台。他小心翼翼地将墨水涂在纸上，纸上的字迹渐渐地显现出来。

我写信来告知……证据确凿……儿子……W. J. 哈……圣托马斯医院……

“这小恶魔！”我惊呼道，“他想勒索他爸爸！”

福尔摩斯摸着下巴，盯着纸上的字迹说：“看起来是这样。但他不敢亲自写信，怕他父亲认出他的笔迹，所以至少有两份不同的手稿。这就是咱们要找的犯罪团伙啊！”

他从口袋里掏出一个信封，信封上面写着：收信人：兰贝斯宫路 103 号东南，托马斯·尼尔医生。

“福尔摩斯！你搜查了尼尔的房间！你拿到了他的信封！”

他笑得前仰后合。

“我搜遍了他屋外的废纸篓，华生。女佣随时可能清理那些纸篓，幸好我先下手了！这封信的落款和弗雷德里克·史密斯收到的那封信的落款一致！”

“给史密斯写勒索信的女人也给尼尔医生写了一封？为什么尼尔医生没有提，而只拿了另一封信给我看？”

“我当时也想到了这个疑点，于是又翻了他办公桌的抽屉。他当时之所以没跟你提那封信，是因为那个女人给他写的并不是勒索信，而是情书。”

我蒙了。福尔摩斯手里拿的信的字迹潦草，隐约可以看出信的开头是“最亲爱的……”落款是“爱你的劳拉”，寄信人地址只写了“教堂街”。如果信封上有邮戳，或许能了解更具体的地址。有了这一发现，我们的兰贝斯迷案似乎有了唯一的答案。

“不管劳拉是谁，她应该是沃尔特·哈伯的同谋。”我分析道，“他们是勒索者，可能还有其他人。男人负责勒索尼尔医生，女人则负责引诱他，让他抛开一切和她在一起。他们还试图敲诈弗雷德里克·史密斯……"

"嗯，"福尔摩斯若有所思地说，"尼尔医生是你的客户。"

"是我们的客户。"我强调说。

"拜托，我根本没有见过他。"

"那好，我要把这一切都告诉他。"

"你要是告诉他这件事，我私闯民宅的事就会泄露了。"

"是啊，那我们怎么办?"

福尔摩斯点了一支雪茄，幽幽地说："坦白说，我希望再出现一个死者。"

"现在死的人还不够多吗?"

"华生，我想要一个我有什么问题他都能回答的会说话的死者。但愿我能找到这样的死人。"

第二天早晨，报纸严厉地谴责了我们的恶作剧，并猜测罪魁祸首是医学院学生。"他们企图让半个兰贝斯的居民以为谋杀犯要用煤气害他们，"《泰晤士报》的评论这样写道，"未来的医生制造如此的恶作剧，简直不可原谅。"

14

不久，我明白了福尔摩斯为什么坚持区分"我的客户"和"你的客户"，为什么总开玩笑说，这是你从窝打老道带回来的那个案子。

第二天早晨，我起床后读报时，看到一则消息，称某个涉嫌敲诈勒索的嫌疑人已经归案。福尔摩斯一直呼呼大睡，叫醒熟睡中的福尔摩斯几乎是件不可能的事。半个小时后，早餐桌上他的位置还是空的。这时，比利拿给我一封电报，告诉我对方急需回复，于是我拆开了蓝色信封。

贝克街　福尔摩斯、华生收。你的抄写本已收讫。请即刻前来作证。收到请回复。

伦敦警察厅　拉斯特雷德

我不知道福尔摩斯已经将盗来的尼尔医生的信件副本寄给了拉斯特雷德。不过，我及时回复了几个字："即刻前往。"

我的回复敦促福尔摩斯迅速地吃完了早餐。十一点时，我们的出租车在堤防转弯，驶向伦敦警察厅。我不怀好意地期待着见到敲诈我客户的人。

警察厅的外观很独特，墙砖红白相间，像传说故事中的古堡。那些路过河堤的人都会好奇地猜测警察厅的内部结构。

拉斯特雷德的办公室的装修风格朴素无华，但有一间客厅大小的宽敞空间，还有一个可俯瞰河流的飘窗。

他招呼我们的口气比平时生硬，吩咐我们自己搬椅子坐在他办公桌对面。

"感谢你为我们提供信件抄录，福尔摩斯先生。至于你是怎么将信件弄到手的，我现在并不关心。"

"伦敦某些地方垃圾清理的方式太野蛮，碎纸片被风吹得到处乱飞，我碰巧捡到这么一张。"福尔摩斯满不在乎地说，不在乎拉斯特雷德怎么看他。

探长向他投以赞许的眼光。

“很好，先生。不得不说，多亏了你思维敏捷，行动快，我们已经拘留了劳拉·萨巴蒂尼小姐，哈伯先生也被我们的人控制了。”

福尔摩斯叹了口气，在椅子上坐下，像个闷闷不乐的小男孩儿。

“拉斯特雷德，我希望你更好地利用我提供的证据。”

拉斯特雷德显得有点儿迷惑不解。

“公平点，福尔摩斯，”我说，“拉斯特雷德已经对比、鉴定了信件笔迹，确定信是史密斯先生的勒索者所写，而另外一封则是哈伯的信纸。他已确保哈伯无法逃遁。就算对方还有别人，哈伯和萨巴蒂尼小姐也至少是团伙的两名主要成员。”

“更重要的是，”探长愤慨地说，“福尔摩斯先生，我已经按照你的要求做好了信件的保密工作。我这么做本来就牺牲了我更好的判断。”

福尔摩斯一直闭着眼睛听他讲话，双手交叠在一起。

“我想象不出比暂时拘留嫌疑人更好的方式。”我继续帮拉斯特雷德说话，“真见鬼，福尔摩斯，要不是抓捕或控制，咱们的鸟儿可能早就飞走了。先是这个女人，然后是她的同伙儿们。这是拉斯特雷德的办法，抓住一个，牵制其他。”

福尔摩斯看起来很心烦。

“那些鸟——就按你的比喻——已经飞走了或者正在展翅待飞。我亲爱的拉斯特雷德，我还有一个请求，在嫌疑人被起诉之前，请允许我问嫌疑人一些问题。”

“我现在就满足你，福尔摩斯。”

福尔摩斯点了点头，然后抬起头，眼神比刚才精神了许多，好像刚丢了一个便士又捡到一个先令。

“请你把萨巴蒂尼小姐带来，让我和她说话。”

拉斯特雷德走到外面。我听到他对军官发号施令。几分钟后，他带进来一个娴静的年轻女子，头发乌黑，身材苗条。她身着浅灰色礼服，戴着一顶帽子。

拉斯特雷德搬来一把椅子让她坐下。

福尔摩斯看了她一会儿，说：“萨巴蒂尼小姐，我的名字叫歇洛克·福尔摩斯。你可能听说过我！”

“哦，听说过！”她急切地说，好像自从被关进来以后福尔摩斯是第一个这么友善地跟她说话的人。

“很好。我不是警察，你没有义务回答我的问题。但是，如果你愿意告诉我我想知道的，我或许可以帮你避免不少麻烦。”

“好的，”她的双手按在椅子扶手上，指节微微发白，“我尽力，福尔摩斯先生。”

“那么，拉斯特雷德先生，我们来看看史密斯议员先生收到的信件吧，还有尼尔医生收到的那封。”

他站起来，拿着史密斯先生收到的那封勒索信，在她眼前晃了一下。

“小姐，这封信是你写的吗？”

她只瞥了一眼，就急切地答道：“没错，是我写的。”

“写信敲诈史密斯先生……”

“是，但这不是我的本意……”

“好，那我们先不谈这个。给兰贝斯路 103 号尼尔医生的信，也是你写的？”

“是我所写。”

“所以，我想，你是尼尔医生唯一的紧急联络人？”

她吓了一跳，因为她没想到福尔摩斯和拉斯特雷德知道此事。

“福尔摩斯先生，看来你了解得不少。你说得没错，可那能证明什么呢？我们已经订婚了！”

现在轮到福尔摩斯错愕了，但他很快又恢复了平静。在这种女人身上，这样的婚约是很容易立下也很容易撕毁的。

“你认识尼尔医生多久了？”

“一年多。我去美国看望父母时结识了他。”

我承认，这个优雅的女人，回答问题时如此坦率，完全不是我想象中的敲诈者。然而，埋伏在我们周围的定时炸弹现在即将被引爆。

“你承认你给弗雷德里克·史密斯先生写了一封信，为什么呢？”

“我为什么不能写？尼尔太忙，我就代他写了。”

“忙？忙什么？”

这时，她转过身来，看着拉斯特雷德。

“拉斯特雷德先生，你是警察，应该了解内情。尼尔医生是著名的病理学家，几个月前，他受警长麦尔维尔·麦克那登爵士之托，为兰贝斯毒案做顾问。”

拉斯特雷德和我们一样震惊。

“萨巴蒂尼小姐，你接着说。”拉斯特雷德装出一副一直知晓此事的样子，好像他早就看到过警长的秘密文件。

“平日里，他除了做好医生的本职工作还要完成警察局给他的任务。很多文件需要经他过手，留下备份，再转交给验尸官。要处理的文件太多了，而且需要尽快寄送伦敦，因此他的压力很大。那时候，我俩都在赫特福德郡，我理所当然地帮他抄了一部分。寄给史密斯先生的那封信就是我抄写的。”

福尔摩斯温和地说："萨巴蒂尼小姐，你的陈述和我所知道的一样。你先回去吧，我和拉斯特雷德还要讨论几个问题。不出意外，你今晚就能离开这儿了。"

拉斯特雷德站起身，陪萨巴蒂尼小姐走到门口。

福尔摩斯转身对我说："华生，你的客户！尼尔医生可能已经动身回美国了，他在那儿绝对安全！"

拉斯特雷德背对着门，对福尔摩斯说："什么安全？"

福尔摩斯突然转过身，面对着拉斯特雷德。

"尼尔医生起码是勒索犯，可能还是谋杀的元凶。虽然我们还不能确定他就是罪犯，也不能肯定他本人当时就在犯罪现场。但是谁听说过这样的敲诈呢？从一开始就只有一个罪犯，难道这还不够明显吗？他找男男女女帮他写信，还拿伦敦警察厅医学顾问当说辞，他比我想象的还要高明。"

"未必吧，"拉斯特雷德打断他说，"如果萨巴蒂尼小姐帮他抄写信件是出于爱情，这还说得通，那其他人为什么要帮他写信呢？"

福尔摩斯失望地看着拉斯特雷德说："你怎么还不明白？给我备下纸笔，把我送到兰贝斯、柏孟塞或者别的什么地方，我今晚就能给你带回不同手迹的兰贝斯敲诈信。不少亚洲人或欧洲其他国家的人不会说英语，更别说写英文字了，那他们写信时怎么办？可以找抄写员代写，抄写员根本不关心信的内容。你要是不相信，我就帮你试试看。"

拉斯特雷德有些坐立不安，福尔摩斯则继续冷静地分析："假如我是尼尔医生，想找替罪羊的话，我也会找沃尔特·哈伯这种人。哈伯确实靠他父亲过着奢侈的生活。我可以找机会溜进他屋子里，偷上几张纸，制造一些假象，给我的上当者们提供编故事的材料。要是警方搜查了哈伯的住处，他们就能找到他是同谋的证据。你看，有谁能比尼尔医生更有作案的优势？他认识哈伯，知道他的动向，还可以随意出入他的住所。”

“很好，福尔摩斯，这么说，尼尔医生是唯一的敲诈者，说不定他也是谋杀犯。”

“至于这个问题，我的朋友，你手里的证据就指向了华生的客户尼尔，而不是哈伯。咱们应该庆幸案件回归了正途，就让咱们看着尼尔因为敲诈勒索在监狱里待上十几年吧。”

拉斯特雷德高兴起来。

福尔摩斯接着说：“不过，我提醒你，咱们设想中的情景现在正在消失，尼尔医生可不受咱们的掌控，他在兰贝斯宫路103号，二十分钟就能逃走。”

15

那个春日，歇洛克·福尔摩斯的言行举止一直反复无常，令人难以捉摸。他拒绝和我们去兰贝斯宫路就是最好的证据。若不是我俩交情深厚，他祝我的案子一切顺利时，我一定会觉得他是吃不到葡萄说葡萄酸，说不定还会和他断绝关系。

“亲爱的老兄，”他打趣地说道，“你能独立侦破案件了。如果你破不了案，那我在这儿也起不到什么作用。我要回贝克街去享受哈德森太太的美味的茶和蛋糕了。”

“福尔摩斯！咱们得尽快抓住这个家伙。”

“那你可得抓紧时间了，华生。我可抗拒不了茶和蛋糕的诱惑。”

他在路堤挥手招了辆出租马车，拉斯特雷德目瞪口呆地看着他跳上车离开了。我独自跟着拿搜查令的探长爬进了兰贝斯宫路103号的阳台。六名警员身着制服，把房子的里里外外围得水泄不通。进入尼尔医生的房间并不困难，因为有人在家里住的时候房间的门不会上锁。屋子里，他的物品摆放整齐，看起来没有一点儿逃亡的迹象。不过，斯利普太太没有找到平时放在衣柜里的手提旅行包。那天早上，她“迷人的尼尔医生”出门时她并未多想，她只听到他叫了一辆出租车，好像他要去查令十字街。

“我想，这只能说明，他要乘去往法国的火车轮渡，”拉斯特雷德愁眉不展地说道，看了看手表，继续说，“我猜，他现在已经在那儿了，他们也不会把他遣送回来，想都别想。一旦船舶出港，明天他在哪儿就谁也不知道了。咱们阻止不了他们的轮船，那样会挑起战争的。”

这样的搜查就像给年轻姑娘拍无法示人的艳照，但是，我们并没有发现什么对他不利的证据。我们找到了一个推销员最常用的药物样品箱，箱子的抽屉里有几个空胶囊，通常用来装难吃的药，这种胶囊在英国远不如在美国常用。我们没有找到任何敲诈或谋杀的证据。

“搜查要仔细，蛛丝马迹都不要放过。”拉斯特雷德疲倦地说，“把地毯和木板都掀起来，把家具也都挪开。但即使这样，我还是觉得我们抓不住他。”

随着搜查的继续，我担心女佣会认出我是几天前来的那个煤气公司检查员。不过，我虚惊一场，那天下午，这姑娘正巧请假和她的“恋人”到贝特西公园散步去了。

一个半小时过去了，搜查徒劳无果。我正准备回贝克街找福尔摩斯时听到街上传来一阵骚动。我走到客厅的窗户旁，看见一辆出租马车停在那儿。两个彪形大汉从车上下来，看起来他俩好像是这辈子第一次驾双座马车似的。一个人慢慢地从开着的车门里下来，是穿着大衣、戴着丝绸帽子的尼尔医生！他身后是歇洛克·福尔摩斯，手里拿的很像是我的左轮手枪。这就是茶和蛋糕吧！

尼尔医生看到两名穿制服的警官时顿时吓了一跳，突然转过身去，把福尔摩斯撞倒在地之后钻进了车内。从我的位置看过去，尼尔从马车的另一扇门跳下来，跑过马路，直奔对面两幢房子中间的小巷。

“他跑不掉的。”拉斯特雷德自信地说。

几分钟后，这个衣冠不整的家伙手腕上铐着手铐，被那两位穿制服的警官押了回来。

我本以为“我的案子”结束了，原来我高兴得太早了！此刻，歇洛克·福尔摩斯就像吃到奶油的猫一样得意。

“华生，我十分期待你和拉斯特雷德的致命错误，你们一定会感到内疚。今早的报纸一出来，尼尔医生就知道，萨巴蒂尼小姐昨天被逮捕了。教堂街，伯克翰斯德。他还需要知道什么？他推断萨巴蒂尼小姐一定会把他供述出来，这就会暴露他的身份，引起警方的怀疑。你们以为他还会下午 3 点在住所等你们吗？当然不可能，他很恐慌，空着手逃跑了。”

“可是，我们也没有别处可以搜查啊。你是在哪里找到他的？”

“老兄，侦探一定要把资料和线索都装进脑子里。尼尔医生当然不可能带着英国整个铁路系统的时刻表，不过，至少他会记住一些东西，比如尤斯顿火车轮渡的出发时间，这趟火车轮渡与利物浦横渡大西洋的白星航运航线相接。你告诉过我，尼尔医生来自芝加哥，所以我想，那是他最快的回家路线。就算你们发电报通缉尼尔医生，也未必能逮到他，万一‘尼尔’是个假名字呢？嗯?”

拉斯特雷德吓了一跳。

福尔摩斯接着说：“尼尔医生乘出租马车去赶5点的火车时，我已经在西北铁路的终点站等着他了。我的两个朋友，就是你刚才看到的从马车上下来的那两个人，考虑到他们希望匿名，就叫他俩‘猫肉’和‘球场管理员’吧。我和他们在出租车站会合。尼尔医生当然不会提前到，那样会增加他被发现的风险。他的车刚停下来，这就好办了，我的两个朋友和你的小左轮手枪迫使他退回到了车内。查令十字街？当然，他那个早上故意让斯利普太太听到他对车夫喊‘查令十字街’，目的是混淆视听，妨碍我们的追踪。”

尼尔医生被带到了博街警察局，福尔摩斯、拉斯特雷德和我一直监视着他。他被带到值班警员那里，被以违反1861号反盗窃法案指控为勒索钱财罪。

他似乎一点儿也不在意。

“你们抓错人了。”他温和地说，“不过，随便问吧。我让萨巴蒂尼小姐帮我做的事都是受沃尔特·哈伯先生指使。其他的信件我一无所知，都在你们那儿，先生们。如果是哈伯谋杀了史丹福街的姑娘们，你们想想，他才是敲诈者。我觉得自己真傻，一开始就没发觉他要做什么!”

在那之后，他拒绝开口说话。

“最糟糕的情况，”拉斯特雷德含糊地说，“就是我必须将他无罪释放。”

“最糟糕的是，”福尔摩斯喃喃自语着，“他就是兰贝斯投毒者。”

随着时间的流逝，证据在逐渐消失。拉斯特雷德审问他，与艾伦·唐沃思和玛蒂尔达·克莱弗相关的敲诈信是怎么会由谋杀者之外的人写的，而且是在人们知道第一个姑娘被下毒一天前以及第二个死之前两星期。

“我想，”尼尔医生和气地说，“你们应该去问给我信件复印件的人——沃尔特·哈伯。”

那个年轻人不能再置身事外了。傍晚时分，拉斯特雷德下令把沃尔特·哈伯带到博街。

“这相当于，”探长冷酷地说，“除非我们能证明尼尔医生谋杀，否则我们永远不能证明他犯有敲诈罪。”

第二天早上，警察让尼尔医生和其他人在博街的院子里靠墙站成一排。大概有二三十个人，都穿着套装，戴着帽子，个子最高的人站中间，依次向两头递减，像在拍摄集体照。三位目击者也来了：拉斯特雷德把菲利普斯太太从玛蒂尔达·克莱弗曾经的住所带过来，他的手下们也找到了萨莉·马丁和詹妮·弗里尔，她们是玛蒂尔达·克莱弗的“同类”。她们在玛蒂尔达·克莱弗死前一两周每晚都和她一起出去，也看见了最后一晚和她在一起的男人。

福尔摩斯仍然显得很有耐心，这位彬彬有礼的男士认为警方在浪费时间，但出于良好的教养并没有抱怨什么。他和拉斯特雷德及两位穿着制服的警官站在洒满阳光的院子角落里交谈。菲利普斯太太像一艘扬起风帆的大帆船，意气风发地走向队列。她看也没看尼尔医生，而是直接走向队尾，拍了一下一个稍矮的男人的肩膀。萨莉·马丁和詹妮·弗里尔跟在她后面。经过尼尔医生身旁时，萨莉·马丁略微停了一下，看了眼尼尔的靴子。然后她们继续往前走，经过另一个男人身边时俩人都拍了拍他的肩膀。福尔摩斯向拉斯特雷德投以赞成的目光，因为这三个人都径直走过尼尔医生身旁，去拍了沃尔特·哈伯的肩膀。

就剩我们几个人时，拉斯特雷德走出办公室，去指挥将哈伯拘留。福尔摩斯立在窗前，转过身，轻声地说道："你知道的，老兄，我绝不会冒犯你。"

"我知道你不会故意冒犯。"我只能这么说了。

"那么，你是否愿意听听我的意见。到目前为止，你在很多方面已经做得让人钦佩了。不过，我情不自禁地观察到你的证据线索看起来非常混乱。我知道，如果你帮助拉斯特雷德那个笨蛋让无辜的人被绞死，你会夜不能寐的。"

"最后声明一遍，"我暴躁地说道，"这不是我的案子，是咱们的案子！你愿意怎么做就怎么做吧！"

"遵命。"他微笑着说，"如果你乐意，让我们再回到会讲话的尸体这个案子上。"

16

接下来的一整天，我们都沉浸在和煦的春风里，河流南岸处处洋溢着愉快的氛围——街道和小巷蜿蜒交错，清澈的蓝天里烟雾袅绕，火车的汽笛声也在桥梁和高高的桥拱间此起彼伏。福尔摩斯从西敏桥出发，途经阿斯特利圆形剧场，顺着坎特伯雷音乐厅的围墙一直往前走，穿街过巷欣赏着沿途风景，最后绕回到坎特伯雷音乐厅门口。

那天晚上早些时候，我们进了音乐厅，这里的特色是"鱼芭蕾”——穿着银质肉色紧身衣的女演员在轻纱幕帘后展现着她们曼妙的舞姿。

福尔摩斯很少去音乐厅。他这天晚上进音乐厅其实对看表演的兴趣不大，他的真正目的藏在“背后”：坐在吧台旁边，看着前面的舞台，同时从后窗窥探整个街道。街道上那些无休无止的笑声、丁零当啷的玻璃杯碰撞声及配着全麦面包和黄油的生蚝，就是他所需要的全部娱乐了。

吧台后面多是一些戴着高顶帽子的职员或精心打扮的姑娘，我和福尔摩斯则呆坐在一个大理石圆桌边欣赏节目，桌上放着几盘牡蛎和几杯白葡萄酒。时间悄然流逝，我突然意识到，我们已经看了几遍表演了。这时，福尔摩斯突然站了起来，微笑着朝一个女孩儿走过去。难道他要在这种地方跟人搭讪？而且，在我看来，这个女孩儿并没有什么特别之处。

“生日快乐，亲爱的！”他开心地说，“生日快乐，露西·罗斯！”

“什么？”女孩儿转过身，面对着他，看起来一点儿也不高兴。

福尔摩斯仍旧温柔地冲女孩儿微笑。

“提前了一周，但我们的祝福是最真诚的！生日快乐，露西·罗斯！我是不是应该说，生日快乐，路易斯·哈维？”

听到这里，我站了起来，同时，那女孩儿转过身想要逃跑。我恰巧挡住了她的去路，她只好停下了脚步。

福尔摩斯上前一把拽住了她。

“路易斯，不要害怕！我们不会伤害你。”

“到底是怎么回事？”我吃惊地问道，“你说过她已经死了……就在兰贝斯公墓！”

“她是在兰贝斯公墓。”福尔摩斯转而对露西说，“你当时也在兰贝斯公墓吧？——跟大伙儿一起站在围栏边，恐惧地看着可怜的克莱弗的尸体被挖出。”

能从人群中发现自己要找的人，福尔摩斯敏锐的洞察力简直是个传奇。

他也看出了我的诧异。

“华生，华生！”他严肃地说，“我们一直在全力调查萨默赛特宫和那些死亡登记者，却忽略了那些出生登记者，我只能用我的闲暇时间去调查出生记录。这个姑娘的生日是4月4日，如果记录可信的话，那一天并没有一个叫露西·罗斯的人出生。但是17年前，在路易斯·简·哈维的记录上，附有她的第一份工作的信息。看，就是咱们现在找到她的地方。”

福尔摩斯温柔地拉着女孩儿，但她好像想要努力地挣脱。

“你们到底想要什么？”

“我们要真相，”福尔摩斯严肃地说道，“你保守已久的真相。你知道的关于玛蒂尔达·克莱弗的真相，关于尼尔医生的真相。”

她不再反抗，突然跌坐到大理石吧台旁边，好像双腿无法支撑身体的重量。她什么也没说。福尔摩斯招手唤来服务生，帮我们点了三杯冰冻果子露。

“说吧，”福尔摩斯坐在她对面说，“说出真相，他就不会再来伤害你了。你一直隐瞒下去的话，让罪犯逍遥法外，他总有机会再找上你的。”

她深深地吸了口气，说道：“我太害怕了！”

“你和玛蒂尔达·克莱弗在一起的时候，你们俩见了他。”

路易斯·哈维——我此时也应该这样称呼她——点了点头。

“如果我没猜错的话，”福尔摩斯说，“那人以为他谋杀了你们俩，但是玛蒂尔达又多活了两个礼拜。那你是怎样逃出来的呢?”

“我是在莱斯特·广场的阿尔罕布拉遇到他的，”她轻声地说，“那是一个像这样的酒吧。当时，他问我叫什么名字，并说他是从美国来的，在医院里工作。我跟他离开牛津大街后，整晚都和他待在贝里克街的一个酒店里。那天晚些时候，我们又去了路堤旁的诺森伯兰酒吧。玛蒂当时也在那里。他想要我们两个，还说，他有种特别的东西，可以活跃气氛。他给了我们每人两个长条状胶囊，说那是医生才能搞到的东西。当时，我和玛蒂都不敢吃，但他逼我们吃。我当时假装吞下了我那颗，其实，我把那药丸藏在了另一只手里，偷偷地扔到了身后。玛蒂则把她的药偷偷丢进了口袋里。他说要先去趟医院，晚些时候再来旅店见我们。我一直在那里等着他，但他没有再回来。”

福尔摩斯长叹了一口气，说道：“他一定是精神失常。不过这也无法阻止法律对他的制裁，法律对精神错乱有着严格的定义。这对囚犯没有什么用处，只能成为莫兹利博士的研究对象。”

女孩儿没有在意福尔摩斯的话，接着又说：“当时，我吓坏了，一直躲在房间里不敢出来。后来有一天晚上，我在史丹福大街溜达的时候又看到他了。我俩当时离得很远，我想他当时应该没有看到我。后来我听说两个女孩儿死在那儿了，我很担心他会不会在菲利普斯太太家看到了我。于是，我就逃到了布莱顿，在酒吧里找了份工作。一直待到昨天，想着他现在应该已经回美国了，我才回来。我听到你在背后叫我的真名时差点儿被吓死，还以为是他在叫我。”

福尔摩斯安慰她说：“上帝保佑你以后的日子里平安无事。遗憾的是，可怜的玛蒂尔达一直留着那两粒药丸。一天，她喝下了半瓶威士忌之后，为了一时之乐，吞下了那两粒药丸。然而对方并不知道玛蒂尔达留着药丸，也不知道你根本没有吃。他本以为可以杀了你们俩的伎俩已使你们丧命，殊不知你们都还活着。”

福尔摩斯转向正吃惊地看着他的我，露出轻松的微笑。

“你说，华生，是不是我们年轻的朋友创造出了一个很有魅力的‘死人’？”看到女孩儿吃惊地盯着自己，福尔摩斯继续说，“路易斯是一个会讲话的‘尸体’，她会给我们的案件提供解谜的线索。”

我本想问他什么时候知道的真相，为什么一直对我隐瞒，但当我听到他在最后说这是“我们的案件”的时候，感到很欣慰，也不打算再问了。

后来，我们把路易斯·哈维送到了警察局，然后去了博街。拉斯特雷德正在那儿等着我们。他并没有一直在那里走来走去，但很明显他总是在不自觉地踱步。

“又有一封信！”他兴奋地说，“邮戳表明信是昨晚 10 点在霍尔本寄出的，应该是在尼尔医生被捕 4 个小时后。”

福尔摩斯看完那封信，抿嘴一笑，把信递给了我。

“太棒了！”他高兴地说，“真是太棒了，华生！”

尊敬的先生：

你掌控的那个人是无辜的。我给女孩儿们药品是为了治愈她们在尘世间的苦痛。其他人也许会跟从路易斯·哈维一道离开这个苦痛的世界。拉塞尔公爵插手了克莱弗中毒案。如果我是你，我会放了托马斯·尼尔医生，不然你会惹麻烦。

敬重你的胡安·波伦，杰克

所有人都小心！只警告一次！

“我不明白，福尔摩斯先生，这种事怎么会是好事。”

“拉斯特雷德，那些看起来有很多说辞的信息实际上不值得研究。斯莱特先生要是听到这则逮捕和犯罪消息，会觉得这是对兰贝斯警察的小小报复。可想而知，这种事情并不少见。我们就先别管它了。”

第二天早上，路易斯·哈维透过一扇窗户看向博街的院子，“那个人”也在院子里。她并不像自己预料中的那样，因为害怕而不敢与这个杀人犯对质。

她眼睛一瞥，便认出了尼尔医生。

“你之前还有没有见过那一排里别的人?”福尔摩斯温和地问道。

她摇了摇头。

“见过这个人吗?”福尔摩斯指着沃尔特·哈伯问。

她又摇了摇头。

“没有，他是那种会和伦敦女孩儿一起去逛布莱顿酒吧的男孩儿。没什么特别之处，他不是‘那个人’。”

“那么你只认识尼尔医生?”

“谁?尼尔医生?噢，不是的！我不认识什么尼尔医生。”

拉斯特雷德失望地叹了口气，屋里所有人都听到了。

“现在，请在这些人中指出尼尔医生，小姐!”

她第三次摇头，并且更加笃定：“没有尼尔医生。”

那一瞬间，我也感到很沮丧，好像我们精心设计的针对兰贝斯谋杀案的解决方案被搞得土崩瓦解。就在这时，奇迹出现了。

路易斯·哈维责备道："你们只是问我认不认得他的长相，那个人就是他，但他不叫尼尔，至少他不是这么告诉我的。他说他叫克雷姆，很有趣很好记的名字。他给我看了他的信件，收件地址是弗利特街的安德顿酒店。收件人是克雷姆医生，千真万确。"

福尔摩斯慢慢地转向拉斯特雷德，一副责备的表情。

"他到达尤斯顿时身上没有行李，所以他带的包应该寄存下来了。你们的人是不是已经在尤斯顿的寄存处寻找过尼尔医生的个人物品了？"

套用一句话来形容，探长的表情就是一片感情复杂的区域。

"据斯利普夫人说，他房里的一个手提便携旅行箱不见了。我们在衣帽间和失物招领处都找过……"

"但没有找到。"福尔摩斯耐心地说，"也许他们该请人找一下'克雷姆'医生的旅行箱。"

当晚9点过后，伦敦警察厅收到一个旅行箱，里面还有托马斯·尼尔·克雷姆医生的护照和个人物品。在警方将这起跨洋大案归档前，福尔摩斯展示了从芝加哥新闻里了解到的一些新闻线索，主要是与克雷姆医生有关系的几宗女病人离奇死亡案件以及他曾因毒死一个男病号被判刑。

17

多亏了歇洛克·福尔摩斯和他历尽千难万险让其活下来的"讲话的尸体"，兰贝斯迷案终于成功告破。令福尔摩斯感到不解的是，有人竟然这样变态，将别人的死亡当作娱乐。他耸耸肩，再次提到了路易十四的事例。不过，他帮我避开了一个尴尬的事实——当一个医生想犯罪时，他可以成为最可怕的罪犯。

随着案情真相大白，还有一些事实需要交代。克雷姆出生于苏格兰，而非美国。他懂医学，以前做人工流产的生意。他的主顾主要是芝加哥街头的女人，他因为和这些女人们混在一起，感染上了一种病，使他的身心极不正常。

福尔摩斯了解到这些，便不需要更多解释了。尼尔医生，或说克雷姆医生，或说尼尔·克雷姆医生，也就是他现在广为认知的名字，他是一个有着恶魔的灵魂的复仇者，手段穷凶极恶。所有的谋杀和勒索都是这个变态狂所为，而这些罪恶都掩藏在他谦和温雅的外表下。他的真面目被揭露出来，便与一直以来只有一半可见的情况相吻合。克雷姆认罪，令认识他的人都觉得惊愕。一个众人眼中的谦谦君子怎么可能谋杀了那么多年轻女子？

一个人步入中年，不管他曾犯下多少罪行，人性中总会展露一些善良的光芒。而兰贝斯案的凶手却毫无悔罪的迹象。据拉斯特雷德讲，在新门监狱里度过的最后几周里，这个医生像歌厅里的小丑一样又唱又跳。与人交谈时，他常常吹嘘他多情的征服者并扬言要谋杀更多人。他的心智已经被他的罪恶逼到狭窄的轨道里去了，他不再有任何敬畏之心。

尽管看起来福尔摩斯早已对此案不管不问，但事实上他一直都没有放弃调查。他主张对尼尔·克雷姆医生施行缓刑，以作为病态心理的标本供心理学家们研究分析。以精神病理学的标准而言，他无疑是个疯子。然而，英国法律对疯癫的定义源于50年前，如果一个人在一段时期里不知道他在做些什么，或者知道自己在做什么却不知道其危害。此案的犯罪嫌疑人不符合这两个条件。

当然，那时还没有刑事申诉政策。犯人们唯一的希望来自内政大臣。内政大臣有权批准他们由死刑减为无期徒刑的缓刑申请。

又过了一两个礼拜。11 月的早晨，我从睡梦中醒来，厚重的黄雾弥漫了整个伦敦。透过窗户向外看，贝克街对面的房子模糊不清。油腻厚重的蒸汽团从窗外飘过，呈油滴状凝结在玻璃窗上。福尔摩斯把椅子放回餐桌旁，凝视着窗外的坏天气——他已经好几天没出门了。他看了一眼手表，心情跟着愉悦起来。

“我差点儿忘了，老兄。”

我放下报纸，一脸狐疑地问：“什么?”

“你的客户啊，华生。两小时前，克雷姆在新门监狱被执行了绞刑。虽说我不敢保证每次都令我的顾客满意，但我从没想到，我会把任何一位送上绞刑架。”

护士丈夫之死

1

初秋，一个下着雨的早上，这是第一次世界大战爆发前最后一段宁静的日子。歇洛克·福尔摩斯靠在椅背上，桌上放着他吃剩下的早餐，他正在看手里的一封信。我则在阅读《泰晤士报》上关于塞尔维亚危机的报道，这时，福尔摩斯发出一声惊叹，于是，我放下了报纸。只见他两眼放光，脸上露出窃喜的神情，但又好像刻意控制着面部神经。

他紧盯着信，一句一句地给我念了起来。

“先生——关于之前提到的出身问题，我现在回答你：我母亲是公交车司机，我父亲是出租马车司机，我姐姐在北极地区驯马，我哥哥是在轮船上工作的英勇水手。此前，本月15号的时候，我收到了你的信，信上的问题甚是无礼。所以，这个答案是我能够给出的所有信息。落款人：被你鄙视的女婿　乔治·斯密斯。”

“福尔摩斯，乔治·斯密斯是谁啊？这封信为什么寄给了我们啊？”

他看了看两张信纸，摇了摇头。

“华生，我也不知道是怎么回事，但至少有一点可以确定，这封信本来不是寄给我们的。不过，令人奇怪的是，里面也没有附信。今晚之前，咱们一定要把这件事情弄清楚。等等，这里还有一封信，是更早的时候写的。”

他展开那封信，念给我听：

“‘先生——虽然我不知道你下一步的动向，但恳请你听听我的建议，切记小心为妙。落款人：乔治·斯密斯。’——华生，你看，这两封信是连贯的，而且都写于过去十天内。这里还有第三封信：‘先生——我将这些信都进行了备份，现在，我和妻子决定给你和夫人寄一份。此前收到这些信的时候，因为信的内容几乎都是家庭事务，所以我们打算把它们保留下来，以备他日不时之需。落款人：乔治·斯密斯。’不管这位斯密斯先生是谁，他在信里面还是犯了一些语法和句法错误。”

“但是，他为什么要把这些信寄给我们，却没有做出任何解释呢？”

“我觉得，咱们应该尽快找到答案。”福尔摩斯说完，敲了敲烟斗，清理掉里面的残渣。接着，他拿起小提琴端坐到沙发上，拉起了俄罗斯音乐家斯克里亚宾的交响曲《普罗米修斯》。不知不觉中，福尔摩斯开始走调，演奏出来的曲子既像斯特拉文斯基，又像斯克里亚宾。要是在音乐厅里，这种刺耳的声音说不定大受欢迎；但置身于我们的公寓，这声音听起来极为不协调。他拉奏《普罗米修斯》只是出于一时之兴，因为那位作曲家曾经说过，他相信，使用宗教、神秘主义和光的特性，可以表现出一种毫无韵律的音乐。当然，要想找个理由来反驳这种胡言乱语，也不是件容易的事情。

正如福尔摩斯所料，半个小时之后，我们的门铃响了起来。

“是一位绅士，”哈德森太太俏皮地说，“他没有预约，但他坚持说，他要来取自己的文件，文件在福尔摩斯先生那儿。”

福尔摩斯放下小提琴和琴弓，没有表现出丝毫的不耐烦。

“让他上来吧，哈德森太太。我们正在等他。”

我们等着访客上楼时，福尔摩斯又念了一遍刚才那封信，写信人看起来像个小学生：

“‘我母亲是公交车司机，我父亲是出租马车司机，我姐姐在北极地区驯马。’这个写信人的语气相当肯定啊，华生。我觉得……”

他话音未落，客厅的门开了，我们面前出现了一位身材高大、外表和蔼的男人，看起来有五十多岁，高高的鼻梁，脸色苍白，身穿黑色牧师服，搭配着灰色领结。

“先生，请进，随便坐。”福尔摩斯亲切地招呼道，“我是歇洛克·福尔摩斯，这位是我的搭档华生医生。你应该早就听说过我们。”

高个子男人脸色煞白，分别朝我俩鞠了躬，惴惴不安地说道：“福尔摩斯先生，说实在的，两天前，我还没有听说过你们二位。此前，我和妻子一直都过着与世无争的幸福生活，可是，最近突然发生了一些意外，现在，我连报纸都没有心思看。”

“没关系，”福尔摩斯示意他在椅子上坐下，“不过，从你之前寄来的几封信上，我确实没有弄清楚你叫什么名字。”

我们的访客迅速地将目光转向福尔摩斯，好像他不希望福尔摩斯将他和那封神秘的信联系在一起。

他看着我们坐下，随后，小心翼翼地说道："我本不想欺骗你。"

福尔摩斯礼貌地笑了一下，好让他放心，接着说道："先生，其实名字并不重要。你说呢？有幸认识像你这样德高望重的虔诚之人，对我来说就已经足够了。我猜想，你住在白金汉郡，是当地的卫理公会派牧师。你的女儿跟斯密斯这种恶棍结婚，这是她犯下的大错。据我所知，两天前，也就是周二下午，你曾去牛津大学附近的圣·迈克尔街，找豪斯和伍德霍尔事务所的亨利·豪斯律师咨询过，然后，你按照他的建议，把斯密斯写给你的三封信转寄给了我。他在信里面要求你全额支付你在一两个月前写给他的借据款项。我把它理解为，如果你给他这笔补偿款，他就答应离开你的女儿。但由于他的信没有奏效，最后，他娶了你女儿，现在又来威胁你让你付款。你接受了豪斯先生的建议，今天早上乘火车赶到了马里恩波车站，然后马不停蹄地过来找到我们。"

和我们以往接待过的访客们一样，他的表情像中了魔一样。

"先生，我觉得，你们跟踪过我！"

听了这话，福尔摩斯浑身不自在。

"老实说，我什么也没做，只是凭借常识进行了推断。比如说，从你的牧师服的样式和标签可以看出，它是维多利亚街的哈里斯与罗杰斯品牌店出品的。这家店铺位于卫理公会中央礼堂附近，专门给卫理派的牧师定做服装，在业内非常有名。虽然你没有佩戴传教士白领，但从你说话的方式听得出来，你经常做公开演讲。由此，我判断你是当地的牧师。还有，我们刚才没有听到马车的声音，说明你不是坐出租马车来的。你的鞋子和裤子都被打湿了，所以，你应该是抄近路走过来的。马里恩波火车站离我们这儿很近，因为穿着大衣还打着雨伞，你身上很多地方没有被打湿。不过，我注意到，你右边的裤脚被雨水打湿了，而左边的却没有。我凭借多年的生活经验判断，你的衣服是你从马里恩波火车站走过来时被雨淋湿的，那条路上的风很大，所以绝不会是通往贝克街的都市线。从你抵达的时间来看，你乘坐的应该是从白金汉郡直达这里的火车。你这么早就到了这里，所以你不可能从更远的地方赶来。”

我们的访客耸了耸肩。

“豪斯先生真的没有把我的情况告诉过你吗?”

福尔摩斯摇了摇头。

“我还注意到，你的来信上的邮票已经被撕掉，盖邮戳的时间是昨天早上 6 点，地点是牛津。你本人不可能那么早赶到牛津，因为你不可能只为寄一封信大费周章地赶去牛津邮局，你完全可以在其他空闲的时间随便找个邮筒把信投进去。所以，那封信是在星期二晚上 10 点钟左右被放进邮筒的，刚好是在邮递员当天最后一次收信之后。如果你在牛津，并且十分想要投递这份至关重要的信件，那么我就可以合理地判断出，你是想寻求帮助，然后会花几个小时的时间考虑，是否要继续做这件事。”

“你说得没错。”我们的访客看上去如释重负。

福尔摩斯继续说：“可能推荐你来找我的人有好几个，比如新学院的学监斯普勒、贝列尔学院的校长斯特罗恩·戴维森，还有自然科学学院的几个高级会员。不过，他们此前都没有遇到过这种事情。我曾经和豪斯先生有过类似的合作，所以，在这个城市里，他最有可能将我推荐给你。他并没有让你亲自带来这些文件，因此我推测，你花了几个小时的时间来考虑这件事，最终，你决定不写附信就直接将信寄出，这样你就不必为这封信担责。然后，你乘坐最后一班列车回了家。我估计，晚上10点45分从牛津出发，目的地要么是艾尔斯伯里，要么是特林。不过，我的判断也可能完全不对。”

“你说得没错，目的地是特林火车站，但我家不在那儿，”我们的访客平静地回答，“福尔摩斯先生，你只猜错了这一个地方，我住在艾什顿·克林顿，离火车站几英里远。如果不是亲耳所闻，我绝对不相信有人能做出如此缜密又精确的推理。”

“我向你保证，”福尔摩斯一派绅士风度，“做出这样一系列推断并不是很难，因为每一个结论都是根据前一个推理得出的，环环相扣。有些人喜欢刻意省略中间的推断过程，直接将开头和结论摆出来，制造出令人吃惊的效果。”

那个面色苍白的高个子男人说：“我叫威廉姆·马克西。我有一个漂亮、年轻的女儿，她叫康斯坦丝，经济状况还不错。她在南海城接受了三年培训，后成了一名合格护士，随后，在医院担任过诸多要职，表现一直都很出色。”

“直到后来遇见了斯密斯先生？”

“没错。”马克西的脸色瞬间变红了，“更不幸的是，最后的结果不止于此。我有个好朋友查尔斯·伯恩哈姆，在小教堂做事，他也有个女儿，名叫爱丽丝。她和我的女儿一起参加过护士培训，因为两家住在一个镇上，并且都是卫理公会派成员，所以两人关系很密切。后来，她们前往朴次茅斯工作，南海城的小教堂和医院就成了她们生活中的两点一线。而我刚才提到的那个恶棍，恰好也参加了小教堂的礼拜活动。”

“请允许我打断一下，”福尔摩斯做了一些笔记，然后问，

“这件事情是什么时候发生的？”

“两年前，斯密斯开始追求爱丽丝·伯恩哈姆，然后娶了她，这一度让她的父母很生气。但没过多久，两人的婚姻破裂，那个恶棍要求分割财产。在此期间，他说过很多脏话，他之前给我写的信也是大不敬的，也是用这种语气。”

“那最后给他钱了吗？”

“当然给了，福尔摩斯先生，因为伯恩哈姆担心法律诉讼会毁了他女儿的名声。”

“真是够倒霉的。请你继续往下说吧。”

“一想起这件事，我就忍不住想哭。结婚不久，斯密斯和爱丽丝前往黑潭市度假，爱丽丝游泳时不幸溺水身亡。斯密斯说，他因为失去了爱丽丝而感到心烦意乱，于是，他又回到了南海，到教堂做礼拜。后来，他觉得，在这座小镇上继续待下去，会不停地勾起他对往事的回忆，所以决定搬到其他地方去。这些消息都是查尔斯·伯恩哈姆本人告诉我的。我们一致认为，斯密斯是一个彻头彻尾的卑鄙小人。”

“世界上竟然还有这样的人。”福尔摩斯若有所思地说道，“斯密斯再次出现是什么时候呢？”

“爱丽丝死了两年后，他又回来了。他在小教堂与我女儿相遇，便打起了我女儿的主意，不断地向她献殷勤。福尔摩斯先生，他毁了我女儿的感情。我之前写信警告过我女儿，但根本没有用。康斯坦丝后来在回信中说，他是天底下最可爱的男人，像耶稣基督一样的男人。”

福尔摩斯嘟哝了句什么，我没有听清楚。

马克西先生继续往下说：“我警告了康斯坦丝，结果我可怜的女儿反而把矛头对准我，常常一连几个星期都不给我回信。

我还安慰自己说，他们一定分开了。可惜现实恰好相反。我敢肯定，他们成婚一定是斯密斯出的主意。他极力劝我女儿先嫁给他，等事成之后再告诉我和我的妻子。他们注册登记一周之后，我才知道木已成舟。没有喜饼，没有结婚照，也没有爱的祝词。然后，他就开始向我要钱。先生，我想请教一下，如果我想办法拒绝给他付款，你能想办法让康斯坦丝回到我身边来吗？”

福尔摩斯将下巴抵在胸口上，侧影轮廓好似一只猛禽。

“除非他们结婚的时候，女方名下有一些资金，否则他无权向你索要钱财。若给他补偿，也应该是你女儿的意愿。”

“福尔摩斯先生，我们现在不谈钱。有什么办法能把我的孩子带回来？老天爷啊，原谅我——都是被这个恶魔害的。”

福尔摩斯径直走到窗户边，以他的标志性姿势停下来，俯视着窗外的街道。过了一会儿，他转过身来，说道：“我会尽力帮你，但你也要知道，法律肯定会站在你女婿那一边，毕竟他是你女儿的丈夫。”

“花多少钱我都不在乎。”这个可怜的家伙因为极度绝望，忍不住哭了出来。

“斯密斯想要的正是这个结果。不过，我得重申一句，你作为父亲，想把女儿带回家，但几乎没有办法避免让新娘陷入他的魔爪……”

“这个恶棍，我当初第一次也是最后一次见他的时候，一眼就看出了他的真实面目。”

“你女儿现在肯定也看清了他是怎样的人了，但她觉悟得太晚了。尽管真理在你这边，可法律站在他那一边。”

马克西在椅子上不安地扭动着身体，露出愤怒的表情。

“那你的意思是你帮不了我吗？”

福尔摩斯走回来，坐在马克西的对面。

“我不是这个意思，马克西先生。不过，照目前的形势来看，从法律角度出发，几乎无计可施，事实已经摆在那里。更何况法律也不是我制定的。”

我从来没有看到过客户眼中流露出如此强烈的感激之情。马克西先生起身离开我们的公寓之前，一直认定福尔摩斯就是一个全副武装的骑士，能够扭转他目前的困境。

现在，房间里只剩下了我们两个人。

福尔摩斯坐在椅子上，点燃烟斗，陷入了思考。

“他们已经结婚两个星期了。想要取消婚约已经太迟了，要想离婚路也还长着呢。这样一桩案子怎么能赢呢？”

福尔摩斯放下烟斗。

“华生，我很惊讶，你观察到的信息太少了。作为一位医学专家，你肯定能够意识到，斯密斯不是一般的恶棍。阿尔伯特·摩尔博士曾写过一篇非常有名的关于犯罪心理病理学的论文，对这种行为做出了完整的剖析。”

我倒是没有联想到这些，但觉得现在还不是为自己辩解的时候。

福尔摩斯若有所思地说：“为什么一位新婚不久的女人没有给父亲寄婚礼照片呢？给父亲寄婚礼照片不是很正常的事情吗？”

“或许他们当时没有拍吧。”

“在婚礼上，”他略带愠怒地说道，“哪怕只拍一张照片，绝对不是什么难事儿。”

“你的言下之意是，他并不想让新娘的父母看见他的模样？”

“当然不是，华生！他们已经见过面了。斯密斯是担心别人看到他的结婚照片。那么，他究竟会犯过什么罪，最容易让别人一眼认出来呢？”

“重婚罪？可是，如果新娘符合结婚年龄，而他其他的婚姻在法律允许解除的范围内，则他再婚并不构成犯罪呀。”

福尔摩斯直直地看着我，好像我让他非常绝望。

“这个无礼的家伙竟然能用相似的手法，控制两个聪明又能干的年轻女人。在他的怂恿下，两个姑娘断绝了和父母的往来，完全忽视父母的关爱。由此来看，他肯定是个催眠师，才能哄骗两个漂亮姑娘。还有其他可能吗？华生，如果斯密斯只是一个单纯的重婚者，那么我也会瞧不起他。”

2

马克西先生离开后，一连好几天，福尔摩斯不再演奏斯克里亚宾的曲子。他什么也不干，整日窝在起居室里与他的小提琴为伴，把斯密斯先生信中的内容按照自己的兴致唱出来，他那合着琴弦奇怪的音调，经常回荡在我耳边：“我母亲是公交车司机，我父亲是出租马车司机，我姐姐在北极地区驯马……”

由此看来，他似乎已经忘了自己到底要做什么。

几天之后，一个早晨，我偶然间看到福尔摩斯在处理一封官方信件。他拿起那封信时，桌上的另外一个信封显露出来，上面写着：伦敦W，贝克街221B，菲比·戈莱特利小姐收。我用好奇的眼光盯着他，他还在读手上的那封信，全然没有察觉到我。过了一会儿，他终于抬起头来，好像突然意识到了我的存在。我指着信封上的字问他：“见鬼，福尔摩斯，这个人又是谁？”

他满不在乎地瞥了一眼信封，转而盯着我。

“华生，菲比·戈莱特利小姐就是我。由于打字机的眷顾，我的笔迹和性别都被掩饰了。现在，我是一名未婚的年轻女人，参加过上周六在朴茨茅斯婚姻登记处举行的婚礼，那天，我担任我表姐的伴娘。由于我太兴奋了，拍照时一把将披肩递给了摄影师的助手。人在开心的时候就是这样，我后来才意识到，我不小心把披肩忘在了他那里。我想，登记机关应该知道婚礼上的朴次茅斯摄影师所属的公司，所以，我给他们寄了封信询问此事。这是他们的回信。”

我看着他眉头紧锁，展开信纸，读着信上的内容。过了一会儿，他的表情缓和了些。

“有了！是南海城惠灵顿街的柯林斯先生或者是……朴次茅斯斯坦霍普路的惠特菲尔德和布勒。马克西先生的信中显示，斯密斯的地址为南海城东区的金巴利道。据此，我们可以猜测，惠灵顿街的柯林斯先生是他们婚礼的摄影师。”

“要是有照片就好了。”

“如果没有照片的话，华生，我们必须另辟蹊径。但是，这绝非易事。我想，斯密斯先生一定小心翼翼地掩藏着他的真面目，不会蠢到这么早就向新娘展现自己的劣性。”

那天下午，福尔摩斯以马克西先生的名义又写了一封信，向对方索要女儿的婚礼照片。不到一周，我们就收到了回信——一个厚实的信封里装了很多照片。照片明白无误地显示了婚礼的寒酸，上面只有新娘、新郎二人，另有一个证婚人站在二人身旁。值得一提的是，证婚人是个体型匀称而丰满的年轻女孩儿，有着深色的头发和坚定的气质，她看起来不像个任性的姑娘，倒像个沉稳的少妇。

最有趣的是新郎的形象。他的脸膛宽阔，鼻子和下巴都比常人突出。胡子纯黑而浓密，好像是为了掩盖他嘴巴的残忍。他那低低的眉毛下面，眼光犀利有神，闪烁着可怕的冷峻和无情的理智。棕色的短发很整齐，使耳朵凸显出来。脸上的皮肤紧绷，看不出一点儿软弱的迹象，整张脸光洁透亮，而他的脖子很粗，与脸部的比例很不协调。

“啊，”福尔摩斯立刻说，“华生，你看，他的眼睛瞪着你呢，那眼神就像在看一只将要被他踩死的甲虫！那颧骨的力量！脖颈的力量！马克西先生说，他了解这个男人，我怀疑，这个可怜的人根本没有见过他的真面目！”

我们俩静静地看着这个男人的肖像。过了好几分钟后，福尔摩斯冷冷地说：“要是有什么人生来就该被绞死，那就是他，他的颈部会让皮尔波因特和埃利斯先生不好下手呢。”

歇洛克·福尔摩斯总是随时可以转移注意力。有时候，他也特别不喜欢和别人交流自己的计划或想法。接下来的几天里，他不再主动关心此案，而是坐等新郎自己送上门来。当他告诉我他要参加他的二表兄——福尔摩斯·德林格副官——在斯卡帕湾组织的水下鱼雷攻击实弹演习时，我对他的这种印象更为强烈。他至少要离开三天，我真不希望在此期间成为马克西先生的抱怨对象。

他临走前不久的一天，我正要开口表达我的不满，才发现为时已晚。一天早上，当我从外面回到贝克街时，看到哈德森太太正在开门，一个衣着整齐、戴着帽子的海军军官从楼上下来，只见他浅棕色的头发和胡子都很整齐，手里拿着一个棕色的双筒望远镜。显然，福尔摩斯已经坐在路边的出租马车里。这个人恶狠狠地朝福尔摩斯叫道：“坐稳了，伙计！我拿上了你要的东西！”

然后，他好像刚刚注意到站在阴影里的我，厉声说道："你！早上好啊！"

他那命令口气让我为之一振，差点儿也向他问了好。他就是福尔摩斯·德林格副官。他把双筒望远镜扔进了马车，随即大摇大摆地登上车，好像马车是一艘战斗巡洋舰或捕鲸船似的。然后，马车向北面的尤斯顿路驶去。

为了躲避马克西先生的责备，我打算回家住上一两天。吃完早餐后，我离开了贝克街。第二天晚上，大约 11 点左右，当我走进起居室时，发现桌上放着一封电报。

请你立即前往滨海韦斯顿寻找斯密斯。

我从苏格兰回来后将与你会合。

下一步的行动指示在布里斯托尔火车站的电报局。

我放下手中的电报，觉得有种"巧妇难为无米之炊"之感。没有更多的指示，我怎么在那个我不熟悉的海滨小镇上找到斯密斯？福尔摩斯会在那里给我留下什么有价值的线索？我没有办法与他联系。因为他还和德林格副官在一起，即使我能联系上他，也来不及等他的回复了。

电报上的句子像火车在轨道上运行和颠簸，在我的脑海里翻滚回转，让我翻来覆去难以安睡。一次，我从睡梦中惊醒，看到斯密斯的脸像黑暗中的妖魔鬼怪一样出现在婚礼上。第二天早晨，我觉得，除了按照电报的要求去做，我别无他法。

3

第二天晚上，我乘快车从帕丁顿赶到了布里斯托尔长长的月台。我赶到电报局，那里并没有福尔摩斯给我的电报，这让我非常沮丧。不过，仔细查找之后，我发现了一条发报员胡乱写下的福尔摩斯给我的电话留言：

华生，请到韦斯顿的大西洋大酒店入住，等待指示。

傍晚，我住进了一个宛如法国古堡一样美丽的现代化的宾馆。从我的房间可以看到沙滩和驴车，正对面有两个小岛，更远处是威尔士山脉。灰色的大海广阔无边，延伸至大西洋。我有充足的时间观赏窗外的美景，因为直到第二天，我仍然没有收到给我任何行动指示的电报或者信件。第二天是周六，城里挤满了游客。那天下午，我不想继续待在屋子里等消息，拿着手杖，到海岸边的沙滩上漫步。海风温柔地轻抚着我的脸颊。沙滩上自然形成的道路非常宽敞，长约两英里。

不幸的是，这条宽阔的道路最近被美国流行的溜冰运动占据了。男人和女人从我身边飞驰而过，在行人中穿梭来往，时不时危及着他们的生命。一个穿花呢夹克的家伙看起来十分活跃，他穿着鞋套，戴着帽子，打扮得像个艺术家。他穿梭在行人之间，经过我身边时故意拎起我帽檐儿的后部，向前一压，挡住了我的视线。真是个傲慢无礼的家伙！他浓密的胡子也没有掩盖住他深色的脸膛，破裂的毛细血管显示出他是个酒鬼。我冲他大喊了几声，但他并没有注意我。

接下来，我的眼睛再次被帽檐儿遮住。当我拉起帽子时，他转过身来，厚颜无耻地朝我笑着。他在我的手杖够不到的地方空转着。

“你敢再来！”我喊道，“我就叫警察来抓你！”

“哦，亲爱的！”他得意地笑着说，“华生，我敢打赌你不会做这样的事！我刚跟萨默塞特警局的格里什探长建立了工作关系，他是拉斯特雷德的表弟。我不自觉地想到，要是我被逮捕了……”

福尔摩斯的出现让我十分震惊。我迫不及待地问他，全世界都以为他在斯卡帕湾的时候他来这里做什么。我还要他作出解释，电报上荒谬的滨海韦斯顿到底是什么意思。

“我可怜的华生，”他快活地说着，坐在长凳上，解开冰鞋的带子，“我不敢让你太早知道秘密，怕你会出卖这个游戏。至关重要的是，我应该被认为是和马克西先生及他女儿无关。我不在斯卡帕湾，但朴次茅斯在海军历史上也毫不逊色。”

“朴次茅斯！”我看着他撕下胡子，擦去脸上的妆容，像做外科手术一样神奇。他和我住在同一家酒店，他的房间离我的房间只有几个门远。“你一直在这儿跟踪斯密斯？”

“跟踪他并不难，”他表情严肃地说，“很明显，他以为自己只需要提防马克西，别的人都不必担心。不过，连我都没想到这家伙如此邪恶。我在朴次茅斯和南海城之间跟踪了他一天半，却没有什么收获。但是，出乎我的意料，他突然拿起旅行包直奔海港火车站。他先乘火车到布里斯托尔，然后乘电车到克利夫顿。他在那里和一个年轻女子会合后，两人一起回来了。我从听差男孩儿那儿打听到，那姑娘名叫佩格勒，有时候也被人们称作斯密斯太太。他们此时在这里，以夫妻的名义入住。他两星期前究竟给这个可怜的新娘编过什么故事，只有老天知道。”

“到时候应该有足够的理由申请离婚。”我阴沉地说。

“哦，不，华生。如果结果只是离婚的话，我会感到非常失望。我坚持认为，咱们调查的案件绝不单单涉及婚姻问题。”

“他现在在哪儿?”

福尔摩斯耸了耸肩。

“我把他跟丢了。”他说，那语气好像觉得这根本没什么。

“那我们该怎么办?”

屋外渐渐变暗，海岸边的灯柱上，灯光有如珍珠一般闪闪烁烁。隐隐约约的音乐声从大码头那边的戏院传过来。

“走，咱们去散步，”他扬扬得意地说，“就去我在此度假期间认识的好友海滨摄影师杰克逊先生的摄影棚‘杰克逊的面庞’那儿吧。”

去过海边的游客都知道海岸边的“瘟疫”，他们用相机对着你的脸，或者给你发传单，或者把你的肖像贴在广告牌子上。“杰克逊之家”的影棚在泥泞的港湾旁，摄影棚外展示着他最近一两天拍摄的照片。

“请允许我介绍斯密斯先生。”福尔摩斯指了指宣传板上一张有点儿发皱的照片，平静地说。

他不需要告诉我，我就知道他在想什么，因为这是一张不同寻常的照片。照片上，一对儿十分不登对的夫妇手挽手走在长长的海滩上，也就是我们现在站着的这片海滩。照片上的女子的头发松散，幸福地傻笑着。照片上的男子奇装异服，戴着顶高帽，好像特地为参观海景之用。他打着僵硬的领结，外面穿着一件大衣，里面穿着一件背心，挂着一条金项链，像是准富翁的节日打扮。所以看过他们婚礼照片的人都能轻易认出这浓密的胡子和大胆的步伐及其轻蔑的眼神里令人恐惧的漠然。

这就是斯密斯先生和佩格勒小姐。

"华生，我想，根据《侵犯人身法》第57条，那张照片就足以让他蹲上至少七年监狱。"

"我不知道。"我说。

"重婚。你没看到这个女士左手无名指上的戒指吗?"

"那不能代表什么，说不定只是在作秀。"我仍在辩解。

"我不这么认为，"福尔摩斯温和地说，"我想，他应该是正当合法地娶了这位女士，否则，马克西小姐就是重婚。他想要这个年轻女士的钱或是她家的钱，仅仅靠诱惑是不行的。不管斯密斯先生还有什么能耐，他看起来像个职业的女人欺骗者。"

福尔摩斯转身走进摄影棚，摄影棚里弥漫着一股浓烈的氨水和漂白剂的味道。秃顶的店主穿着整洁的衣服站在柜台后面。

"杰克逊先生，请允许我介绍我的同事华生医生。请你再给华生医生复述一下那张照片里的那个男人的情况。"

杰克逊先生的眼睛在眼镜片后面眨了一下。

"先生们，我们的顾客太多了，我不敢说我能记住每个人的长相。但我确实记得不少人，所以我们的店名叫'杰克逊的脸庞'。"

"有意思，"福尔摩斯有些不耐烦地说道，"那么，你记得这个男人吗?"

"虽然是一年多前了，可我不得不说我确实记得这个男人。当时，我就在这儿帮他拍了照片，还把照片放在了我们的宣传栏里，尽管他不同意，不过，我们还是在宣传栏里贴了好几天。外面正准备把它摘下来时，来了一位塔科特太太，她说，照片上的那个男人租了她在格林特沃斯湾的上教堂路的一幢公寓，这个男人两天前跑了，欠了她三个星期的房租。”

“那她报警了吗?”

“报警有什么用?”杰克逊先生说，他看起来很懂人情世故，“警察根本帮不了你，他们会告诉你，这种事情属于民事案件，你可以起诉对方，前提是你得自己先找到他。”

“那个男人叫什么名字?”

“威廉姆斯，”杰克逊先生的语气很坚定，好像在向我们证明他的记忆力，“威廉姆斯先生和威廉姆斯太太。”

“你一直都记得他的名字?”我带着一丝怀疑问道。

杰克逊先生看着我，好像我这么问是一种低能的表现。

“他后来又回来了，”杰克逊先生慢慢地解释道，“所以我记得他。他的妻子先回来的，跟塔科特太太住在一起，还了他欠的房租，还向塔科特太太道了歉，并说，她丈夫去年遗弃了她后，她从她爸爸那儿要了点儿钱，她还说，她爸爸是银行家，她就此还了债。一个多星期后，塔科特太太告诉我，有一天，威廉姆斯夫人出去买花，回家时显得特别开心，说她在格林特沃斯的海湾又碰到了她一年没见的丈夫，当时，她丈夫正一个人在岸边看海。”

“真是值得玩味的巧遇。”福尔摩斯温和地说。

“巧遇?”杰克逊先生撇了撇嘴，“塔科特太太说，他们和好了。威廉姆斯做的第一件事就是，带着她去窝打老道找律师公证，把她父亲的财产全部过继到了他名下。要我说，他真是冷血又直接啊!”

“啊，是的。”福尔摩斯说，好像小心地肯定“威廉姆斯”——也就是斯密斯，一定会这么做，“果然不出我所料。”

杰克逊先生警惕地看了看福尔摩斯。

福尔摩斯笑着走出了摄影棚。

“华生，我担心的是，康斯坦丝·马克西不是第一个无知地卷入重婚的人，我得花点儿时间搞清楚一共有多少个受害者。”

我们走过码头时，又听到了乐队演奏的音乐声。

我说：“有多少个受害者有什么关系呢？他一旦出现，一定会被判监禁 7 年。”

福尔摩斯皱了皱眉头。

“我想让斯密斯先生尝尝更厉害的。像他这样的犯罪艺术家，7 年监禁简直是太便宜他了。他双脚踩在悬崖边，与绞刑架近在咫尺，简直就是玩火自焚。著名的尼禄的遗言说：‘看我这个伟大的艺术家是怎么死的！’对于这种人来说，绞刑架比监狱更有尊严。”

4

我们从布里斯托尔海峡回到贝克街后，福尔摩斯变得意志消沉。随着调查一步步深入，我越来越担心他患上了焦虑症，因为他时不时地表现得对这个远未了结的案子兴趣索然。他总是靠在椅子上十分忧郁地思考问题。就连有一天晚上，拉斯特雷德来拜访我们，并向我们通报伦敦案件的新情况时，福尔摩斯也打不起精神来，疲惫地靠在壁炉旁，哈欠连天。

这样的日子持续了 5 天，在此期间，他没有回答拉斯特雷德的问题。第六天早晨，一封信件终于结束了福尔摩斯的懒散。我注意到，福尔摩斯的信箱里时不时会有印有萨默塞特宫标志的信封，就好像他欠了掌管出生记录、结婚记录、死亡记录的斯特兰奇什么人情似的。福尔摩斯10点前便从卧室里出来，一改往日早饭前不看信件的习惯，抢过萨默塞特宫的来信，用银质的裁纸刀划开了信封。这把刀说起来，还有些来头，是法国总理乔治·克里蒙梭赠予福尔摩斯的，因为福尔摩斯为前者在一场间谍丑闻中做了辩护。

福尔摩斯读完信，笑了起来："哎呀，华生，咱们可是低估了斯密斯。"

我看到信纸后面还附了一张纸。

福尔摩斯抬起头，眼里充满笑意。

"看，这就是乔治·约瑟夫·斯密斯的结婚证明。"

"是跟伯恩哈姆的还是跟康斯坦丝·马克西的？"

他摇了摇头。

"都不是。他的结婚记录显示，他于1908年在布里斯托尔，以他自己的名字娶了伊迪斯·梅布尔·佩格勒。也许这是对已经作古的佩格勒的不尊敬，不过我们要假设他俩有不正当关系。在证书上登记的信息为，她是个家庭主妇。当然了，对她丈夫来说，这就是她的职业。斯密斯在证书上登记的信息为，33岁，单身，杂货店店主。他的父亲——已故的老乔治·斯密斯——是个画家。"

"那么，他就是重婚。谢天谢地，咱们的案子有结论了。"

福尔摩斯看着我，又摇了摇头："亲爱的华生，你对这些人的道德评估总是让我惊讶。如果斯密斯先生只是个重婚者，那么马克西小姐很快就会自由了，我们也没必要关心这个案子了。但我敢肯定，事实远非如此。让我们来算一算：我们的杂货店老板在1908年娶了佩格勒小姐，两年后，他又娶了另外一个人——就是亨利·威廉姆斯。一年后，他又娶了爱丽丝·伯恩哈姆。爱丽丝现已去世。我们知道，几周之前，他第四次当上了新郎。而他究竟还跟多少位女子走过红毯，我们还不知道呢!”

说完，他又拆开了其他的信件，简单地浏览了一遍，然后把信放在了一旁。

我充满怀疑地问道：“是为了钱吗？有多少女人能给他大把大把的钱呢？”

“就爱丽丝和康斯坦丝来说，我觉得她们的娘家一定都被敲诈过，或者拿第一时间离婚当威胁，索取他们的钱财。更阴险的是，你想想，如果他告诉别人整个婚姻都是无效的，他可能得到什么。明白了吗？我们能从两个案例中看出一些东西。至于威廉姆斯太太的经济地位怎样，我们还需要调查。可以确定的是，我从海事法庭和遗嘱认证机构拿到的细节显示，1912 年之前，斯密斯先生和佩格勒小姐都没有离婚记录。如你的慧眼所见，那么他是犯了重婚罪。这样，我们就可以结案了。”

“结案？”我一下子从椅子上跳了起来，对正在切一条腌鱼的福尔摩斯说，“看在上帝的分儿上，福尔摩斯，我们有责任解救马克西的女儿，帮她逃离那个男人的魔爪!”

福尔摩斯放下叉子，看着我：“华生，我们的首要责任，是让康斯坦丝活着看到她爸爸。照目前的情况看，连这个我都不敢指望。”

我迷惑不解地盯着他。情绪平复下来后，他又递给我了一封信。这封信是马克西先生寄来的。他在信上说，他竭尽全力联系了他女儿，但是南海城的女房东告诉他，斯密斯夫人要外出一个星期——这封信是我们去滨海韦斯顿时寄来的。马克西先生还在信上说，他回到南海时，那对夫妇已经离开了南海城，据说去中部地区了。

“他和那个可怜的女孩儿寻欢作乐去了!”我放下马克西先生

的信，绝望地说道，“一定是这样。那么，咱们有必要通知拉斯特雷德，让他发一个全国通缉令，以重婚罪捉拿斯密斯。”

福尔摩斯双眼直直地盯着远方。8 月的蓝天正镶嵌在玻璃窗上。

“华生，我不这么想。咱们暂时不要牵扯拉斯特雷德。我们的怀疑一旦传到拉斯特雷德那里，就成了公共财产。那个机构毫无判断力，他们根本无法保守秘密。更何况，重婚罪并不是我们的警察关注的焦点。他们倾向于坐视不管，等待犯罪嫌疑人自己铸成大错。不管具体情况如何，要是我的估计没错，恐怕斯密斯先生的通缉令将成为康斯坦丝·马克西小姐的致命打击。”

随着霍斯顿的音乐响起，他不再跟我讨论这个话题。那天晚上，拉斯特雷德造访时，我们什么也没有向他透露。

第二天早上，萨默塞特宫给我们寄来了一张亨利·威廉姆斯的结婚证明的复印件，上面显示，亨利·威廉姆斯于 1910 年 8 月 26 日和贝茜·芒迪在威茅斯成婚。后面还附了一张证明，显示贝茜·威廉姆斯，也就是芒迪，于 1912 年 7 月 13 日在赫恩湾死于一场意外，且已经验尸。

“一个由验尸官组成的陪审团，”我高兴地说，“好吧，我不得不说，这让斯密斯先生的处境非常明显了，可以排除重婚，从其他方面再行考虑了。”

福尔摩斯面无表情地看着我，这比任何怒视或鄙夷都更让人受不了。

他突然打破了沉默：“我怀疑，我深深地怀疑。”

第二天下午，我们从伦敦塔码头乘坐轮船前往赫恩湾，然后坐出租马车前往皇家酒店。

5

入住酒店的第二天早晨，我们走进一个破旧的砖瓦结构的警务室。贝茜·芒迪小姐（她在法律上仍是亨利·威廉姆斯的重婚妻子）的验尸官，面色红润的警员约翰·凯奇汉姆坐在我们对面，表现出不合时宜的自信。

“福尔摩斯先生，我们这里既不是伦敦警察厅，也不是贝克街，恕我直言，我们也不需要成为贝克街。”他没有看我们，一边说着一边敷衍了事地看着一些文件，“我们知道这些人是什么德行，他们都一样，在这里有很多这样的人。福尔摩斯先生，这个镇子名声不错，我们的夏季贸易就靠名声来支撑。”

要是这个土包子一直看着我们，可能已经看到了福尔摩斯冷冷的愤怒。通常只有熟悉他的人才能看出来，并尽早挽回。

凯奇汉姆打开另一个文件夹，阅读起里面的文件来。

“1912年5月20日，亨利·威廉姆斯先生在赫恩湾的上街80号租了一套房子，租期一年，他与他的妻子贝茜住在那里，并在那里度过了甜蜜得如胶似漆的几周。7月8日，他们订立了共同的遗嘱。”看到福尔摩斯眼中的怀疑，凯奇汉姆急忙补充道，“这是程序，新婚或离婚会使现有遗嘱失效。”

“这我知道，”福尔摩斯轻蔑地说，“请接着说。”

凯奇汉姆警员继续说道：“他们租的房子很简陋，而且年久失修。因为房间里没有供他妻子洗澡用的浴盆，威廉姆斯先生非常生气。重新订立遗嘱的第二天，他就在同一条街上的希尔先生那里订购了一个搪瓷浴缸。但由于房间没有被重新装修，所以没有地方放置浴缸。而且由于没有送来水龙头和水管，所以他们只能从楼下的厨房里一桶一桶地打来热水。”

从窗外传来马蹄踩在鹅卵石发出的咔哒咔哒声。

凯奇汉姆自豪地说：“你们说威廉姆斯先生是个对妻子不负责任的坏人。先生们，我认为你们不能这么说。可是，浴缸装好后的第二天，她的癫痫发作了，他陪着妻子去了弗兰奇医生那儿看病。”

“原谅我，”福尔摩斯平静地说，“验尸报告中没有写，这位女士咬伤了自己的舌头或有别的任何癫痫的症状。”

“福尔摩斯先生，此言差矣，这些症状不是一成不变的。”

我不情愿地说道：“确实是这样。”

凯奇汉姆警员似乎从我的赞许中获得了勇气，继续说：“弗兰奇医生认为，可以采用温和的溴化钾镇静剂，这种药不会产生什么副作用。”

“也不好。”我说。

凯奇汉姆嫌恶地看着我，好像我又背叛了他。然后，他恢复了平静。

“福尔摩斯先生，不管第一次是什么，后来，她的癫痫又发作了，医生连续两晚都守在她身旁。当时，她满脸通红，皮肤湿冷，心脏和脉搏均正常，但她抱怨头痛。”

福尔摩斯冷淡地说：“我昨天下午到公共图书馆查了赫恩湾的一些文件，上面显示了这些。文件的另一页还记录，那个7月的周平均温度为华氏78～82度，天气潮湿。大家可以想象，赫恩海湾的所有人那天晚上都可能满脸通红，皮肤湿冷。我也不明白弗兰奇医生为什么确定她是癫痫发作，他肯定是在她发病之后才到现场的，除非她当时有咬自己的舌头之类的症状，才能确诊为癫痫。但是她当时并没有这么做。”

凯奇汉姆耸耸肩。他肯定已经跟很多人讲过这个故事了，所以他的语气十分自负：“据威廉斯先生说，两天后，在城里的大钟敲响7点半时他们起了床，然后他出门去买鱼。他走前没有给浴缸加水，肯定是他妻子想洗澡，所以加了水。大约一个半小时后，他回到家，大声地呼唤她，却没有人回应。他走进浴室，发现妻子仰面躺在浴缸里，浴缸里大概有四分之三的水。她的头被水淹没，整个身体由臀部支撑，腿部向上倾斜，双脚浮在水面上。他把她拉起来，让她靠在浴缸边，这样她的头部就离开了水。然后，他给弗兰奇先生传了个消息，‘你能否马上来？我怕我妻子已经死了……’”

“弗兰奇医生来后怎么说？”

“他大概15分钟后到了，这时她背靠着浴缸，头部再次滑进水里。她已经没有了脉搏，但是她的身体和浴缸里的水都还是温热的，右手抓着一块儿肥皂。他们把她从浴缸里抬出来，放在地板上。弗兰奇医生取出她的假牙，为她做了10分钟人工呼吸，威廉姆斯则一直在一旁协助医生按着妻子的舌头。但最终她还是死了，这一点确定无疑，先生。”

“这个我不怀疑。那你是什么时候看到她的尸体的？”

“大约两个小时后，尸检办公室派我过去。”

“当时尸体的位置在哪儿？”

“在浴室门后的地板上，相当小的一块儿空间。”

“尸体拿什么盖着呢？”

“福尔摩斯先生，尸体是裸露着的。”

“你的意思是，警察、验尸官、房东和送殡的人在房间里进进出出的时候，男子就让他死去的妻子赤身裸体地待在地板上？”

“你这么说也没错。”

“凯奇汉姆先生，如果你有别的看法，我很愿意听听。现在，尸检报告没有提供威廉姆斯夫人的身高和浴缸的尺寸。”

凯奇汉姆自满地窃笑起来。

“福尔摩斯先生，没有任何不正常的事情，我们也不会接受像你的什么聪明的推断。”

“确实没有必要，”福尔摩斯冰冷而愤怒地说，他那表情说明凯奇汉姆先生现在已经被抓住了老虎尾巴，“你当时也在现场，说不定也逃脱不了干系！我问你，威廉姆斯什么时候离开现场的？”

“几乎是立刻离开的，”凯奇汉姆说。看到他的脸涨得通红，福尔摩斯很满意。“威廉姆斯夫人上周六去世，验尸安排在周一……”

“我敢说，这样的安排都来不及通知她的亲人们，更别说让他们赶来参加了！”

“先生，这个不好说。验尸后的第二天，她就下葬了。”

“葬礼的规模大吗？精心安排的？”

“在这种情况下，丧事从简，葬礼办得既得体又没有浪费钱，就像威廉姆斯先生说的——普通的墓穴。不过，他怎么说又有什么关系呢？”

“到底是什么？”

“从来没有见过一个男人如此悲痛欲绝，”凯奇汉姆替这个鳏夫辩护说，“葬礼之前，他见了房屋中介拉普利小姐，与她结束了租约。当时，那个可怜的男人哭倒在她的桌子上。只有一次，他高兴地说：‘幸好我之前让她立了遗嘱。’公平地说，是的，像那样的情况，你真的不希望死者没有遗嘱，给亲人们增加更多痛苦。”

我们从凯奇汉姆警员那病态的热情里解脱出来，向皇家酒店走去。

“这里有些沉默而不光彩的博尔吉亚可以安息了!”福尔摩斯朝着赫恩湾方向愤怒地打着手势,“当地警方什么都知道!”

“他们必须凭证据说话……”

“证据!”福尔摩斯提高了声音,引得前面的一对老夫妇惊慌地回头看我们,“难道没有人观察到,他把妻子赤身裸体地放在浴室地板上两个多小时,让来来往往的陌生人观看,是怎样的心理变态吗?难道他在下葬那天提起普通坟墓和订立遗嘱,还不能说明问题吗?凯奇汉姆竟然还把他看成是大好人!”

“福尔摩斯,”我温和地说,“你可以对验尸保留意见,但是他们的结论并没有疑点。贝茜·芒迪由于癫痫病发作,洗澡时被淹死在浴缸里了。验尸官出的是唯一合理的调查结论——死于意外事故。”

“华生,我根本不相信验尸人员和陪审团,就如我不信任警察局一样。我只知道康斯坦丝·马克西小姐现在正面临死亡威胁。天知道她在哪里。警察和陪审团无法为她做任何事,只有真理和事实能拯救她。真理将战胜一切,即使是在赫恩湾。”

我们在这里的第一天结束了。吃完晚饭后,福尔摩斯坐在客厅里,闷闷不乐地盯着蕾丝窗帘。窗外的斜阳照着平静的海面,船舶纷纷回港。

这时,福尔摩斯递给我一封电报。电报是拉斯特雷德发来的,他在电报里说,另一位“威廉姆斯太太”——爱丽丝小姐失踪于黑潭。警方认为,没有任何证据表明这是人为事故。

那么,乔治·约瑟夫·斯密斯的案子,除了重婚和诈骗以外还有什么,只能依靠贝茜·芒迪这条线索了。此时此刻,贝茜掌握着她丈夫的命运。

6

第二天早上，尽管希望渺茫，福尔摩斯还是将东肯特验尸官鲁特利·莫为德、殡仪员阿尔弗雷德·荷宾、弗兰克·奥斯丁·弗兰奇医生、赫恩湾水上运动健将莉莉·苏利文小姐以及倒霉的凯奇汉姆警员召集到了上街 80 号的浴室。现在，这间浴室已经闲置了很久。不知道这次聚会是否与拉斯特雷德或麦克劳夫特·福尔摩斯有关，不过，至少有一点可以确定，福尔摩斯看起来像个立志抓到逃兵的军官。

唯一让福尔摩斯欣慰的是，苏利文小姐打扮得娇艳欲滴。她身穿蓝色百褶马裤，搭配紧身胸衣，即使是在最豪华的海滨浴场，她这身打扮也会艳光四射。对于在场的其他人，福尔摩斯的心情比较复杂。我从没见过这样的场面，一大群人被福尔摩斯吓得失魂落魄。

“如果诸位没有异议，那咱们现在就给浴缸加水！”福尔摩斯坚定的声音在房间里回荡。此刻，灰色的路灯透过窗户照亮了浴室。“凯奇汉姆先生！请你用这个容积两加仑的水桶到楼下厨房去提水，然后倒进浴缸，先加到浴缸半满，然后再加到四分之三，一直加到你和弗兰奇医生当时所见的水深。去吧，别打断我们说话。”

为了满足自己的复仇欲望，福尔摩斯称一屋子人为“过失同犯”。他向大家指着搪瓷浴缸的四个脚，只见浴缸的一头靠在窗户下面，窗户邻着外面的大街，浴缸的位置一如贝茜死的时候。然后，福尔摩斯戳了戳一袭黑衣的殡仪员荷宾先生。

“先生，现在，请你用卷尺量一量浴缸的长度。”

荷宾先生看起来很紧张，不过，他还是照福尔摩斯的要求量了起来。

“福尔摩斯先生，浴缸上缘的长度为5英尺，底部的长度为3英尺8英寸。”

福尔摩斯点点头：“她左右移动不多，所以浴缸的宽度并不重要，长度是至关重要的信息。你应该也测量过她的棺材吧?”

“是的，先生。”荷宾先生站在那里，双肩下垂，脖子上挂着卷尺，看上去像一只悲伤的乌鸦。

“威廉姆斯太太有多高?”福尔摩斯问道。

“5英尺9英寸，先生。作为一位女士，她的个头不小。”

“真可惜，验尸官们听不进这些。”福尔摩斯愤怒地说，“她的身高比浴缸上缘长9英寸，而比浴缸底部长出整整两英尺!”

“福尔摩斯先生，她被发现时，躺在浴缸里，”验尸官莫为德急切地说，“她当时平躺在浴缸里，双腿抬起，双脚露出了水面。”

“先生，我知道!我好奇的是她当时为什么是这个姿势?”

“读过尸检报告你就知道了。她当时由于癫痫发作，在水中向后跌倒。”莫为德接着说。

“据我所知，莫为德先生，你是以律师的资质当上东肯特验尸官的，我怀疑你是否有癫痫病方面的知识。”

“我当然有。”莫为德先生底气十足地说。

“当时有人听到了尖叫声吗?”

“什么尖叫声?”

“癫痫病发作的时候，患者都会发出十分瘆人的尖叫。这扇窗户离下面的街道不足10英尺，当时是夏天，窗户应该都是开着的。这些墙体之间也有空隙。让人困惑的是，威廉姆斯太太数次癫痫病发作，威廉姆斯先生都没有提到过尖叫声。”

“当时没有人听到尖叫声。”莫为德说。

这时，凯奇汉姆警员手里提着满满的一桶水上楼来了，把一桶水倒进了浴缸。

“癫痫的首要症状就是身体僵化，”福尔摩斯从容地说，“如果是癫痫病发作，威廉姆斯太太的脚应该被卡在浴缸的一头，上身挺直坐起——以她的身高计算，她上身挺直的话，头部应该距离水面 1.6 英尺。可想而知，她的头部几乎不可能没入水中。”

“先生，她当时面朝上躺着，两腿抬起，双脚露出水面。”为了保护赫恩湾的声誉，莫为德极力与福尔摩斯辩解着。

“一双强有力的大手片刻之间就能让她变成这样。”福尔摩斯说。

验尸官莫为德坚定地说：“福尔摩斯先生，我们知道，你善于巧解难题，声名远扬，但是，你也必须承认，你并非在每个领域里都能大显神通……”

“那请你给我们个权威的解释！”福尔摩斯回击道。

“我的意思是，福尔摩斯先生，你不一定精通所有知识，更不是医学方面的专家，你提出的这些质疑连医学界目前都没有统一的看法……”

莫为德先生的话引来了一阵沉默，过了一会儿，他接着说道：“福尔摩斯先生，在英国发生的故意杀人案中，溺水的受害者都会全力抵抗，从而造成身体不同程度的挫伤。与此同时，攻击者也会被抓伤。而在此案中，威廉姆斯夫妻二人身上当时都没有伤痕，而且，我们当时也没有在地板上发现任何水渍。”

“至于水渍，”福尔摩斯冷冷地说，“我可以告诉你，未经打磨的木地板能够吸收水分，更何况当时是夏天，气温高达华氏 80

多度，地板上的水很快会被蒸发掉，所以，你们赶到时未必能看到地上的水渍。不过，如果你同意的话，我们现在可以让证据说话。尽管浴缸现在只有半满，但足以完成我的实验了。”

“请便。”验尸官莫为德先生站在一旁，面带倦容，两臂交叠地放在胸前。

“沙利文小姐，请你配合我一下。”福尔摩斯礼貌地说。

身着泳装的佳人向前跨了一步，好像哑剧表演前的鞠躬致意。

“等一下，”福尔摩斯喃喃地说，“让凯奇汉姆再加一桶水。”

最后一桶水被倒进浴缸里，发出的声音就像海浪拍打在礁石上。沙利文小姐抬起一只脚，把美丽的脚踏进水中。水慢慢没过了她的膝盖。她整理了一下泳帽，缓缓地潜入浴缸。她眨了眨眼睛，冲大家微笑了一下。

“我亲爱的小姐，非常抱歉，水很冷，不过，不需要太长时间。”福尔摩斯的语气格外殷勤，“我们假设，你正坐在浴缸里，用海绵擦拭着胳膊和腋下，完全没有察觉到什么不同寻常之处。当然，现在的确就是这样。不过，假设你丝毫不会注意浴缸外的情况。”

沙利文小姐坐在浴缸里搓洗着胳膊，如同表演哑剧一般。她面带微笑，神情有些紧张地看着福尔摩斯。福尔摩斯脱下外套，挽起袖子，走到浴缸旁边，向沙利文小姐微笑了一下，然后把手放在沙利文小姐的头上，慢慢弯下身子，和全世界充满爱意的新郎一样，左前臂滑到她的膝下，右手搂着她的脖子，仿佛要把新娘抱到床上去。他做得十分自然，沙利文小姐情不自禁地把左胳膊搭在福尔摩斯的肩膀上。

福尔摩斯突然用左胳膊猛地将沙利文小姐的腿抬得很高，同时抽出了搂着她脖子的右手。沙利文小姐猝不及防，一下子跌在浴缸里。这时，她的双脚悬在半空中，胳膊几乎完全动弹不得。她在水里徒劳挣扎了几下，但是仍然无法把脸露出水面。

“眼见为实，”福尔摩斯冷酷地对其余的人说，“你们现在知道贝茜·威廉姆斯太太，也就是贝茜·芒迪小姐是怎么死的了吧？”他说话的时候，沙利文小姐的挣扎变得越来越虚弱了。

我想，所有看到这场恐怖实验的人都不会怀疑这个问题了。

“福尔摩斯先生！”莫为德的尖叫声犹如刺耳的警报，“30 秒可能就够了，两分钟足以致命！”

“天哪，福尔摩斯！”我惊叫道。

沙利文小姐的脸在水下越来越可怕地鼓胀起来，她的胳膊也开始来回摇摆。她的眼睛盯着我们，随即，一堆小气泡出现在水面上。福尔摩斯似乎没有听到我的话。

“福尔摩斯！”我大叫一声，猛地抓住福尔摩斯的手，和强壮的荷宾先生合力把福尔摩斯拉开。沙利文小姐的头浮出水面，她那一直大张着的眼睛忽闪了一下就闭上了。我松开福尔摩斯，从口袋里掏出银质医药瓶，扭开瓶盖，将瓶子放在她的唇上。在温暖的威士忌的作用下，她先是干呕了几下，然后慢慢地苏醒过来。

“癫痫之说，大家可以不再考虑了。”福尔摩斯专横地对所有人说。

众人目瞪口呆地看着他，他们都以为福尔摩斯刚才要以实验为借口，溺死沙利文小姐。大家显然惊魂未定，而福尔摩斯看起来却泰然自若。

“下面说说肥皂的问题，据说死者的右手当时抓着一块肥皂。而弗兰奇医生的证言说，当时死者的手软弱无力。”

“是的。”弗兰奇紧张地说。

“一只软弱无力的手不可能抓住肥皂或其他任何东西。根据阿尔弗雷德·斯温·泰勒的实验，一个人因窒息而死时，他的手是没有握力的。癫痫病人发病而死后，别人必须费很大的力才能掰开死者的手。而根据证言，死者的手当时是自己伸开的，然后肥皂掉了下来。”

虽然福尔摩斯动摇了大家的自信，但他并没能改变莫为德先生的看法。现在，这位验尸官不但显得很生气，还有点儿胆怯。

“先生，你所展示的都是我们已知的信息。本案中，几乎每一个细节都有两种不同的解释。验尸陪审团也听过各种猜想，而他们的结论就是意外事故。就算你提出了另一种假设，也无法改变陪审团的裁定。”

福尔摩斯装作很惊奇地看着他，其实，他掩饰不住内心的轻蔑。

“先生，我从来不进行假设，只讲事实。这个男人对他的女人畜生不如，他只关心她们的钱财。”

“在我们这里，他疼妻子是出了名的。”

福尔摩斯从口袋里掏出一些文件。

“我来赫恩湾前顺便拜访了他娶的另外几个妻子。除了你们所知的，他还娶了几个妻子。你们听听她们的陈述吧。布里斯托尔的佩格勒小姐说：‘他的眼睛很小，但眼神充满了力量，似乎能夺走你所有的意志。’还有一个女人 10 年前便同他离了婚，由于怕遭到他的鞭打，离婚后一直保持沉默，苟且求得生存。她在离婚起诉书里说：‘他经常跟我炫耀说，他有很多仰慕他的女人，有一次，我遇见了一个，还当面警告了那个女人。他不知怎么得知了此事，那天晚上回到家后，把我打得快断气了……’先生们，你们看看他的真面目吧。”

“可是，这些证言并不能作为本案的证据!”

福尔摩斯的眼睛看向另一处：“在过去的3刻钟里，亨利·威廉姆斯，也就是乔治·约瑟夫·斯密斯的犯罪事实，已经在这个房间得到了证明。”

“你并没有证明什么!”

“我是没有证明什么，先生，但警员凯奇汉姆证明了。”

大家疑惑不解地看着福尔摩斯。

福尔摩斯继续说：“按照弗兰奇医生当时观察到的情况，凯奇汉姆先生刚才把浴缸灌满了四分之三，一共用了50分钟。你们想想，贝茜太太是个女人，肯定比凯奇汉姆动作慢。假设威廉姆斯先生对验尸官所说的话属实，那么，夫妇俩早晨7点半起床，到弗兰奇医生检验时，水还是温热的，所以说洗澡水不可能提前被打上来，因为那样水就冷了。就算斯密斯确实出了门，而且8点返回到家。我们知道，他不是晚些时候回来的，因为他8点给弗兰奇医生捎信说他害怕妻子已经死了，而弗兰奇医生收到消息的时间是8点半之前。”

“哦，天哪!”莫为德突然叫道。

“也就是说，给浴缸注水的时间应该是在7点半到8点20之间。让我们对丈夫仁慈点，就算浴缸只有半满。我注意到，凯奇汉姆把浴缸灌到半满，花了35分钟。如果需要这么长时间，那么，太太连浴缸都灌不满，更别说还要宽衣解带、跳进浴缸等一系列动作。然而，5分钟后，弗兰奇医生就得到了她的死讯。其实，斯密斯买鱼回来的时候，她很可能还活着。而斯密斯却发了她可能已经死亡的信息！这说明什么?”

一如往常，福尔摩斯的分析格外犀利，屋子里鸦雀无声。

“斯密斯，别名威廉姆斯，不单单是一个女士杀手，”福尔摩斯平静地说，“还是一个最冷血又道貌岸然的伪君子。莫为德先生，你还有不少问题需要解释呢。”

“没有……不会吧……”

“请问，你知道爱丽丝·伯恩汉姆小姐吗？”

“先生，我听说过她。户外发生的悲剧跟室内可不一样，据爱丽丝的父亲说，那起事故发生在海滩的公共浴场。”

“你可能还没有发现它们的相似之处。更可怕的是，这个贪婪的重婚者手上还控制着一个女子——康斯坦丝·马克西——谁知道她现在有没有危险……”

“虽说是癫痫，可毕竟，我也并不敢打保票，”弗兰奇医生急忙插嘴道，“只是，我也无法确定是其他的病症。这些都是我从别人那里学来的知识，我只有两年行医资格……”

荷宾先生说：“他的妻子去世后，他对待死尸的行为，反映出他极端残忍。”

莫为德先生说：“我得回办公室去，征求其他人的意见。”

福尔摩斯平静地说：“伦敦警察厅的拉斯特雷德正在那儿等你，准备给你一堆意见呢。”

我们准备离开时，我给了莉莉·沙利文小姐一些专业的建议：

“我亲爱的小姐，建议你坐我们的马车回家。你需要卧床休息一两天，最好不要下床运动。”

她笑了笑：“哈！不行，我今晚还有两场表演呢。”

“以你目前的身体状况，最好不要参加表演。”

她的眼睛闪闪发光。

“哦，”她好像终于明白了我的话似的，“你是指刚才啊？”

我仿佛又看到了刚才那个溺水少女，她那可怕的鼓眼睛，肿胀的脸颊，血液凝滞在她的脸上。

“福尔摩斯先生事先没有告诉你吗?”她说，“那也是我的表演。如果需要的话，我可以在水下待两分多钟。福尔摩斯先生觉得，我装得夸张一些更可以使人信服。呵呵，很高兴认识你。”

我和福尔摩斯回到皇家酒店，等待拉斯特雷德的消息。下午4点左右，警察厅发布了通缉令，以重婚罪、盗窃罪和杀人罪追捕乔治·约瑟夫·斯密斯，别名乔治·贝克、乔治·奥利弗、亨利·威廉姆斯、查尔斯·奥利弗·詹姆斯、约翰劳埃德等。通缉令将他的职业描述为健身教练或杂货店店主。拉斯特雷德从犯罪记录中查到，这家伙曾在北安普顿军团服役两年，在那里教授形体训练。难怪可怜的贝茜·芒迪敌不过那强大有力的手!

晚饭后，我们望着窗外渐渐变暗的大海，期待着拉斯特雷德的造访。

我若有所思地说：“他每次只能谋杀一个人，贝茜·芒迪一案的证据充分，但仍然不能下定论。只有浴缸里有水这个事实是无懈可击的。那么，如果一个男人只因为20分钟的时间差就被绞死……当然，这么说对可怜的爱丽丝有些不公平，但是如果她是死在家里，而不是在外面游泳时……”

福尔摩斯突然绝望地摇着头。

“华生！华生！她当然是死在家里，不是死在公海！我没有立即去找她的父亲是最大的失误！他都没去参加他挚爱的女儿的葬礼，我理所当然地以为，他承受不了再多的伤痛，肯定也不愿意再提起这个悲剧，所以我没有让他参与调查，我错了!”

他展开两封电报，一封是他给马克西先生发的电报的副本，另一封是那天下午他收到的回复。

请立即给你的朋友查尔斯·伯恩哈姆先生发电报，询问他他的女婿是怎样报告他女儿的死亡的。回信请直接发给：赫恩湾，皇家酒店，福尔摩斯。

这个歹徒是怎么把女儿去世的消息告诉她父亲的呢?

爱丽丝于昨日在北部海湾游泳时不幸溺水身亡。黑潭市，康诺特街，斯密斯。

除了电报以外，还有一封当地报纸所发的简讯：

北部海湾发生悲剧：爱丽丝·伯恩哈姆于上周二在游泳时淹死，尸检鉴定为意外事故。

福尔摩斯平静地说：“‘bath’一词既有游泳的意思，也有洗澡的意思，这是凶手对她父亲的无情欺骗！验尸报告的标题被剪掉了，只保留下来一部分内容。斯密斯故意让爱丽丝的父亲以为，他女儿是在游泳的时候不幸溺水身亡的，然而事实是，他在家里的浴室里淹死了她。记住，他已经谋杀了贝茜，所以，爱丽丝的问题越少越好。”

“这些电报根本没有用，”我说，“连陪审团都不知道他还有别的妻子。”

福尔摩斯坐了下来，点燃了烟斗。

“华生，我的法律知识实在少得可怜，不过，我至少学到了什么叫‘证据链条’。不错，斯密斯可能只谋杀了一个人，但是，他的其他问题可以一同带入这个案件，来显示一个‘链条’。”

“证据链?”

“是的。其他案件的证据未必直接证明他犯有谋杀罪，但可以说明，一旦他犯了谋杀罪，绝非无心之过。”

“我们要推倒过失杀人的结论?”

福尔摩斯的轻笑声中带着一股巨大的寒意，即使最乐观的人听到他的笑声也会瞬间冰冻。

“华生，请把电报暂时放在桌子上。快来吧，拉斯特雷德，让我们马上听到你的警靴踩在木地板上的声音。我们有你感兴趣的东西。让陪审团看看这个恶人的真面目!”

正如世人所知的那样，在世界大战开战后的第一个夏天，中央刑事法庭以谋杀贝茜的罪名，对乔治·约瑟夫·斯密斯进行了公开审判。颇具讽刺意味的是，我们的朋友爱德华·马歇尔·霍尔作为他的辩护律师出庭。尽管爱德华先生极力为他辩护，但由于证据确凿，斯密斯最终败诉。陪审团的成员们惊恐地听了斯密斯的妻子们的故事——活着的加上已死去的，总共至少有三位“浴缸里的新娘”。

8月的一个清晨，天气很温暖，在海德公园里可以隐隐约约地听得到西线隆隆的枪声。乔治·约瑟夫·斯密斯被押到了切姆斯福德监狱的院子里。地方长官、牧师和看守目睹了死刑的执行。刽子手皮尔波因特和埃利斯——开始了他们的工作。由于斯密斯的脖子太粗了——正如我和福尔摩斯最初猜测的那样——他的脑袋比常人多花了两分钟才落地。

那天晚上，福尔摩斯坐在贝克街公寓里的老式椅子里，给自己倒了杯朗姆酒，叹了口气，然后说：“华生，咱们救了马克西小姐一命，但不知道她今后的生活会不会更悲惨。请把《晨邮报》递给我。听说梅菲尔和圣詹姆斯发生了一系列诡异的事件，有人故意把活的老鼠和兔子丢进了下水管道里。说不定这是强盗转移别人注意力的新手段，值得我们关注。”

被玩弄的少校

1

对于我来说，歇洛克·福尔摩斯仅仅依靠直觉就能对某些事情做出判断，这种能力已经远远超出我的理解范畴了。但是，有时我偶尔也能在对一些日常事物的判断上达到和他相近的程度，比如我可以判断出是否有一个比较著名的杰出人物正在造访敝处，因为我对这位来访的大人物太熟悉了。

每当这位先生造访的时候，哈德森太太那位总是有些紧张兮兮的女仆会在打开门之后，用她那独特的像是笼子里的鸟鸣一样的声音高声宣布这位尊贵客人的来访，那个小跟班比利也会因为可能即将发生的冒险事件而兴奋得两眼放光，即使是我们那位态度冷漠、长期受病痛折磨的女房东，也会以一种高傲并且令人敬畏的语调用洪亮的声音大喊：

“爱德华·马歇尔·霍尔爵士到!”

在上述人等组成的如同检阅一般壮观的队列最前方，站着一位身材魁梧、头发经过精心打理、全身上下充满了哲学家气质的贵族。他是如此出众，任何人都也无法掩盖住他身上的光芒，就像伯肯黑德勋爵曾经评价的那样，没有人能拥有像马歇尔·霍尔那般炫目的出场效果。他的外形以及声音都和亨利·欧文爵士非常相似，并且有着在这个时代成为一位伟大演员所能有的一切优秀素质，这本身就是一种巨大的财富。

不仅如此，马歇尔·霍尔还有着很高的名望。他是刑事法庭的高级辩护律师，有着敏锐的思维和滔滔不绝的雄辩口才。他曾经不止一次地将那些被公众认为有罪的人从绞刑架下拯救了出来。或者可以这样说，他通过为地位低贱的妓女玛丽·赫尔曼、阴谋家爱德华·劳伦斯、卡姆登镇的艺人罗伯特·伍德以及被唾骂为投毒者的托马斯·格林伍德等人的著名辩护，以及之后在绿色自行车案件、德勒姆枪击事件以及法赫米夫人杀死她的变态丈夫之后被宣告无罪等案件中取得的一系列重大胜利，为二十个来自不同阶层的性别不同的人开启了重获新生的大门。

在女王当政末期最后几年中的一个 9 月的美好的清晨，马歇尔·霍尔爵士端坐在我们贝克街公寓里的沙发上，像敲鼓一样用手指有节奏地敲打着沙发的扶手。他的双眸明亮锐利，整个人都向外散发着激情四溢的能量。在这一点上，他与歇洛克·福尔摩斯几乎完全相同。乍看起来，他们唯一的共同兴趣只不过是喜欢开玩笑和逗乐。但在他们看似普通的外表下，都隐藏着一颗坚定的想要伸张正义、惩恶扬善的决心。

在这个特别的早上，马歇尔·霍尔就像在那些不需要出庭或到律师办公室上班的日子一样，穿着休闲的黑色天鹅绒夹克。

“爱德华爵士，”福尔摩斯淡淡地说，“无论你的事业如何重要，我很高兴你还能在沙发上坐下来，把听你的妻子在那架希尔德梅尔三角钢琴上弹奏的肖邦 A 大调波兰舞曲作为自己的第一享受。但我很遗憾，乐器的音调不可能时时刻刻保持完美。一般出现这种情况的时候，我建议你去新邦德街，找查布尔家族的各位先生们那里咨询一下，在这个问题上你需要多听听他们的意见。”

如果坐在这里的是另一位访问者，可能会对福尔摩斯如何知道爱德华爵士之前听过一段音乐而感到惊愕不已，半小时前，他的夫人的确为他演奏了音乐，并且和爱德华爵士讨论了乐器的定音问题。但爱德华爵士本人只是仰头笑了笑，以此来表示对他朋友所表现出来的睿智的赞赏。

“我亲爱的福尔摩斯，你知道我们不会就此满足的。恐怕只有当你对你展现出来的才华做出合理的解释之后，才能让我们这些可怜的凡人们摆脱绞尽脑汁疑神疑鬼的痛苦!”

福尔摩斯耸耸肩，他通常对任何非礼节性的称赞都不感兴趣。

“因为我仔细观察了你的夹克。”福尔摩斯说，“不得不说，天鹅绒面料的设计很漂亮，但是这也意味着你的衣服会因此提供给我大量的信息。首先，你的右衣袖袖口上方一点儿的位置，粘着一小块淡黄色的很细小的碎片，如果仔细观察的话还会发现，这块碎片不是新的，应该是从某些使用了一段时间的器物上蹭上的，在它淡黄色的边缘位置，还有一点点质地不同的红色，尽管这种红色很难被人发现，但它就在那里，这是无可辩驳的事实。

“以我的经验判断，这种特殊的织物和这样的色彩组合方式只能有一个来源。它来自于一台三角钢琴的阻尼器，准确地说是中音 C 键位附近的阻尼器。那个特别的红色是斯图加特的希尔德梅尔牌乐器的独有特征，这一点我已经在奥格纳的展示厅里印证过很多次了。而且它只会出现在阻尼器上，它可以使连续敲击和摩擦的感觉变得更加柔和。它的作用十分完美，所以尊夫人这样的钢琴家一定会要求音锤上和阻尼器上的软毛毡达到一致。通常越常用的键位越容易磨损，因此它的位置就在中音C的区域附近。你为夫人关上琴盖的时候，你的袖子很容易擦到机械装置。实际上，琴盖在那天很早的时候就盖上了，不是吗？这说明了什么？这说明你们对乐器状态并不满意，并且还针对这个交换了意见。”

“仅仅是这些吗？”马歇尔·霍尔面带笑容地问道。

“并不仅仅是这样。你们当时的谈话应该是被一个不期而至的消息所打断的，并且这个消息让你立刻赶到了我这里。我觉得应该是一封信。在某个案件移交苏格兰法院之前，他们紧急征询了你的意见。

“当然也可能是北英格兰法院，但是总体来看，我还是倾向于苏格兰法院多一些。如果这是一封详细说明一个案件的复杂电报，那么在一天中的这个时间拍发电报，实在是有点儿太早了，所以我觉得应该是一封前一天从曼彻斯特、约克或者英格兰乡村寄出的二等邮件，只有这样，才会在一大早就有信送达。所以，我们应该尽量把我们的目光放得更远一点儿。据我所知，苏格兰法院已经开庭了，但是英格兰的巡回审判还没有开始。写信的人期待着依靠你的特殊才能来判断整个案件。我突然想起在《晨报》上看到的一个消息，这个消息与在格拉斯哥进行的，一场充满戏剧性的抓捕有关，事情的起因是一个叫阿尔弗雷德·蒙森的陆军少校被指控在狩猎派对中枪杀了同行的一名军官。当然，我也可能做出了完全错误的推断。”

爱德华爵士哈哈大笑。

“我亲爱的福尔摩斯，你其实知道你所说的一切都非常准确，否则你绝不会轻易做出推测的。没错，我夫人今天早上演奏的的确是肖邦的波兰舞曲。”

“和我推测的差不多，”福尔摩斯安然地说，“这种舞曲的节奏非常明快。一个男人用手指在沙发扶手上不耐烦地敲击时，通常情况下，极可能是在不知不觉地重复他最后听到的旋律。幸亏你在听夫人弹琴的时候收到了关于这个案子的信，我才幸运地在这个时间这个地点见到你，否则，你现在应该老老实实地坐在你的律师办公室里。”

马歇尔·霍尔的眼睛里洋溢着笑意。

“先生们，我不得不说，现有的证据对那位蒙森少校很不利，真正的杀手和整个案件都显得扑朔迷离。我的朋友科姆里·汤姆森先生拿来了案子的委托书，但我无能为力，因为我有其他的委托，而且我既不是苏格兰法院的成员，也不熟悉苏格兰的刑法。坦率地说，以我现在掌握的证据来看，我觉得少校的前景不太乐观，甚至可以说毫无希望。”

“太棒了！非常有趣！”福尔摩斯听得津津有味，“请继续下去。”

“阿尔弗雷德·蒙森是一位中年潦倒的退役陆军少校，现在从事教导年轻军官如何通过陆军部考试进而开始他们的职业军人生涯的工作。他的学生大都是一些贫穷的男性，这些人与蒙森、蒙森的妻子、孩子还有保姆一起生活。他们声称在对学生进行针对陆军部考试的训练，但实际上是在竭尽所能地搜刮学员的钱财。

“最近上他当的是一个名叫塞西尔·哈姆伯勒的中尉。哈姆伯勒的父亲很快就发现了蒙森少校的意图，对蒙森的做法感到十分愤怒，并且想让儿子退出这个课程。不幸的是，年轻的哈姆伯勒根本看不到这一点，完全丧失了理智，即使他已经被蒙森和一个可耻的有像爱德华·斯科特、爱德华·戴维斯或爱德华·斯威尼之类的很多名字的无赖榨尽了油水。”

“来自皮米里科的无耻的出版商，两年前因为诈骗被吊销了执照!”福尔摩斯大喊道，这个名字好像是一个他认识的老朋友。

“正是在蒙森、斯科特以及一个被称作放债者的人的密切合作下，贝雷斯福德·托特纳姆上尉不久前加入了威尔士王子的第十骑兵团短暂服役。哈姆伯勒的钱都变成了欠条，并且附加了很高的利息。他用最后一点儿钱租下了比特岛上的凯尔附近的阿尔德拉蒙特的房子，原本哈姆伯勒、蒙森和斯科特计划在那里度过整个夏季，一直到8月狩猎季节结束。我敢说，他们榨干这个可怜的年轻冒失鬼之后，肯定会用某种方式彻底摆脱这个倒霉的可怜虫。”

“这是一个呈现给陪审团的非常精彩的故事!”福尔摩斯若有所思地说。

“这还不是最糟糕的。”马歇尔·霍尔整理了一下他天鹅绒夹克的袖口，并且仔细地除去上面的绒毛。“在他们到达阿尔德拉蒙特之后的某个时间，年轻的哈姆伯勒曾险些因为船只事故被淹死，而在第二天早上他就被枪杀了。当然，表面上看这只是一起意外事故，是蒙森和化名斯科特的戴维斯或斯威尼什么的在外出打兔子的时候误杀了他。”

福尔摩斯伸手拿起一支铅笔，当马歇尔·霍尔讲述案情的时候，他在自己的衬衫袖口上做了两三条记录。

“两个人都发誓，哈姆伯勒中尉独自一个人在森林里行动时，偶然间被绊倒了，碰到了他的20毫米口径的短猎枪，猎枪走火射穿了中尉的头部。尽管当地医生从来没有遇到过类似的事情，但还是接受了他们的这个解释，并且在死亡证明上签了字。斯科特在当天下午就离开了阿尔德拉蒙特，从此杳无踪迹。看上去他似乎没有开枪。但他可能担心，如果等到警察到来的话，公众会因为他以前的某些欺诈和贪污等犯罪行为怀疑他与哈姆伯勒的死有关，继而对他进行起诉。年轻的哈姆伯勒在几天后被葬在怀特岛的家族墓地里。这些都是公众知道的东西。我现在要告诉你一些世人所不知道的东西。”

“请继续。”福尔摩斯俯身捡起一块火炉里掉出来的炭，点燃了他的烟斗。

“在哈姆伯勒葬礼的那一天，两家人寿保险公司通知地方检察官，他们收到了蒙森少校的请求，要求他们支付 30000 英镑的保金。这是塞西尔·哈姆伯勒人身保险的投保数额，保险单显示，一旦投保人意外死亡，蒙森被指定为保险获益人。而且还有第三家保险公司证明，他们曾拒绝过一个为哈姆伯勒投保的 50000 英镑的人身保险合约。这些证据证明，蒙森曾试图在各个保险公司里为哈姆伯勒投一份保险，这样他将在那个年轻人死后获得总计 80000 英镑的巨额保险赔偿。”

“这样一来，死了的哈姆伯勒要比活着的哈姆伯勒更有价值。”福尔摩斯轻声说。

“正是如此。而且，30000 英镑保险单生效那天，正好是蒙森让哈姆伯勒乘划艇进阿尔德拉蒙特湾的日子，船上的塞子被悄悄地拔了下来。这在一开始看不出有什么异常，但是从划艇被推入大海的那一刻开始，水就会慢慢涌入甲板下面。这件事让年轻人差一点儿就被淹死。而恰巧在第二天一早，他就被射杀在阿尔德拉蒙特的森林里，当时，他们三个人正好在那里打兔子。”

“好极了！这下恐怕没有人能从智商方面去指责汤姆森先生的委托人了。”福尔摩斯边说边挥动手臂驱散因烟草燃烧而飘起的烟雾。

马歇尔·霍尔轻轻摇了摇头。

“为了给保险公司提交的报告提供线索，那个年轻人的遗体又被挖了出来。经过鉴定，他的头部伤口周围没有焦痕，只在右耳后侧有变黑的迹象，因此判断枪击距离不可能少于三英尺。后来通过对射程的估计，射击位置大约是在三十英尺远的地方。从其他证人那里我们得知，只有蒙森在事件发生时处于那个距离点上。而在调查重新展开之后，少校就被逮捕了，斯科特当时已经逃离，但是毫无疑问，当蒙森被判有罪的时候，斯科特将会被宣布无罪。”

福尔摩斯在一张纸上草草地记下一些零散的笔记。

“在划艇事故之后，哈姆伯勒没有追究是谁的责任吗？”

“没有。但是，蒙森之所以被认为有嫌疑而被逮捕，就是因为那次划艇事故和这场枪击案。”

“你需要我做些什么呢？”

“证明少校是无罪的，”马歇尔·霍尔简单地说，“这意味着，无论法律对被告有什么不利的推断，无论他用欺诈手段谋取利益的生活方式使得任何被选定的陪审员成员都对他心存偏见，你都需要证明他是无罪的。”

“从你所说的信息里来判断，证明这位少校先生无罪的希望微乎其微。”

“据我了解也是如此。”

“好极了！”福尔摩斯爽快地说，“那我一定要接下这个案子。我承认华生和我现在还没有去苏格兰的计划。但是，在这样一个不利的情况下，仅仅站在这里张望是远远不够的。”

“你们能马上出发吗？”

这时，福尔摩斯看上去有一点儿拿不准主意。

“今天晚上我们在威格摩尔音乐厅和克莱斯勒有个约会，我必须找个时间为我们的缺席作出解释。而且当我们离开之后，侦探兄弟很容易会因此而变得过度兴奋，并且苏格兰场也会因为我们的离开而感到孤单。你能给我们一天时间处理一下私事吗？我们明天乘坐西北铁路的火车赶过去如何？”

“那太好了！”律师脸上的表情很欣慰，“你在明天动身没有任何问题。蒙森少校一定会被正式指控谋杀，然后将被带到郡法院进行审判。地方检察官的工作效率比不上英格兰警察。这项指控很难在周三之前完成。”

“首先我们要做的是……”福尔摩斯说话的语气很平静，并且在笔记上记录下最后一笔，“明天早上 10 点在尤斯顿登上西北铁路的快车。”

2

我们第一次访问格拉斯哥的时间是在一个星期三的早上，不过我们没有去阿尔德拉蒙特的别墅，而是直接去了郡法院，那里的地下室就是用混凝土建造并且用白色瓷砖铺垫走廊的牢房。在此之前，我们在中央车站遇到了科姆里·汤姆森先生，就在蒙森少校因企图在 8 月 9 日以划艇事故和 8 月 10 日阿尔德拉蒙特枪击事件，以谋杀塞西尔·哈姆伯勒被正式起诉的消息发布的前一天晚上。不过到目前为止，别名戴维斯和斯威尼的斯科特仍然毫无踪迹。

星期三早上，我们又在高等法院门前再次遇到了汤姆森先生。这里距离蒙森正式出庭前举行听证会的地方不远。

在与我们同行的路上，汤姆森先生用很沮丧的语气说："我不敢再说有希望的话了，先生们，又出现了两个新证人，一个住在阿尔德拉蒙特森林边的校舍里，另外一个在路的另一侧工作。他们两人当时都目击到了那三个人分别进入森林，蒙森在右边，哈姆伯勒在中间，斯科特在左边。他们都证明在他们进到森林之后传出来两声枪响。遗憾的是，这件事发生之后，没有对任何一支枪进行检查，麦克米伦医生就出具了意外走火的死亡证明。然而，第一枪来自蒙森少校所处的位置，就在哈姆伯勒和斯科特的右后侧。至于第二枪是否真的是哈姆伯勒的枪走火了，还是斯科特开了一枪或者干脆就是蒙森又开了第二枪，我们始终还无法确定。"

"射击位置与死者的距离大概有多远？"

汤姆森先生摇摇头。

"我可以私下做一个很权威的判断，如果哈姆伯勒是被自己的枪在不到 3 英尺的距离射中的话，他的头应该整个都被打下来，因此，我们通过尸体倒下的位置和附近树上的弹痕以及那个年轻人耳后的伤痕宽度得出了一个结论：只有蒙森才能在足够远的距离射出致命的一枪并造成这样的伤口。而斯科特则位于年轻人身后大约 30 英尺远的地方，他在他所处的位置本来应该会被那个在校舍另一侧路上工作的证人看见，但事实上那个证人并没有看到斯科特。"

"那么，我们必须对爱德华·斯科特多一些关注。"福尔摩斯沉思道。

"斯科特当时离射出致命的一枪的位置太近，福尔摩斯先生，不仅如此，那时他的位置是在哈姆伯勒的另一侧。哈姆伯勒是头部右侧中弹的，因此只可能是蒙森开的枪。"

福尔摩斯冷静地说："如果是这样的话，对蒙森少校就太不利了。"

"他看上去就很像一个坏人，福尔摩斯先生。而且他还为那个年轻人购买了巨额的人身保险……"

"这就是一切问题的根源，"福尔摩斯洒脱地说，"现在，先让我们看看，我们的委托人在案件审理过程中是怎样为自己辩护的。"

在初审过程中，我们第一次也是最后一次看见蒙森少校站在法庭的被告席上。当宣布带被告的时候，蒙森站到了被告席的栏杆后边。这是一个身体结实、长相并不讨人喜欢的男人，他的姜黄色胡须和头发精心修剪过，年龄 40 岁左右，但他总是水汪汪的水泡眼和矮壮的身材让他看上去比实际年龄要老一些。

我在军队服役期间见过很多类似他这样的人，大多是那些在仓库以及整理文件之类烦琐又无聊的工作中消耗掉青春岁月的副官，然后在 40 几岁的时候拿着他们可怜的退休金，在切尔滕纳姆或哈罗盖特回忆着曾经的梦想了此残生。这位少校先生在诉讼开始前的空闲时间里，从他姜黄色的胡须下挤出来一个紧张得就像雪貂一般的笑容，好像他认出了某个他以前认识的人。

在进行更进一步的审判之前，约翰·布莱尔先生和郡法官之间有过一些讨论，他是蒙森的代理人，如果他去英格兰的话或者也可以把他称为律师。这场讨论是因为蒙森少校奇怪的生活现状，他是一个背负了大量债务的破产者，所以，在案件的审理过程中已产生的一些费用，必须依据贫穷罪犯的辩护费标准来支付。关于这些财务问题的讨论占用了法庭几分钟的时间。

"据我了解，蒙森少校，你在过去两年里一直是一个背负着债务的破产者？"郡法官询问道。

“的确是这样。”长着水泡眼的骗子蒙森回答。

“但你和你的夫人雇用了一个女仆，还有一名保姆帮你照看你的孩子们，并且你还有能力支付阿尔德拉蒙特别墅整个夏季的租金。是这样吗？”

“那是我夫人的钱，先生。”少校的水泡眼变得更加湿润模糊了，就好像他因为这个而感到难过一样。

随后是公诉人的案件描述，然后依据初步案情判断对被告进行指控。这些该死的证据本身就已经够麻烦了，但是蒙森因自身恐惧而发出的惊呼让整件事变得更加糟糕。郡法官要么是为了公平起见，要么就是希望他自己挖坑把自己埋了，给了他太多的自由。当律师总长考恩先生提到蒙森为塞西尔·哈姆伯勒投保了30000英镑的人身保险时，少校湿润的水泡眼才变得清澈一些，好像他体内还有一丝斗志尚存一样。

“这丝毫没有违反法律，先生！那个年轻人已经和他的父亲断绝了关系。如果他不能在成为所期望的职业军官之前活下来，这是唯一让哈姆伯勒中尉可以偿还寄宿、伙食和学费等费用的方式。你难道没有看见这一点吗？”

“寄宿和伙食费要30000英镑？”考恩先生提出了每个人听到这一切时所产生的疑问，“而且事实证明，他没有活到获得他所期望的职位那刻，不是吗？”

汤姆森先生低头看着地板，福尔摩斯则抬头看着天花板。少校满脸恐惧，就好像考恩先生已经安排了刽子手，并且在行刑那天的早上进到他的牢房一样。

考恩先生又对少校进入森林里并发生造成塞西尔·哈姆伯勒死亡的枪击事件进行了描述。到目前为止，他拿出的证据都有利于郡法官作出有罪判决。蒙森少校根本没有能力为自己的行为作出辩解，他不顾考恩先生的指责，对郡法官脱口说：“那只是一个单纯的事故，先生！那男孩儿失足跌倒，触碰到枪，结果枪走火了，射中了他自己。”

“请原谅，阁下，我不认为有任何人能够在三英尺的距离内误伤自己，更不要说三十英尺的距离了！好吧，即使真的是在三英尺的距离误伤了自己，阁下，那他的伤口应该会被烤焦，而他的皮肤上也会沾满火药粉末。”考恩先生说。

“阁下，无烟的琥珀炸药子弹造成的伤口就是这样的。”少校满怀希望地大声说，“塞西尔·哈姆伯勒当时拿的就是装有琥珀炸药子弹的12毫米口径的猎枪，而我当时拿的则是20毫米口径的装火药的短枪。”

考恩先生瞥了一眼他的记录。

“阁下，蒙森少校曾经对警察说过，案发当时他携带的是12毫米口径的使用琥珀炸药的猎枪。”

“那是他们搞错了！”垂死的人痛苦地吼叫道，“我能确定，我们出发的时候我拿的是12毫米口径的枪。但当我们将要进入森林的时候，哈姆伯勒把我的枪借了过去。我们交换了彼此的枪支。我在阿尔德拉蒙特第一次被问询的时候也是这样回答他们的。”

考恩先生咨询了一下一位坐在他后面板凳上的穿制服的检察官，然后对郡法官继续说：“阁下，他们两人交换枪支的事情是此时在这个法庭上第一次被提出来的，蒙森少校在此之前从未向警察提起过这件事情，不论是在阿尔德拉蒙特还是在他被拘留期间都没有提过这件事。被告人也没有在任何书面陈述中提到过这件事。”

“我以为他们都已经记录下来了！我没有自己写过陈述，只是在陈述书上签了字而已！”

此时，这个天生就像说谎的骗子一样卑鄙的人已经被吓坏了，就像一只在检察官用各种证据编织的网中绝望挣扎着的苍蝇一样。虽然这还远远没有结束，可就目前来说，蒙森少校因为这些证据所造成的不利局面已经足够致命了。

当我和科姆里·汤姆森先生在法庭外坐在一起的时候，我说：“那个可怜的家伙正在自己把绞索套到自己的脖子上！”

而律师先生，则用他那平静的苏格兰嗓音补充道：“福尔摩斯先生，我本来期望你的到来能够带来一些希望，但是现在看来，你的旅程可能已经没有任何意义了。”

“汤姆森先生，我曾经向爱德华·马歇尔·霍尔爵士承诺过，我将会继续调查这个案子。仅仅根据今天早上我听到这些的内容，我丝毫没有放弃它的打算。同样的，如果你没有异议，我不想与我的委托人见面。像蒙森少校这样刚入行的骗子如果对我说谎，将会彻底把我激怒。事实上，我可以很诚实地告诉你，即使和蒙森少校共处一室都会让我胸中的怒火熊熊燃烧。”

“那么你将继续你的调查？你觉得还有万分之一的希望证明他可能是无罪的？”

“无罪？你在开玩笑吗！”福尔摩斯看着他，就好像自己被对方说出来的话吓了一跳一样，“我可以肯定，蒙森少校绝对是一个无赖，一个骗子。然而事实本身是不会说谎的。如果事情的真相和我推断的一样，毫无疑问，我能够证明他是无罪的。说实话吧，在我起身离开贝克街的时候，我就已经预料到这种结果了。”

科姆里·汤姆森此时的脸色有些微微发红。

“我不明白你在说什么，福尔摩斯先生。”

“也许吧，”福尔摩斯温文尔雅地说，“但是，华生和我必将要成为找到阿尔德拉蒙特真相的人。谢谢你的帮助，让我们有了地方检察官办公室的大卫·斯图尔特先生的陪同，同时，汤姆森先生，假如你明天不去律师办公室办公的话，我会非常感激你的。”

代理律师死死地盯着福尔摩斯。

“但是现在我有工作要做，福尔摩斯先生，就是现在。”

“即便如此，还是请你务必帮我这个忙。现在，让我们回到舒适的阿盖尔酒店吧，在那我们可以惬意地喝上几杯，暂时忘记我们的委托人和他的不幸遭遇。麦芽威士忌里加一点高地泉水就很不错，我想，喝完之后，我们紧接着还可以享用一顿午餐。”

3

第二天早上，我们登上蒙特罗斯公爵夫人号明轮船，开始向阿尔德拉蒙特出发。两小时之后，我们的船离开了河流，进入大海，在和煦的海风中一路向北，向比特岛的凯尔斯进发。我们的船在大海之上，与扑面而来的风浪搏击，而我们站在船甲板上，已经可以遥望到林荫湾了，并且不断拉近着和它之间的距离。阿尔德拉蒙特的别墅就建在一个树木繁茂的海湾里，想要到这座别墅去只能走水路，除非你想从凯姆斯绕一个大圈迂回过去。在那个海湾的小码头上，我们遇到了大卫·斯图尔特，他是恩威利里这个地方的代理检察官。斯图尔特先生在这个地方的声望很高，他是一位话不多，但是谦和有礼的绅士，正是通过对他的问询，才确定了蒙森少校的罪行。

阿尔德拉蒙特别墅是一栋高大的设计比较新潮的白色建筑，在保证了整体结构的坚固性的同时，也兼顾了它的舒适性，别墅周围有一个相当大的牧场以及一大片林地，其中包括一片建筑群，那里以前是一个学校，但是现在则用来出租给季节性度假人群。我们先大致参观了整栋别墅，在别墅大厅里我们发现了枪囊和皮椅，而在通往台球室和吸烟室的门上的衣帽架上则挂着射击上衣和雨衣，毫无疑问，这些设备都是为到这里租住的客人们准备的。不过自从在几周前发生了那场“惨案”之后，这附近再没有响起过枪声。在此之前，蒙森少校支付了这里的房租，尽管这位少校付房租的时候用的是哈姆伯勒的钱，但是从法律层面上来说，他仍然是这里的客人。

参观完整栋别墅之后，我们与斯图尔特先生一起回到了别墅的正门，准备重复一遍在塞西尔·哈姆伯勒身亡的那天早上，这位不幸的年轻人和他的两个同伴走过的那段路。这条马路自海湾的涨潮线起始，到别墅的正门结束，距离并不太长。在这条路上步行了大约一百多码之后，我们路过了那个曾经是乡村学校的砖石建筑群。在我们面前，这条马路的旁边，那片致命的丛林出现了。

“如果你站在后面那座以前是学校校舍的房子里，从窗口里遥望，就可以看到这里了。”斯图尔特低声说，“当时，那里有两个证人都证明自己看到了蒙森少校、哈姆伯勒中尉和斯科特先生出现在这里。那个时候打鸟的话有点早，所以他们三位通知了别墅的男管家，说他们要去打兔子。你也看到了，受这里的地形限制，那两位证人并不能很清楚地观察到这里的一切，所以当这三个男人拿着猎枪到达这个位置的时候，从校舍窗口向这边遥望的证人，无法确认他们手里究竟拿的是哪种枪。

“他们证明这三个人沿着这条主路走了一段，大概是从我们现在站着的地方向前大约一百码的位置，发现从那里可以很容易地跨过栅栏进入林地。于是在那里他们进入了树林，三个人进入林地的位置构成了一个三角形，哈姆伯勒中尉处于中间的位置上，蒙森在右侧，斯科特在左侧。他们一直保持着这个队形，仔细比较一下就会发现，树林里左侧的树丛比较稀疏一些，所以斯科特最容易被目击者发现。虽然他们无法看见整个事情的经过，不过那两位在那座校舍里的证人还是提供了本案最重要的证据：当那三个人进入树林时，斯科特和哈姆伯勒走在前面，蒙森少校稍稍靠后一些，在右后侧。如果你愿意的话，我们可以找时间当场演示一下这个过程。”

接着，我们随着斯图尔特先生走进这片枝繁叶茂的树林，树林里到处都是山毛榉、酸橙和花楸，沿路高高的白桦树长势非常好，树冠几乎遮住了我们头顶的整片天空。有着落地窗和阳台的阿尔德拉蒙特别墅现在已经完全被树林里的植被遮挡住了。

在这片树林里，有些在杂草和灌木丛中被留下来自生自灭的建筑遗迹，我觉得它们可能是一些有争议的遗产，或者很长时间都无法销售出去的房产。可不管这些建筑是什么，这些阴暗的马道小巷，和布满腐叶的地面还是能让人的脚步声减弱，对于带着猎枪和猎狗的人来说，这里简直就是天堂。我观察了一下，我们脚下的路面还是挺干燥的。根据资料显示，在惨剧发生的前一天这里曾经下过一场雨，但自从那之后就再没有下过，所以土地现在就变得干硬结实了。

树林里由于某些地方的杂草长势过于茂盛了一些，让人几乎无路可走。在这些地方通过的时候，高大的欧洲蕨类植物不停地摩擦着我们裤腿的两侧。因此，我们进去的方式完全可以被认为是开辟了一条新路。当我们穿过一片极为茂密的蕨草丛之后，周围的树木终于开始慢慢减少，枝叶也开始变得稀疏起来。在这里有一片“下沉的围栏”，这是由一些高度和我们的脚面平齐的石头组成的围墙，这堵矮墙垫高了右侧的土层，因此，我们左侧土地上生长的植被就显得比右面的要矮一些。当我们走在上面的时候，看上去就像是穿过一个由蕨草组成的平台一样。走了大约一百英尺的距离，就可以穿过这里，这时我们右边的树木就不那么茂密了，树丛之间出现了空隙，通过这些空隙，我们再次看到了那座阿尔德拉蒙特的别墅。这里就是“阿尔德拉蒙特惨案”的案发现场，报纸上就是这样称呼这起案件的。

斯图尔特带着我们走向前面的树木，我发现，在一棵山毛榉、一棵花楸和一棵酸橙的树干上有若干细小的孔洞，在这些小孔的周围，用黄色染料画着圈，这显然是用来做标记的。我看了一下，这些树树高大约 8 英尺，而那些记号位置在距离地不超过 3 英尺的地方。

这时，我们的那位向导转过身来面向我们。

“哈姆伯勒中尉的遗体就是在这里被发现的。爱德华·斯科特告诉蒙森和医生说，他当时看见那个可怜的年轻人就躺在这堵矮墙下面，然后斯科特把他的尸体拖拽到了比较高一点儿的地方。当然，事实也许可能是这样的，也可能不是。我们无法确认，因为在当时，周围再也没有其他独立的证人了。当其他人看到尸体的时候，尸体已经仰面朝天，躺在地势比较高的地方了，当时，他的头部距离花楸树大约 6 英尺远，距离山毛榉有 13 英尺。黄色的染料是我们的人涂上去的，当子弹打在树上之后，在山毛榉和花楸树的树干上，能清楚地看到子弹留下的痕迹。有人证明，在哈姆伯勒中尉被害前的两到三周的时间内，都没有人在这片林场里开过枪。不过，我们发现了这有一个比较早一些的时候，子弹打中树木时留下的弹孔，不过子弹造成的孔洞现在已经愈合。你现在能清楚看到的弹孔都是新的，应该就是哈姆伯勒先生被害时留下的。”

“子弹的覆盖范围大概是多少?”福尔摩斯随口问道。

“子弹覆盖了前方大约 5 英尺的范围，你可以从那些山毛榉树干上找到证据。子弹的射击距离可以进行反向追溯。这是一个几何计算的问题。通过计算，枪大约是在他身后 30 英尺，离地面 5 英尺的高度开火的。一个人在距离地面 5 英尺的高度向前方开枪，这一枪的目标根本就不可能是兔子，福尔摩斯先生！任何人都可以意识到，当一个人在另一个人身后 30 英尺的位置开枪时，不可能不知道这将会导致对方死亡或严重伤害对方。而 30 英尺的距离近在咫尺，当在这个距离出现意外情况时，想要做出预防几乎不可能。在这个距离上，当时即使看不见，蒙森少校也一定能听到哈姆伯勒中尉移动时发出的声音。但他还是对那里开枪了，就像证人听到的那样开枪了。福尔摩斯先生，无论是苏格兰法律还是英格兰法律都有着明确的规定，一个人必须为自己所做的事情可能造成的后果负责。”

“也许在法律条文上有这样的规定，但我始终坚持认为少校当时没有在这个高度上向这个方向射击过。”福尔摩斯的语气非常坚定。

斯图尔特先生看了福尔摩斯一眼，耸了耸肩膀。

“我还有一个对于蒙森少校来说，可能有些不幸的消息，当时有一名证人在树丛的远处看到另一位主角斯科特先生了，证人提供的证词证明，在案件发生的时候，斯科特和被害人之间的距离很近，因此从子弹的散布范围来看，他不可能是开枪的人。而且当时他所处的位置是在死者左侧，而死者遭到枪击的位置是在头部右侧。”

不过检察官先生似乎白费工夫了，福尔摩斯看上去根本就没有在听他说话。他那灰色的眼睛盯在山毛榉树树干上，在比做了标记的弹孔更高一些的位置上来回扫视。

“不好意思，斯图尔特先生，请允许我稍稍浪费一点儿时间。”

说着，福尔摩斯就已经利落地脱下他的夹克，把它递给我，然后向上纵身一跳。他看上去完全就是皮包骨头的手像一个大铁夹子一样，猛地抓住山毛榉一根相对较低的树枝。同时摆动两脚钩住中间的树干。只用了不一会儿的工夫，他就已经跨坐在树枝上面了。在树上，福尔摩斯仔细检查着距离地面10或者12英尺高的浅灰色树干。突然，他从裤兜里拿出一把小刀，仔细地抠着树皮上的一块儿微小疤痕。过了一会儿，他回过头来向下面喊道：

“我亲爱的斯图尔特先生，很显然，你的人错过了一些非常有趣的东西。我敢打赌，当他们在距离地面8英尺的树干上发现了子弹之后，就认为这些证据足以证明只有蒙森少校开了火。不过很遗憾，你的人并不是那么尽职尽责。我在这里，在12英尺的高度上发现了3个还没有完全愈合的弹孔，猎枪的子弹还嵌在树干里面呢。如果你愿意，一会儿可以亲自来看一下。”

斯图尔特努力向上看了一阵，很显然在这个位置看不清什么东西，不过，待福尔摩斯又跳回到地面上时，他说：

“好吧，福尔摩斯先生，就算你是对的，你在那个位置上的确发现了什么，不过，我认为你所做的一切反而使你的委托人身上的嫌疑更大了！”

“我认为这是一个在证据上的严重失误，斯图尔特先生！子弹扩散的范围，已经大大地超出了你们认定的数值，很显然，这是一个极大的错误。你的人在做标记的位置上找到了弹孔，他们认为哈姆伯勒如果是误伤自己的话，子弹不可能达到这个高度，然后他们就停止了搜索，没有再继续找下去。但我刚才找到的弹孔证明了，这一枪的子弹覆盖面积可能足有 6 英尺，不是吗？你可以计算一下，但是我可以向你保证，我给出的这个范围是正确的，如果按照这个弹孔位置来看，射击距离远远不止 30 英尺。现在，先生！请你告诉我，什么人会选择在这么远的距离上试图用短猎枪杀死另一个人？在这个距离上那个被散弹击中的人更容易受伤，而不是因为这颗子弹而致命。”

代理检察官先生的态度看上很礼貌，但是很显然，他对福尔摩斯的说法根本无动于衷。

“不管你怎么说，福尔摩斯先生，理论并不能改变既成事实。”

“就像我的朋友拉斯特雷德总是和我说的那样。不管怎么说，我自己会通过努力而追寻到事实真相，不过在此之前，我必须先为自己的努力找到理论上的依据。”

就在两个人准备继续争论下去的时候，我突然发现附近的灌木丛一阵晃动，紧接着阿尔德拉蒙特别墅的男管家从灌木丛里面钻了出来，因为过于剧烈的运动，他的脸色通红，说话的声音也微微有些气喘。

“斯图尔特先生，先生。别墅那里来了一个小男孩，他拿着一份加急电报，要求你紧急回复一下。我觉得你可能需要立刻赶回去处理这封电报。”

代理检察官只用了极短的时间向我们做了一个简单的道歉，然后就跟着气喘吁吁的男管家匆匆离去了。福尔摩斯看着检察官离开，脸上的表情很满意，显然，别墅那边有些让检察官很重视的事情影响了他的情绪。

“这是一个非常正派的年轻人，华生。我有些后悔骗了他。”

“是关于子弹的散布范围吗？”

福尔摩斯看我的眼神有些无奈。

“当然不是！我的朋友，是刚刚送来的那份电报，从铁路公司的蒸汽机事务长办公室发一封电报非常简单。他们一定是在我们下车之后，下一次列车停靠的时候发出这份电报的。在阿尔德拉蒙特湾并没有收发电报的设备。所以，我判断，这封电报是半个小时前从凯姆斯码头转发过来的。”

“你给斯图尔特发了一封电报送到这里？”

福尔摩斯似乎对我的迟钝有些不满。

“我只不过发了一封署名为科姆里·汤姆森先生的电报，要求我们的检察官立刻针对蒙森少校将在今天因证据不足获得释放的消息发表一下看法。我相信，我们那位年轻的朋友想必会对这封电报非常紧张。”

“总有一天你会因此而倒霉的，福尔摩斯。”我无力地说，“你做得太过分了！”

“我一直认为我很有可能因此而倒霉。但是，这并不妨碍我在此时此刻想象一下那位可怜的斯图尔特先生正竭力想要把一个让人费解的消息发到恩威利里去，对我的年轻朋友来说可能很不幸，在我的要求下，汤姆森先生今天并没有在他的律师办公室里老老实实待着，所以他很难从汤姆森先生那里得到什么答复。我猜，在未来的45分钟里，我们要自己在阿尔德拉蒙特的树林里消磨一下时光了。”

4

福尔摩斯一边收起他的折叠刀，一边穿上他的夹克。

“让我们来思考一些比较常识性的问题，如果哈姆伯勒用装满火药的20毫米口径短枪给了自己一枪的话，他的伤口会被火药熏黑，不过这种情况并没有发生。如果他用装有琥珀炸药的12毫米口径的枪打中自己的话，他的头会被毫不客气地打飞，但这种情况也没有发生。那么，他就有可能是被蒙森或斯科特两人中的一个开枪击中的。根据我们现在已知的山毛榉树上的弹孔标记和子弹散布范围来看，如果开枪的是斯科特的话，那他和受害人之间的距离似乎有些太近了，在这个距离射击很难造成现在这样的效果。”

“我不相信马歇尔·霍尔会因此而感激你，福尔摩斯。”我很干脆地说，“就像斯图尔特刚刚说的那样，你所做的一切，只证明了你的委托人是在大约60英尺外的距离射杀了哈姆伯勒。这是你发现的那些看似弥足珍贵的重要证据所能得出的唯一结论。”

福尔摩斯转过头来看着我，惊奇地挑了挑眉毛。

“他们才不会做出这么愚蠢的判断!”

“但是我觉得，你刚才发现的弹孔已经证明，射击位置在60英尺外。”

福尔摩斯鹰一般的脸上露出似乎因为耐心消磨殆尽而有些疲倦的神情，然后，他看着我轻轻地叹了口气。

“我亲爱的华生，我只是在那棵之前被证明射击位置在30英尺外的树干的高处发现了弹孔，并以此计算出那颗子弹似乎是在离受害人有60英尺外的地方射出的！但是事实上，如果想谋杀的话，没有人会在60英尺以外的地方开枪。你可以设身处地地考虑一下这种情况，仔细地想象一下，子弹射出之后会向四周散开，并且在超过60英尺的飞行距离中逐渐失去速度。这时，子弹扩散的范围可能覆盖一块10英尺乘10英尺也就是超过100平方英尺的面积。这样，射中受害人头部的弹丸，可能不会超过4粒或5粒。任何凶手在这种情况下都不敢肯定能击毙想要击毙的目标。”

“也许蒙森在60英尺远的地方打死哈姆伯勒只是一个意外呢。”我说。

“绝对没有这个可能，华生！”福尔摩斯毫不客气地说，“作为一名医生，一名睿智的观察者，你首先必须注意到一件事。如果哈姆伯勒被人从60英尺左右的地方用短猎枪击毙，猎枪弹丸的扩散面积会非常大，这样的话，受害人的尸体就会被数量众多的弹丸打成马蜂窝。但是在验尸报告里，受害人身上只有一个伤口，没有其他枪伤痕迹。根据这一点，你完全可以肯定，击中死者的绝对不可能是来自60英尺外的一枪。”

“也不是在30英尺外？”

“没错。所以我们不要在代理检察官那种盲目并且冲动的论点上再浪费时间了。看，这儿有两条回到马路的小路。蒙森想要靠近案发现场必须从其中一条走过来。我们现在把两条路都搜索一遍，路两侧区域也不要遗漏。我个人认为，搜索每条路两侧50英尺范围足够了。”

“足够什么了？”

“足够我们找到蒙森在射击时留下的一些纸张的碎片。”

嫌疑犯为什么要留下一张纸条，是在开火前还是在开火后？如果不是我早已习惯了他天马行空般的想法，我真的会以为福尔摩斯已经疯了。

如果蒙森真的留下了一张字条的话，他或者其他人为什么要把它撕掉？

福尔摩斯毫不客气地忽视了我的疑问，直截了当地说：

“纸条可能被撕成了非常小的碎片，并且可能已经被烧了，但是我希望纸条没有全被毁掉，运气好的话，我们应该还能找到残留的信息。如果我的猜测成立的话，蒙森在射击聚会的时候写过一个字条，然后把它撕了并且进行了焚烧。不过此时此刻，我已经没有时间考虑这个猜测是否合理了，因为代理检察官随时都有可能回来。”

我们搜索了大约 10 分钟，但一无所获，没有发现那些可能存在的字条的任何线索。福尔摩斯负责搜索路的右侧，我负责搜索路的左侧。我们循着嫌疑人的足迹，穿过了一条蒙森很有可能走过的布满杂乱的荆棘和欧洲蕨草的林间小道。

“所有证人都证实，那天下了雨，当时少校穿着粗花呢上衣，这种面料并不防水，”福尔摩斯显得有些不耐烦了，“那条路上长满了齐腰高的湿漉漉的石楠花，所以蒙森当时走这条路的可能性更大。”

“亲爱的福尔摩斯，你有没有想过，如果那天下了雨，纸会被雨水打湿，那么无论那张纸条上有什么字，恐怕都会很难辨认了。”我说。

“不，华生，我并不这样认为。如果真能在这里找到我想要的东西，我相信，那上面会完好地把我希望看到的信息保存下来。”福尔摩斯摇着头说。

于是，我们沿着那条林间小道继续向前搜索，一直搜索到我们再次看到了林边的栅栏和来时走的马路后，我和福尔摩斯就从这里调头，返回枪击现场，一边走一边低着头仔细搜寻。我们前前后后搜索了十几次之后，我在距离有弹孔标记的花楸和山毛榉大约 40 英尺的路边发现了一小片白色带印花图案纸。我刚要捡起这东西，歇洛克·福尔摩斯已经抢先一步把它拿到了手里，他的胳膊很长，速度和反应也比我快得多。不过我觉得，福尔摩斯对这张纸片有些漫不经心，只是展开那张纸随便看了一眼，然后又把它揉成团儿，随手放进了兜里。我看到，纸的正反面都是空白，虽然上面有一团污渍，应该是污水造成的，但我可以肯定上面没有任何字。

没过多久，福尔摩斯又找到两片儿碎纸片儿，展开之后都没有一张名片大。我同样也没有看出这两张纸有什么问题。如果他真的找到了一张记录有某种信息的碎片，我相信自己一定能够发现。所以在我看来，福尔摩斯还没有找到他想找的那张纸条。

“非常好！”福尔摩斯突然自言自语了一句，声音非常小，我几乎听不到他在说话。然后，福尔摩斯转过身，对我说：“我们现在回到当初蒙森少校第一次看到哈姆伯勒尸体的地方。”

我们回到了案发地点。福尔摩斯俯身捡起了一根小树枝，插在距离花楸树 6 英尺、距离山毛榉 13 英尺的土里，做了一个标记。

“这里就是被害人头部躺着的位置。尸检报告上记录，他身高 5 英尺 7 英寸，那么这里就是他脚的位置。尸检报告还告诉我们，那个可怜的年轻人当时被一枪打死，他当时倒下的位置几乎就是他原来站着的位置，也许有一点点误差，但是应该不大。”

“受到致命伤的人倒下前可能会脚步蹒跚地移动一些距离。”我提醒道。

听到我的话，福尔摩斯无奈地叹了一口气。

“亲爱的华生，一个猎人死亡之前也许能带着受伤的后背疾驰好几码，但他可不是被一枪击中头部，直击大脑的！还有一点，报告上说当时雨已经停了，警方在事发之后对地面进行了检查，可除了在死者头部接触的地方，在其他地方没有发现任何血迹。”

“但是根据案件报告记录，这个年轻人在被击中时摔下了矮墙。后来，斯科特发现他躺在那里，于是把他从草丛里拉了上来。在那种情况下，斯科特这么做也是正常的。”

“我亲爱的华生，请你回想一下你在麦万德战役中服役时的所见所闻，”福尔摩斯温和地说，“请仔细回忆一下，那时候，一个受到这样致命伤的人会流多少血，毫无疑问，这些血会流到伤者的衣服上，甚至还会抹到那些抬他的人的衣服上，会流得到处都是。如果事情的确像斯科特先生说的那样的话，那就有些意思了。我记得记录上说，爱德华·斯科特在事件发生的当天下午就从阿尔德拉蒙特消失了，当时他还穿着早上穿的那身粗花呢衣服。他穿着这样的衣服大摇大摆地离开，很显然他的衣服上没有沾上一滴血迹。这说明了什么？”

“如果他搬动被害人的时候非常小心呢……”我有些不甘心地问。

福尔摩斯把头转向一边，看着那片长面蕨类植物的空地。

“也许他当时真的很小心，所以衣服上并没有沾染血迹。如果真是这样的话，我们先要搞清楚一个问题。像哈姆伯勒这样的人直挺挺地摔到下面那片蕨草丛里时，一定会摔得很重，尸体下面的几平方英尺蕨草会被他的尸体压坏。但是华生，我可以和你打个赌，你在这个围墙下方的蕨草丛里每找到一棵折断的蕨草我就给你5英镑。你有兴趣的话，可以找找看。”

说完，福尔摩斯从矮墙上跳了下去，我也跟着跳了下去。如果真的有一个人从高处跌落到这里的话，落点一定在矮墙周边6英尺左右的范围之内。我们的下方就是斯科特声称他把尸体抬上矮墙之前尸体所在的位置，可是我仔细找了许久，却没有发现这里有植物被压倒的痕迹。因此我们可以确定，这些植物在这里无忧无虑地生长了好几个月时间，期间没有任何意外打扰过它们的安宁。

“真是斯科特干的？那他为什么要杀那个年轻人呢？”我惊诧地问道。

“和蒙森的目的相同。这两个恶棍榨干了那个可怜的年轻人活着的时候他们能得到的全部利益，还希望那个年轻人死后接着榨取他死后的价值。”福尔摩斯耸了耸肩膀说。

“难道是蒙森和斯科特两个人一同策划了这起谋杀？”

“你说的这种情况也有可能，但是我不相信他们能一起策划这场谋杀，因为这两个恶棍彼此之间缺乏足够的信任。他们互相猜忌，互相提防，很难在一起合作。”

我们说话的同时，福尔摩斯又检查了另一条崎岖的小路，这条路在矮墙下方，宽度不超过10英寸，没有被蕨草覆盖住。这种路一般是春夏季节游人在低矮的蕨草上踩来踩去之后形成的。冲着矮墙的方向有十多处鞋印，因为气候比较干燥，这些脚印被很好地保存在了坚实的地面上。我以此做出判断，这些脚印应该是在最近一次降雨之后踩出来。

“这是猎人们清晨在此聚会时留下的脚印。”福尔摩斯低声说，“这些鞋尖都朝着矮墙。注意看这里！最后面的几组鞋印在荆棘丛边。你看，这些鞋印只有脚掌部分的，没有鞋跟部分的印记。”

“这是斯科特的脚印！是他的！”我立刻大声地说，“肯定是他看到尸体摔倒时从那个位置跑过来时留下的脚印！”

福尔摩斯发出干巴巴的笑声，很显然，这种笑声不是因为幽默或者开心才发出来的。

“这的确是斯科特的脚印，毫无疑问！你仔细看一下。通过测量步幅计算出一个人的大致身高。所以，我们可以通过脚印来对留下脚印的人做出一些判断，唔，我们这位可能是在奔跑的运动员，身高比中等身材要稍矮一些，嗯，大概5英尺8英寸。我们可以在警察局的档案里查到斯科特的身高。当然了，人奔跑的时候他的步子可能会大一些，不过这些脚印完全不属于这种情况。他的步伐基本上是一致的，地面上只留下了前脚掌的鞋印。如果我们站在更高的地方观察的话，可以看得更清楚一些。唔，我们可以模拟一下哈姆伯勒中尉在这里被杀时的情景。”

我按照他的要求爬到了地势比较高的地方。而福尔摩斯则端起他的手杖，就好像他拿着一杆猎枪一样，透过荆棘丛的上部瞄准我的脑袋。

“我说的也许不能证明什么，但是，华生，从我这里大约能看到我正前方15英尺左右的范围，高度大概到你眉毛的位置。我承认，在这个位置向你射击，可能比那个被害人的中枪位置高了一点儿。不过哈姆伯勒的尸检上写着，他比你高一点儿。而斯科特先生则比我矮了4英寸。很显然，最后面的这些脚印并不是一个人奔跑时留下来的，而是一个人踮脚站着时留下来的，目的就是能够瞄准到你现在头部所处的高度。我敢向你保证，如果我在这里扣动扳机，子弹会越过你的头顶飞到那棵山毛榉树那边，正中那些弹孔所处的位置。”

“斯图尔特先生不应该错过这样的证据啊！”我表情诧异

地说。

“可事实上，斯图尔特先生的确忽略了这个证据，因为他认为子弹是从30英尺远的背后向死者打来的。代理检察官的手下找到了几个弹孔，划出了一个足够的射程范围，使蒙森少校成了唯一的犯罪嫌疑人。然后，他们就再也没有兴趣继续向上搜索了。你看看那些黄色的染料标记就知道了。不过这样看来，这些不称职的先生们的确非常适合在苏格兰场工作。

“不仅如此，还有更糟糕的，他们还无法通过水平扩散的方法找出真正的射击范围，因为在方圆5英尺的范围内，没有其他的树被子弹击中。于是在他们可悲的思维方式里，完全没有出现任何一个其实这把枪不是在水平射击，而是在向上射击的念头。”

很明显，福尔摩斯是正确的，就像他一直以来表现的那样。不过，这起案件还有一个疑点需要搞清楚。

“可是，致命伤出现在那个年轻人的右耳后侧，而斯科特一直在那个年轻人的左侧，这个问题你如何解释呢？”我问道。

福尔摩斯突然咯咯地笑了起来，好像他的对手在下棋时走了一步臭棋，已经把他自己将死了一样。

“华生，这个问题的答案就在你身后的那棵酸橙树上。”

我本能地向后转身。我还没有转过身的时候突然意识到，福尔摩斯完全可以在这个时候在不超过15英尺的距离内开枪打中我的右侧头部。福尔摩斯说得一点儿没错，山毛榉树上垂直方向上的弹痕使开火的地方看上去比实际距离更远一些，在这个距离上，似乎子弹只能来自蒙森少校所处的位置，可事实上子弹来自另外一个完全不同的方向，是从下向上射击造成的。

“恭喜你了，你的案子水落石出了！”我对福尔摩斯说。

但是福尔摩斯却摇了摇头。

“尽管我希望这个案子就此结束，可遗憾的是，我们离破案还远着呢。我的证据的确可以说服武器专家，让他们做出正确的判断，可那些病理学家们却不是那么容易被说服的，只要他们坚持认为那颗致命的子弹是从 30 英尺左右的地方射出的，那么，无论根据你头部位置做出的推测，还是我的手杖伪装的猎枪，都无法阻止法官们把蒙森少校送上绞刑架。”

5

我们从阿盖尔酒店房间的窗户可以看到外面的特龙盖特长街、蜡像馆和佩尔西旧货市场的广告牌。街道两侧的店铺楼上，一连串可以上下拉动的窗户，顺着街道延伸出去很远，看起来就像一片险峻的悬崖一样。

我现在还很清楚地记得，那是一个星期六的晚上，夜幕降临时，法院和街道后面的小巷里的人纷纷涌了出来，汇聚到了城市里的各条商业动脉中。对于那些过于拥挤的人流来说，装饰着漂亮街灯的人行道，实在是有些太窄了，而在街道上，啤酒马车和敞篷马车挤得到处都是。

在为我们展示这幅景象的窗前，福尔摩斯高瘦的身影来来回回地反复穿插而过，他的手背在后面，尽量控制着自己身体里的某些东西，让自己只是在房间里来回踱步。因为在他来回测量着地毯的同时，还要分神去听坐在沙发上的大卫·斯图尔特先生，关于对蒙森少校犯罪指控的概述。和代理检察官先生并排坐在一起的是亨利·利特尔·约翰医生。这位爱丁堡警察局的法医正是这起指控的首席顾问。终于，福尔摩斯停了下来，站直了身子，站的比平时还要挺拔高傲。

“斯图尔特先生，我很欣赏你和利特尔·约翰医生，对于这起案件调查的努力态度。今天晚上我邀请你们两位来这里，是想诚恳地建议你们，不要再在这些无用的东西上浪费时间了。”

“我觉得，福尔摩斯先生，和我们比起来，你更应该把你这种无谓的工作停下来。”斯图尔特用很平静的语气说。

“你这样说，我丝毫不觉得意外，检察官先生。不过，我还是想友善地建议你，立刻撤销对蒙森少校的指控。你在法庭上没有任何获胜的希望。”

斯图尔特先生的嘴巴张开好久才慢慢合上。而利特尔·约翰先生脸上的表情，就像意外地吞下整个胡椒薄荷糖一样。

良久之后，代理检察官似乎才渐渐地恢复了理智。

“尊敬的福尔摩斯先生，在我的职业生涯中，的确没有几个案子一定会被定罪。但是也没有哪个被告会像蒙森少校一样一直不断地说谎。”他说。

“这就是问题的关键。”福尔摩斯语速飞快地说，“你想以什么罪名把他绞死？说谎吗？”

斯图尔特稍微犹豫了一下。

“不，我并不需要这样做，因为你的委托人会自己把自己送上绞刑架，福尔摩斯先生。你因思维敏捷，推理缜密而备受赞誉，不仅仅在伦敦或者格拉斯哥，在很多地方，很多人都知道你的名字。不过，你昨天早上向我提交的关于哈姆伯勒中尉是从矮墙下方被射杀的推断，我们已经讨论过了，很不幸我们驳回了你的判断。”

但福尔摩斯似乎还没有死心。

“我可以知道原因吗？”

这时，利特尔·约翰医生在一边开口说：“福尔摩斯先生，伤口最外缘尺寸大约在3英寸乘2英寸左右，这么巨大的伤口不可能是在15英尺的距离内造成的。另外，还有一件事……”

“还有什么？”

“证人当时听到了两声枪响。他们的说法都印证了这一点。蒙森少校已经承认他开了第一枪。不过，也可能是两枪都是他开的。如果第二枪的确是斯科特开的，我们就要首先搞清楚一个问题，杀死哈姆伯勒中尉的凶手是他的话，那斯科特距离受害人实在是有些太近了，在那个位置开枪不大可能造成那样的伤口。”

“还有，”斯图尔特补充道，“如果真的是斯科特制造出了这样的一个伤口，那他必须在30英尺或更远位置上向被害人射击，他的位置一定在那条路更靠后一点儿的地方。假如真的在那里，当斯科特开火的时候，他就会第一时间被证人发现。”

福尔摩斯停下来，决定把两位先生说的一切先放在一边。

“好吧，先生们，我们先把争论放在一边，先来讨论一些我们彼此都认可的东西。蒙森少校之所以在枪支问题上撒谎，是因为他想推翻之前的证词，在枪支问题上撒谎，可以让伤口周围的皮肤为什么没有变黑有一个合理的解释。我们可以把这一点作为我们双方都认可的事实来讨论吗？”

“是的，的确是这样！”斯图尔特先生的表情很惊讶，同时他小心地把自己那一点点，因为看到福尔摩斯亲手收紧套在自己委托人脖子上的绞索时，有些激动的心情收敛了起来。

“很好。首先，少校先生告诉我们，他当时拿的是一把12毫米口径的猎枪，使用的是填充了无烟的琥珀火药子弹的枪。我们把我们的信任给了他。可当他后来发现这是唯一一种，可以让哈姆伯勒被枪杀这一事件，看起来像是个意外的枪支，所以少校决定为自己换一把枪，——让我们说得更准确一些——他为自己换了一把装有火药的20毫米口径的猎枪？对于这件事，我们都认为是他编造出来为自己脱罪的谎言？对吗？”

“的确如此。”我们的客人一起点了点头。

“非常好，先生们，非常好！你们看到了没有？我们已经在这件事上达成了共识！那么，我们接下来就假设蒙森少校就像他一开始说的那样，拿着的就是那把12毫米口径的使用无烟琥珀火药的猎枪。”

“无须假设，这就是事实，当时拿着那把20毫米口径的填装火药的猎枪的人是哈姆伯勒中尉，如果他拿着这把枪在这么近的距离对自己射击，伤口周围的皮肤会被火药烧焦。如果他的皮肤没有被烧焦，那么，他就不可能是因为枪支的走火意外打死了自己。”代理检察官先生斩钉截铁地说。

“正是如此！”福尔摩斯对此没有丝毫异议。

在与检察官关于他的委托人是一个无耻骗子这一点上达成一致看法之后，福尔摩斯脸上露出了看起来似乎已经胜券在握的表情。可是，他接下来说的话并没有让我对他放下心来。

“斯图尔特先生，我觉得我们很快就可以结案了。”

很显然，大卫·斯图尔特和利特尔·约翰医生并不认同他的观点。

“首先，有一件事我必须要确认一下。”福尔摩斯突然转向代理检察官，同时伸出了修长的食指，“我向科姆里·汤姆森先生提出过一个要求，假如凶手真的是蒙森少校的话，我想看一下那天早晨在他给枪上子弹的地方找到的包子弹的那个包裹和里面的子弹。我现在就想看到它们。”

斯图尔特从公文包里拿出包裹，但里面只有三四颗猎枪子弹。这些子弹非常普通，看不出来任何特别之处。斯图尔特把包裹及子弹一起递给了正眯着眼睛仔细观察子弹的歇洛克·福尔摩斯。

“你们检查过这些子弹吗?”福尔摩斯问道。

代理检察官斯图尔特先生的回答有些生硬，好像在怀疑福尔摩斯在和他玩小花样。如果他有足够的时间去了解福尔摩斯的话，就不会持这种怀疑的态度了。

“你可以仔细看一下，福尔摩斯先生，这些子弹没有什么可检查的。在法庭上出示没有使用过的子弹，并且将其作为证据。关于这一条在谋杀指控罪证列表上的第 241 项第 9 条有详细的描述。因为这些子弹完全没有使用过，甚至都没有进过枪膛，所以它们并没有参与犯罪活动，根本不需要进一步检查。”

“你们错过了关键的东西，先生们。”福尔摩斯很冷静地说，坐到窗前的胡桃木桌子上，掏出放大镜，仔细观察着这些子弹。“我想，我必须告诉你们，这些子弹在这次犯罪中扮演了决定性的角色，但由于你们的疏忽，先生们，无辜的人可能因此被绞死。”

斯图尔特先生和利特尔·约翰医生面面相觑，不明白福尔摩斯究竟在说什么。

过了一会儿，福尔摩斯放下放大镜，转过身来，盯着两位访客，目光炯炯有神。

“正如我怀疑的那样!”

说完，福尔摩斯掏出他那把漂亮的象牙柄小折叠刀——别人还没有来得及阻止他——熟练地切开了一颗子弹的硬纸板弹壳。

“福尔摩斯先生，请你立刻停止你的行为!”

代理检察官大吼了一声，猛地站起身来，冲过福尔摩斯身边，想从锋利的小刀下拯救这个将要被福尔摩斯破坏的“证据”。

福尔摩斯挥了挥手让他躲开。不管检察官现在想做什么，物证被损坏已经是既成的事实了。

利特尔·约翰医生和我凑了过去，看着福尔摩斯像在解剖台上解剖青蛙一样“解剖”那颗子弹。子弹的底部有底火，当枪的撞针击中那里的时候，底火就会引爆子弹里的火药。子弹的下半部分填充着黄色的琥珀炸药。在火药之上，弹壳的内部被一块毛毡类填塞物分隔开来。

在子弹的上部，在第一块填充物和第二块填充物中间本来应该塞满几百个铅弹，可是现在，这颗子弹的这个位置却被塞满了压实的纸质弹丸。它们被硬纸管限制了空间，看起来似乎比我们在阿尔德拉蒙特的森林里发现的那些碎纸更小也更坚硬。但是只要将这种纸和我们找到的碎片进行对比，就可以看出它们用的是同样的纸。在斯图尔特先生恢复镇静之前，福尔摩斯已经切开了第二颗子弹，里面和第一颗子弹一模一样。

“用什么方法可以让子弹没有杀伤力，并且操作起来简单易行?”他说，好像在自言自语，“把子弹的上半部分小心地打开，然后用一些没有杀伤力的东西来代替铅弹。如各位所见，这种纸质弹丸就是非常好的替代品。开枪的时候，这种‘子弹’几乎全部都会被燃烧干净，只有很少一部分会被发射出去。”

福尔摩斯说着，从兜里掏出两团碎纸屑，就是我们从阿尔德拉蒙特那里捡回来的那几张。这些纸是没有使用过的白纸。福尔摩斯打开纸团，把纸的边缘位置展示给我们看，在那里有一块被烧焦的浅棕色的痕迹。这就是蒙森少校在不知不觉中留下的“消息”。

“除了纸，蒙森少校的猎枪当时没有发射出任何可以致命的东西。”福尔摩斯轻声对斯图尔特说，“斯科特负责狩猎前的准备工作，他制作了这种子弹。就像蒙森一开始说的那样，他是拿着12 毫米口径的枪和子弹进入丛林的。当然，如果他当时拿的不是这包子弹的话，他应该打出实弹来。但是，这包里所有子弹都是为哈姆伯勒中尉的死亡计划而特制的。因此，我们可以认为，在那段时间里，蒙森少校只要开火的次数没有超过五次，他就完全人畜无害。但目击者告诉我们，他们当时只听到了两声枪响。”

“那么，杀死哈姆伯勒就不可能是蒙森？”检察官的声音听起来有些干涩。

“他根本不可能杀死那个年轻人。”福尔摩斯说话的声音温文尔雅，但是口气却异常坚定，“但是那个可怜的被误导的家伙以为自己杀死了那个年轻人，他不知道斯科特在子弹上做了手脚，以为自己当时射出的是真子弹，而且案发时似乎也只有他处于那个能够导致悲剧发生的有效射击范围之内！更糟糕的是，之前还有一场划船事故的意外，可怜的哈姆伯勒的人身保险受益人又只有蒙森自己，尽管少校先生可能认为这很合理。因为这些可能有些愚蠢的一系列事件，在本地区没有任何一名陪审员会相信他是无罪的！而那位斯科特先生，他的诡计却一直没有被发现。”

“那位少校蒙森当时的确开火了，但是他做梦也想不到自己打出去的是什么东西！如果哈姆伯勒的死就像麦克米伦医生所说的那样，继续被认定为一场事故，那么剩余的几个子弹将会被其他的猎人用掉，斯科特的小把戏就会成为一个永远无人知晓的秘密。”

“但是，斯科特是如何在这么近的距离内造成这种伤口的？”代理检察官低声说，同时再一次坐了下来，“如果无法解释这一点的话，这些东西并不能彻底改变一切。”

听到他的话，福尔摩斯转向利特尔·约翰医生。

“约翰医生，请问，哈姆伯勒被害的时候是哪一天？”

“如果我没记错的话，应该是8月10日。”约翰医生想了一下回答道。

“这是根据麦克米伦医生出具的意外死亡证明来确定的日期吗？然后那个可怜的男孩被送到了怀特岛上的文特诺，在他死亡一周之后，于8月17日被埋葬。是这样吗？”福尔摩斯接着问道。

利特尔·约翰医生有些笨拙地点点头，没有说话。

福尔摩斯继续问道：“在此之后，他的尸体在家族墓地里被埋了多久？”

“尸体是在9月4日被重新挖出来的，紧接着就是验尸。”

“真的吗？”福尔摩斯看着窗外，扫了一眼特龙盖特街上拥挤的人群，然后转过身，环顾了一下四周，“以你作为一个警察局法医的经验，利特尔·约翰医生，有多少具尸体由于怀疑死亡原因被再次挖出来重新验尸的？”

秃头、戴眼镜的医生瞪着福尔摩斯说：

“从比例上来看不是很多，但是数量也不少。”

“一般是出于什么原因这么做的？”

“几乎都是怀疑死者中毒。不过，据我所知，有两三个是死于暴力击打的，都是在有犯罪意图之后进行的有预谋的伤害事件。”

“我知道了。”福尔摩斯又转向窗口，“那么，关于枪伤致死的尸检，你的经验丰富吗？”

利特尔·约翰医生耸耸肩。

“我本人就经历过两起蓄意杀人，以及很多起在狩猎季节发生的意外杀人。”

“有多少人被埋葬之后又被挖出来进行验尸的?”福尔摩斯追问道。

利特尔·约翰医生盯着福尔摩斯，但是这次他没有说话。

“一次都没有，”福尔摩斯问道，“是不是，医生?”

听到这里，大卫·斯图尔特在沙发上显得有些焦躁不安。他突然开口说：

“这和案子本身有关系吗，福尔摩斯先生?我敢向你保证，利特尔·约翰医生是一位专家，他在检查枪伤方面有非常丰富的经验。”

福尔摩斯点了点头，似乎认可了他说的话。

“的确是这样。但是也可能他在对尸体腐烂程度对枪伤造成的影响方面缺乏足够的经验，比如像本案这种情况，在炎热的夏天，遗体又被埋葬了几周后进行的尸检。”

“尸体根本就没有什么腐烂问题!”利特尔·约翰有些恼火地说。

“不好意思。”福尔摩斯说完，走到桌边，拿起一张纸，“利特尔·约翰医生，这是你提供的验尸报告。我可以读一两句吗?唔，比如说这几句，‘面部肿胀……已经开始腐烂……毛发由于尸体腐烂很容易脱落……”

“这些东西根本无关紧要。”代理检察官打断了福尔摩斯，他看上去明显有些慌乱了。

“真的无关紧要吗，斯图尔特先生?你认识在阿伯丁市担任警察局法医的马修·海教授吗?”福尔摩斯问道。

“我见过他几次。”代理检察官老实地点了点头。

“那你熟悉他的作品吗?特别是他对于枪伤的著作?”

“他的作品?”

“他出版的作品。”

“我没看过。”

“在他的著作上有详细的论述，在死亡后三周，尸体的腐烂将让任何针对枪伤造成的，表面伤口最初范围测量变得完全不可能，如果你知道这个的话，会不会感觉很惊讶？”

歇洛克·福尔摩斯注视着这位年轻的可怜人，就像在摧残钉在标本板上的飞蛾一样。没有任何间歇，他又继续说：

“在利特尔·约翰医生出具的尸检报告上指出，伤口的最大范围在2英寸到3英寸之间，这与蒙森少校的射击距离造成的伤口一致。但是现在，先生们，两个选择，尸体要么腐烂要么没有腐烂。尸体如果已经腐烂了，就无法对伤口进行精确测量。尸体如果没有腐烂，测量结果就是正确的，哈姆伯勒就是被来自测量距离上的子弹射杀的，但事实上被害人绝不可能被蒙森少校用纸质子弹打死。不论是上述哪种情况，你对被告的指控恐怕都将作废了。”

像歇洛克·福尔摩斯之前的很多对手那样，斯图尔特用愤怒的眼神死死地盯着福尔摩斯。这个年轻人觉得，福尔摩斯抛出的绳索在他身上越勒越紧，让他几乎无法挣脱。这时，他犯了一个他许多前辈都犯过的错误，试图抓住最后一根救命稻草，进行最后的垂死挣扎。

“为什么斯科特要做蒙森该做的事情呢？保险的直接获益人是蒙森而不是斯科特。”

福尔摩斯走过去，同情地拍了拍年轻人的肩膀。

“他这么做当然是为了钱，斯图尔特先生。他想过富有的生活。只要哈姆伯勒活着，他就没有办法达到这个目的。在榨取那个可怜的年轻人身上的价值方面，在这个年轻人死亡之前，斯科特和蒙森是合作关系。除此之外，他们俩没有其他任何利害关系了。”

“斯科特非常幸运，那位做鉴定的麦克米伦医生对枪伤知之甚少，很轻易地就给他们出具了那个年轻人的死亡证明。此后，斯科特就从这里溜走，去做他自己的事情去了。整件案子中，斯科特有意误导了蒙森，让蒙森相信，是他意外地杀死了哈姆伯勒。过一段时间之后，如果风平浪静了，斯科特就会回来向蒙森‘讨债’。我相信，他手里有那位年轻朋友的哈姆伯勒写给他的欠条。我毫不怀疑他们伪造了哈姆伯勒的签名，这个签名不仅仅会在放款人贝尔斯佛·托特汉姆先生的借据上出现，如果哪里需要，这个签名就会出现在哪里。”

“这样，他可以得到 30000 英镑保险金中的一部分，这些钱足够改变斯科特的命运了。枪击也会一直被定性为一场意外事故，就像麦克米伦医生鉴定出来的那样。当然，如果出现意外，比如像现在这样，当斯科特看到蒙森被捕的消息后，他会毫不犹豫地就此消失，不再露面。”

“如果蒙森真的拿到那笔钱，他一定会拒绝斯科特敲诈的。”斯图尔特还试图最后挣扎一下。

福尔摩斯摇摇头，打掉了他最后的一线希望。

“斯科特，化名戴维斯，还有一个别名斯威尼，对于敲诈这种技能，他绝对不是一个门外汉，尤其是恐吓他同伙的时候，他格外拿手。蒙森这个可怜的替罪羊和傻子认为自己意外地开枪打死了哈姆伯勒。到时候，只要斯科特威胁他说，要去当局描述一个看到蒙森悄悄地爬向那个年轻人并发起攻击的故事就可以了。另外，他还可以发誓在斯科特自己动手的前一天晚上，看见蒙森偷偷地把划艇的塞子拿掉了，这当然就是一系列犯罪过程的开端。”

屋子里静得让人很不舒服，这种寂静一直到福尔摩斯轻声补充了一句才结束。“斯图尔特先生，你现在完全可以用你掌握的证据绞死蒙森！但是如果你换一个角度考虑一下就会发现，自己其实可以很容易做出另外一个完全不同的决定，因为就像我证明给你看的那样，你掌握的证据都是斯科特刻意提供给你的，你被他利用了，成了他犯罪的帮凶。仔细想想他那个可怕的犯罪计划，想想那个设计这个计划的恶棍，你现在还怀疑蒙森不会把那 30000 英镑的一半分给那个家伙以求让他闭嘴吗？先生，我敢向你保证，只要能从绞索下把他解救出来，蒙森甚至可以把全部的钱都给斯科特！”

“我会把你和我说的一切都上报的。”代理检察官留下来这句话，脚步格外沉重地走了。

“很高兴你能这么做。”福尔摩斯优雅地说，“如果你把这一切如实上报的话，请你通过检察官转达一下我对马修·海教授的致意，这位阿伯丁警察局法医已经同意在对蒙森少校的整个审讯过程中全程提供辩护用的证据。”

整个事情大概就是这样。由于海教授的参与，爱丁堡高级法院的陪审团们认为针对埃尔夫·约翰·蒙森的指控“证据不足”。从那以后，除了蒙森少校因为他的蜡像被放在恶棍的展室里起诉杜莎夫人蜡像馆这件事之外，我和福尔摩斯再也没有听到过他的任何消息。爱德华·斯科特这个家伙，或者我们可以以他出生时登记的名字称呼他爱德华·斯威尼，至今仍然逍遥法外。

一天，我准备把这起案件的相关文件放进盒子里，然后把盒子放进一个铁皮箱的时候，口供里的某些东西忽然激起了我的好奇心。

“这里有些东西是不是有些奇怪，福尔摩斯？在炎热的夏天，斯科特在阿尔德拉蒙特那样的好地方租了一栋豪华别墅，却不经常在那过夜？除了每个星期日之外，其他时间他似乎很晚才起床，然后乘坐下午的轮船去格拉斯哥，接着又在很晚的时候才回到别墅。星期三和星期六，他去格拉斯哥的时间还要早一些，似乎是为了能在下午2点之前进城。这些都是男管家的证词。我觉得，那家伙可能在这些日子里带妓女跑到那种低级旅馆去了。”

福尔摩斯一直十指相对，闭着眼睛。我说完这句话后，他忽然睁开了眼睛说：“他的活动时间听起来很有规律，只在星期三和星期六下午有些特殊，和平时的规律有所不同。”

他又闭上了眼睛，好像睡着了一样。猛然间，福尔摩斯从沙发上站了起来。

“我知道了，他的职业决定了他的这种作息习惯！华生，什么职业需要除周日之外每天晚上都要上班，而且周三和周六下午的上班时间还要提前一些？”

“对不起，我对此毫无头绪。”我无奈地摇了摇头。

“亲爱的华生，”福尔摩斯边说边打呵欠，“难道在你狂野的青少年时期，从来没有去过杂耍戏院吗？这种戏院除了周日每晚都有演出，周三和周六这两天还有午后场。我敢断言，如果你有兴趣的话，可以在格拉斯哥帝国剧院的舞台上找到这位斯科特先生。”

“这太荒谬了！”我惊呼了一声。

“看上去的确是这样，不过，如果每次看似荒谬的事情都被证实是事实我都能得到一基尼的话，我会比现在富有得多。”福尔摩斯懒洋洋地说。

很久以后，代理检察官大卫·斯图尔特给福尔摩斯寄来了一封信。他在信上说，斯科特曾在一段很短暂的时间里担任过杂耍戏院魔术师的助手，不过那个案件发生之后，他就永远地人间蒸发了。

检察官在信里还说，舞台表演里有一种“射击戏法”，具体过程是这样的：魔术师蒙着眼睛射中放在助手头上的橘子或者其他类似的东西。这是世界上最古老的戏法之一。当然，被当作目标的水果或者其他任何东西，事先都被小心地切开了。被切开的部分中间藏着可以随时扯开的细线，观众在魔术师开枪的一瞬间因为枪口的火光眩眼，舞台也会被开枪产生的烟雾遮挡，这时候，被击中的目标就会被这些细线扯得四分五裂！作为魔术师助手，斯科特的那些杂七杂八的工作之一就是确保魔术师用的手枪里的子弹是空包弹。

“我敢和你打赌，”福尔摩斯边说边把他的长腿尽量地靠近冬天温暖的壁炉，“即使斯科特再次被发现，他也会非常安全。现在，任何针对他的起诉都很困难。如果法官无法对蒙森做出判决，他们也很难找到对斯科特判决的理由。如果真的想给斯科特定罪，斯图尔特先生和他的同事们就必须公开承认，之前他们为了定案造成了严重的疏忽。并且因为这种疏忽他们提供的证据也都是伪证，同时还要承认我做的每一个判断都是正确的。因此我认为，他们不会吞下这自酿的苦酒。”

历史最终证明，斯图尔特和他的同事们的确没有这么做。

赤裸骑士

1

一般情况下，在贝克街的公寓里，我很少从福尔摩斯身上感到有压迫感这种东西，不过当国家警惕协会的律师威廉·库特先生造访的时候除外，因为伴随他而来的事情几乎没有一件好的。

福尔摩斯和我与库特先生的交往起始于几年前的一起伪造遗嘱案件。在那个案件的审理过程中，因为福尔摩斯的朋友理查德·伯顿博士，库特律师被牵扯进了这个案子。库特先生是已故的著名探险家和人类学家及《天方夜谭》的译者理查德·伯顿博士的仰慕者，所以，当库特先生听说伯顿夫人有意处理一部分她先生理查德爵士的手稿，其中有一部浪漫的阿拉伯爱情文学经典《芬芳的花园》，他立刻对这一部稀世珍宝表达了强烈的购买欲望。

我们本来以为，库特打算把这部著作买下来后会予以出版或者把原稿捐赠给大英博物馆，但是随后我们听到了一个非常可怕的消息：库特先生的确将伯顿博士的遗作买下来了，可他和他那个糊涂的协会可能已经把这部著作焚毁了！任何焚毁图书的行为都是可恶的行为，更何况被他毁掉的是福尔摩斯朋友的辛勤劳动成果，一部堪称不朽的作品。库特律师的行为让歇洛克·福尔摩斯万分憎恶和愤怒。

因为之前那件事情给福尔摩斯留下了糟糕印象，这一次库特律师苦苦哀求很久之后，我的朋友才勉强同意在他的咨询室里接见库特先生。不知道为什么，罪犯们都喜欢在温暖的夏天进行犯罪活动，这让福尔摩斯觉得异常单调和乏味，对于库特先生的案子显得很不耐烦。我觉得，作为库特先生的听众，福尔摩斯似乎很想对库特先生说一句："见你的鬼去吧！"

和库特先生一同来访的还有皮尔斯小姐，她在她的法律顾问陪同下来到了贝克街。传说她是一个冷酷的租客，住在萨佛伦沃尔登附近的一个偏僻的房子里，同时她还是国家警惕协会的热心支持者。

我必须说一句，很少有客人像这两位一般荒谬可笑。他们出现在我们面前的时候，库特先生穿着一件宽大的挂着表链的马甲，他的脑袋很大，却只长着稀稀拉拉的几根胡子。他那双棕色的眼睛里似乎充满了无处不在的优越感，这让我不由自主地想起了《荒凉山庄》里的那个巧言令色的伪君子，一个"滑溜溜油腻腻、自我感觉非常良好的男人，一个没有任何信仰的家伙"。因此，无论这位律师先生用他那男中音的嗓子说些什么，不管是油腔滑调还是故作高雅，他的品位都非常糟糕。

如果说库特先生像一只油腻腻的乌鸦，皮尔斯小姐就像一只饿了不知道多久的麻雀，他们两个正好凑成了一对儿。皮尔斯小姐年近中年，身材消瘦，看起来是那种注定比我们所有人活得都长的类型。她头上戴着一顶灰色的旧款软帽，帽子上面装饰着淡紫色和白色的丝质花朵。不过这位小姐的表情却非常严肃，整张脸时时刻刻紧绷着。

福尔摩斯挥手让这两位坐下之后，库特先生向福尔摩斯陈述了自己委托人的案情。皮尔斯小姐说话非常少，不过她有一个非常古怪的习惯，喜欢把库特律师说的话里的她认为重要的东西低声重复一遍，就好像担心福尔摩斯没听清这些重要内容一样。在这个过程中，她的声音有的时候可以让人听清楚，但当有些东西不太好表达的时候，她就只张嘴不出声。

库特先生先是装模作样地清了清嗓子，就好像一根蕨菜站在钢琴旁边，要准备演唱咏叹调一样开始陈述。

“就像我在信中向你陈述的那样，福尔摩斯先生，在过去的几周到几个月的时间里，皮尔斯小姐的邻居的一些不当行为给她造成了很多困扰。”

“不当的行为，对，就是这个！”从皮尔斯小姐的牙缝里发出来的声音听起来像是鸟叫一样。

“我的委托人是一位未婚的单身女士，目前独居，不过有一个同样单身的女仆陪在她身边。”

“一名女仆……”皮尔斯小姐低声重复了一遍，着重地描述了她的女仆的社会地位。

“我的委托人的住所位于一个叫作埃塞克斯的偏远地区，附近有一个叫作库德姆的农场。她的住所和那个农场之间有一片农田和一条小河。那里距离萨佛伦沃尔登大约 6.5 英里，距离毕晓普的斯托特福德 8.5 英里。4 英里又 1227 码之外，是奥德利的铁路终点站。”

听到库特律师详细列举的测量数据，我觉得这是一个把钱从皮尔斯小姐的口袋里一点一点地掏出来的好办法。

“我很奇怪，库特先生。”福尔摩斯貌似平静地说，“你详细地列举了这么多距离数据，可是对你的委托人的住所和那个库德姆农场之间的距离你却只字未提。”

库特先生低声笑了笑，似乎对福尔摩斯提出的这个问题感到很满意。

“福尔摩斯先生，我们需要得到许可才能进入农场的主人杜葛尔上尉的土地。可我的委托人宁可不测量也不想提出这样的申请。”

“宁可不测量!”皮尔斯小姐又重复了一遍，不过说话的时候显得有些紧张。

“很好。”福尔摩斯耸了耸肩膀，似乎这件事对他来说并没有什么大不了的，“请你继续，库特先生。”

“杜葛尔上尉，”律师先生的眉头紧锁，“是库德姆农场的农场主。那可不是一个小农场。这个上尉就是造成我委托人困扰的根源，他的犯罪行为是公然的猥亵!”

“公然的猥亵!”皮尔斯小姐默默地把这句话重复了一遍，不过她只做了口型，没有发出声音，并且在做口型的同时使劲地点了一下头。

“我敢肯定!”库特以一种伪君子特有的油腔滑调的声音说，“这种行为十有八九是一种魔鬼崇拜仪式!”

听到这句话，福尔摩斯不再懒洋洋地瘫在那里，在沙发上坐直了身子。

“请继续下去，库特先生。”

“杜葛尔是一个十足的恶棍，他在年轻女人中的名声非常糟糕。尽管三年来他一直住在那个农场里，可是在这三年里他收到了至少四张让他去做亲子鉴定的传票，原告都是曾在那里工作过的女仆。”

“传票!”皮尔斯小姐满意地点了点头，似乎已经看到正义得到了伸张。

“他不停地更换女仆。那些品行端正的女孩儿很快就会被她们的家人带离那个农场，而那些品行不端的则会待在那里一直到分娩的时候才会离开。上尉曾经雇用过一对姐妹，并当着其中一个的面与另一个发生了关系。这件事很多人都知道。”

皮尔斯小姐觉得这番话里没有什么可重复的东西，于是抬起头，快速地看了我们三个一眼。

“对不起，”福尔摩斯带着一丝极淡的恶意说，“我并不认为你的委托人想在杜葛尔上尉的农场里当一个女仆，她也不是什么女工。我相信，那位杜葛尔上尉就像你说的那样品质低劣，不过，即使是他品质低劣，也没有任何一条法律规定他不能成为皮尔斯小姐的邻居。”

“我刚才说的那些并不是问题的关键，福尔摩斯先生。关键的问题是一群在田地里骑自行车的人，这才是最糟糕的!”库特先生说。

皮尔斯小姐意味深长地盯着我们，而福尔摩斯则一直盯着库特先生，问道：“我还是有些不明白。在田地里骑自行车的人怎么了?”

律师先生努力想以一个男人的方式表达其委托人所受到的困扰。不得不说，他的表演很假。

“杜葛尔是一个十足的恶棍！他有着邪恶的心性并且死不悔改，他那种放荡的生活方式史无前例。在那样一个偏远的乡村里，用花言巧语怂恿那些粗俗、单纯的女人们加入他的腐败生活，对于一个有点儿钱的无赖来说并不困难。我承认，他在他自己的房子里做什么和别人无关，而且别人也很难找到什么理由来控制他的行为。但他在外面的公共空间里从事那种恶心的行为就完全是另外一回事了！我必须告诉你，福尔摩斯先生，那位杜葛尔上尉带着他的那一打村妇在和皮尔斯小姐的土地接壤的田地里，进行了一系列淫荡并且邪恶的仪式！”

皮尔斯小姐的眼镜片反射的光晃了我们一下。

“整个过程就像撒旦和巫女的聚会一样！”库特先生情绪激动地继续说，“这个男人花了一整夜的时间训练那些女乡巴佬儿，目的是让她们裸体骑着自行车组成一个车队！”

“完全是裸体的！”皮尔斯小姐再次做出了口型却没有发出声音，不过从她的动作可以看出她的愤慨。

福尔摩斯和我尽量避免和对方对视。我不知道在这种尴尬的情况下该怎么做，只能很用力地擤鼻子以摆脱这种尴尬的气氛。

“真是太糟糕了！”福尔摩斯盯着库特先生说，“不过这种事情并不是不能解决的，我亲爱的先生。虽然乡村警察在接到报警之后普遍反应比较迟钝，但是从长远来看他们多少还是可以起点儿作用的。不是有关于妨碍公众利益的法案吗？应该有对此类事情做出惩罚的相关法律。”

“的确是这样。”

“那么，亲爱的先生，这个问题一定已经解决了。”福尔摩斯说。

库特先生却摇了摇头：“不，福尔摩斯先生，你显然没有理解我的意思。如果皮尔斯小姐通过报警来解决问题的话，就会被卷入某种丑闻中，因为受到这种恶劣事件影响的只有她一个人，其他人则完全不知道。假设有人想用这种恶劣的行为有意引导我的委托人报警来制造丑闻的话，如果我的委托人报警，她的情况恐怕会非常糟糕。”

皮尔斯小姐非常用力地点了点头。

“……而且我的委托人还是国家警惕协会的法律顾问，如果她被卷入这样的丑闻，她会受到所有人的嘲笑，福尔摩斯先生。”库特先生接着说。

皮尔斯小姐看了我们一眼，沉默着等待我们的答复。

“如果我接手这个案子的话……”福尔摩斯慢条斯理地说，“是不是就意味着，你会把我的名字作为这个自行车丑闻的核心装饰品摆出来？”

听到福尔摩斯的话，库特先生那种自以为是的优雅里混杂进了一丝丝的尴尬。他接着说：“你是一位著名的侦探，福尔摩斯先生。你的名字往往与谋杀、抢劫、敲诈、通奸还有间谍活动联系在一起。这件事对于我的委托人来说是一桩丑闻，可是对你来说却无关紧要。我丝毫不怀疑，你可以很容易地把这种侮辱控制在一定范围内。”

“的确是这样……”

“当你看到一位像皮尔斯小姐这样温文尔雅的淑女遭受这般痛苦的时候，我相信，你内心深处的骑士精神会指引你的行为，福尔摩斯先生。我希望你出于对一位女士的尊重接手这个案子。当然，如果你不接手这个案子，你会毫无损失，可是皮尔斯小姐的名誉却会因为这个案子引起的诉讼而受到损害。”

皮尔斯小姐听完库特先生的陈述之后，自信地闭上眼睛，等待着福尔摩斯的回答。

歇洛克·福尔摩斯习惯性地伸手去拿他的烟斗。就在这时，皮尔斯小姐迅速地发出了一声好像咳嗽一样的警告，福尔摩斯不得不把自己的手又收了回来。

“库特先生，请你准确地向我形容一下，在那天在那个时候在那块田地上究竟发生了什么事情。”福尔摩斯说。

“福尔摩斯先生，根据我的了解，那些出现在田地里的女性完全是赤身裸体的。她们围着杜葛尔上尉绕圈，在某种粗俗的仪式中寻找乐趣。杜葛尔这个恶魔指挥着那些女人进行堕落的仪式！”

“我没有搞明白你的意思，库特先生。上尉是怎么指挥那些女人的?”

“他对她们大喊大叫，”库特先生有些难为情地说，“指导那些女人应该做什么。”

“她们做了什么呢?”

“据我了解，在杜葛尔的指挥下她们在自行车上表演了淫荡的杂技姿势。”库特先生说，他对福尔摩斯的穷追不舍似的提问方式感到有些恼火。

“一些姿势！”皮尔斯小姐重复了一遍这几个字。

“哎呀呀……”福尔摩斯用一种夸张的语气叫道，好像这种行为已经超过了他所能想象的极限，“杜葛尔上尉当时穿的是什么样的演出服呢?”

“他什么也没有穿！”库特先生暴躁地说，“他就一丝不挂地站在那里！”

“一丝不挂！”皮尔斯小姐又重复了一遍。

“当时他显然处于一种粗俗下流的兴奋状态！”库特先生又装腔作势地补充了一句。

库特先生和皮尔斯小姐又把这件事反反复复叙述了最少20分钟之后，终于起身离开了。尽管歇洛克·福尔摩斯并没有承诺他会接手这个案子，但是他们显得十分自信，想当然地认为，福尔摩斯会按照他们的要求，立刻动身赶往库德姆农场附近，然后尽最大的努力调查这个案子。

等他们一离开，我立刻转身面向我的朋友，有些愤慨地说："这是我听过的最无礼的委托！这么简单的一件事情，他们到萨福伦沃尔登的警察局就能轻易解决，但他们却带着这个故事来找我们。他们是不是觉得我们很清闲，有大把的时间做这个劳而无功的活计！"

福尔摩斯懒洋洋地躺在老式躺椅里，很认真地给自己的烟斗里填着烟丝："你说得没错，我亲爱的伙计。这件事的确很荒谬，整件事听起来似乎带着某种病态，可恰恰这一点吸引了我。有一部德国男爵写的伟大的作品，叫作《恋马狂的性欲》，那部作品似乎和这件事情有些相似。不过，除非我判断失误，华生，我认为，库特先生和皮尔斯小姐根本没有想到，在那片荒凉的沼泽地里可能还有一件更严重的犯罪行为。我相信，在接下来的一段时间里，没有什么能比访问这个乡下色狼以及他的那些女乡巴佬们更好地打发时间的方式了。"

我就担心会有这种情况发生，尤其是当我听到那个关于恶魔崇拜的暗示时，就担心福尔摩斯会对这件事情感兴趣。

"你的想法我根本无法理解！"我很不耐烦地说。

福尔摩斯轻轻一笑："我就料到你会这样说，我亲爱的华生。我们或许可以考虑一下，在晚上再进行一次关于这件事情的讨论。不过，现在先让我们查看一下从利物浦街到毕晓普的斯托特福德的火车时刻表，看看应该走哪条线路。如果我没记错的话，剑桥线应该是最方便的。"

2

在反复不停地嘲笑那位皮尔斯小姐的投诉有多荒谬的同时，我并不认为，在接下来的几周里，我会因为这件小事而忙得不可开交。

两天后，福尔摩斯和我在毕晓普的斯托特福德下了火车。迎面出现在我们面前的是亨利·皮尔格林的矮种马和板车，在这个荒凉的地方，这样的组合往往被当成出租车来使用。之后我们坐车穿越了方圆几英里的夏季干涸了的沼泽地。像是白色篱笆一样，开满了花的山楂树在这里长得到处都是。我们先是沿着向北能到达剑桥的铁路线前进，然后，我们的车夫动作麻利地一带缰绳，拐上了一条小道，很快又从这条小道拐上另一条更小的路，连续三次之后，前面的路几乎已经不能再称之为路了。

终于，我们穿过树影，隐约可以看到前面一间农舍的大致轮廓。这间农舍有着陡坡般的深色屋顶，房子上还有用浅红色瓦片组成的钻石图案。农舍前有一个庭院，好像有一条窄窄的壕沟绕了房子一周。由于有很多深色的冷杉和发育不良的苹果树遮挡，即使是在阳光明媚的下午，那里也显得非常昏暗。

我本来以为那里是皮尔斯小姐的住处，可是当我们的马车经过那里的时候，马夫扬了扬鞭子，指着那里很神秘地对我们说："那里是杜葛尔上尉的库德姆农场。"

又走了大约半英里之后，我们前面出现了一个整齐的树篱。在修剪得很整齐的树篱边我们结束了这次旅行，从马车上下来，走到我们的委托人的门廊外面。

"这两个邻居之间的距离看上去很远啊，光线很弱的时候能看清什么东西吗?”我有些怀疑地对福尔摩斯说。

他环视了一下四周:“我就猜到会是这样。你仔细观察一下地形可以发现，库德姆农场周围的田地几乎一直延伸到这里才算结束。”

我们初来乍到，看到的只有这些。在皮尔斯小姐家里做客的时候，我发现，和皮尔斯小姐拮据的经济条件比起来，周围恶劣的沼泽环境以及更加恶劣的排水沟外貌只是非常小的小麻烦罢了。晚餐吃的是特别难吃的煮鳕鱼和硬豌豆，让我难以下咽。我低声对福尔摩斯抱怨的时候，他只是平静地说了一句:“智力会因为饥饿而变得更加敏锐，因此，我认为我们不应该对这样的菜肴加以抱怨。你应该牢记一点，华生，消化系统消化食物需要血液，而这些血液是从你的大脑抽调过去的。”

快到晚上 10 点的时候，皮尔斯小姐和库特先生把我们带到了阁楼上的一个房间里，我们要在晚上一直从这个角度观察周围的动静。如果我们想看的场面不出现的话，我们可能要这样观察整整一个晚上。

“请原谅我多说一句，”福尔摩斯走到一扇与主卧室高度差不多的拱形窗前，“在这个高度观察杜葛尔上尉的行为，视线是不是会被椴树和山毛榉树挡住?”

库特先生盯着福尔摩斯，就好像站在自己面前的福尔摩斯是一个白痴一样:“你在这里观察视线当然会被那些树挡住，福尔摩斯先生。你要站到更高一点儿的地方才能看到杜葛尔上尉和他的那些娼妓们的表演。”

福尔摩斯和我对视了一眼，没有说话。我们跟着皮尔斯小姐和库特先生登上一段窄窄的用原木搭建的楼梯，来到阁楼上的一个储藏室。储藏室里有一张单人行军床和三条军队使用的像“饼干”似的床垫，这是唯一能够将就着睡觉的地方。在这个地方，可以通过一扇窗户越过田野、小沟和阴暗得令人窒息的冷杉树丛，观察到半英里远的库德姆农场。在我们附近，微弱的月光照在芦苇塘和草地上，能看到黑色的树影还有随处可见的模模糊糊的牛的轮廓。

我也不知道我们在这里待了多久，在这段时间里，我们一直有些紧张地观察着周围的情况。我突然开始怀念贝克街了，平时在这个时候，我们应该喝着热饮，听拉斯特雷德警探讲述苏格兰场的各种各样新闻，而不是站在这里发呆。

终于，库特先生开口说：“你们看，他们出现了！”

我仔细观察着前方不远的田地，但只看到了那些模糊的牛的轮廓。福尔摩斯眯着他敏锐的眼睛，样子看上去有几分迷惑。

“我什么也没看见！”我毫不客气地说。

“你当然什么也没看见！”皮尔斯小姐的口气听起来很生气，“不是那边，是这边！看看这里，到这边来看！”

说完，她递给我一个带夜视变焦功能的望远镜，指了指一个结实的木制鞋盒。作为一名身材不高的观察者，她必须用什么东西增加一下高度才能观察到某些东西，但是对于我们来说那玩意毫无用处。

透过一扇玻璃窗，我和福尔摩斯看到了那位杜葛尔上尉和他的那些乡下丫头们二三百码远的朦朦胧胧的影子，不时还有喊叫声和笑声从那里传过来。在那片沼泽地上，六个粗鲁的年轻女人正在有些艰难地骑着自行车。

从这个距离向那个方向看，可以把他们看得很清楚。我猜，那些骑自行车的女孩儿应该是经过仔细挑选的，她们丰满臃肿的身材就是她们被选中的原因。她们结实的双腿使劲蹬车的时候，她们的臀部会在车座上一层一层地摞起来，看起来就像是千层饼一样。其中几个人还时不时地试图尝试做一些杂技动作，并多次从自行车上掉下来。不过由于草地很软，我想，即使她们跌下来也不会摔得太疼。

女孩儿们中间站着一个又高又胖的男人，长着深色的头发和浓密的胡须。当然，他同样也是赤裸的。

可能我对这个本来应该含蓄说明一下的场面描述得过于充分了一点，不过有的时候，一些事情必须说得清楚一点儿才有助于理解接下来发生的事情。

这时，这所房子的主人华丽地退场了，留下我和福尔摩斯，在这个地方继续执行愚蠢的放哨任务。依我看，我们显然被推出去成了挡箭牌，只要我们以我们的名义向杜葛尔先生提起控诉，那么外表端庄的皮尔斯小姐和假装正经的库特先生就可以置身事外，笑呵呵地看着我们如何因为这件事被当成傻瓜。

当皮尔斯小姐和库特先生消失之后，我立刻十分严肃地向福尔摩斯表示，我明天一早就回伦敦。他不走的话，我就一个人走。

听完我的话，福尔摩斯笑得连腰都快直不起来了。

“我已经受够了，福尔摩斯！那个女人在自己的地盘看不到那么远的地方，竟然爬到阁楼最上面从窗户向那里眺望。”我非常愤怒地说，“即使站在这么高的地方，不借助军用望远镜，她也什么都看不到。我告诉你，福尔摩斯，那个女人所谓的端庄完全是装出来的，想让自己的淫荡性格不被揭露出来！我敢说，她的名声在周围邻居那里一定很臭，她把我们带到这里是想把我们当挡箭牌以挽救她糟糕的声誉！”

尽管我和福尔摩斯说了很多，但是由于某些无法预料的原因，我们并没有在第二天返回伦敦。吃早餐时，仆人给我们倒咖啡的时候，我对福尔摩斯说，这件针对杜葛尔的案子完全是在没事找事！我说话的声音很大，希望在隔壁客厅里的皮尔斯小姐和库特先生能够听到我说的话，即使他们听不到，我也希望她这位忠实的仆人能够把我说的话转告给他们。

长着圆脸、身上围着围裙的仆人放下手里的咖啡壶，说："先生，不要把那些骑自行车的年轻的堕落女人放在心上。你应该问问那个家伙，那个可怜的霍兰小姐到哪儿去了。她已经从这里消失了一两年了，她离开之后，就再没有任何关于她的消息。"

听到这番话，一直坐在旁边的歇洛克·福尔摩斯一下子挺直了身子，但他脸上的表情仍像象牙雕塑一样一成不变。然后，他开口问道："如果可以的话，你能和我说说这位霍兰小姐吗?"

仆人向皮尔斯小姐和她的律师所在的隔壁客厅方向看了看。

"我不能说太多，先生。我只能告诉你，霍兰小姐举止优雅，性格温和，她不可能没有征兆地离开这里，并且不留下只言片语的信息，而且她离开这里之后再也没有回来过。事情发生得十分突然，就好像她整个人从地球上消失了一样。"

"那你能告诉我她是什么人吗?"福尔摩斯问道。

听到福尔摩斯的问题，仆人的脸上出现了一种复杂的夹杂着鄙视的表情。

"她是杜葛尔夫人，她喜欢这样称呼自己，起码在另一位杜葛尔夫人出现之前，她可以一直这样称呼自己。"仆人说。

"她的消失不是一件很奇怪的事情，对吧?"我突然问。

显然女仆不想再透露更多的东西了，她很清楚，如果杜葛尔上尉控告她诽谤的话，她会因此付出沉重的代价。

当我们向皮尔斯小姐询问霍兰小姐的情况时，她声称，她对和杜葛尔上尉来往的那个女人一概不知。

“每天都有那样的女人在库德姆农场里进进出出！我怎么知道你说的这个人是哪一个？杜葛尔夫人？那里的每一个女人都声称自己是杜葛尔夫人，并且都在用自己的方式扮演着这个角色。据我所知，已经有六个女人给他生了孩子，但是他们根本不允许姓杜葛尔的姓，甚至连个名字都没有！”

这天早晨的早餐除了面包和稀粥之外，就只有散发着蒲公英和莴苣怪味的咖啡了。在皮尔斯小姐的这里哪怕再多待一天我都要受不了了！吃过早餐后，我开始收拾行李，而福尔摩斯说，他要到外面抽烟，因为皮尔斯小姐的房子里不允许抽烟。

我做好了离开的准备，在那间没有地毯、墙面也没有粉刷的储藏室窗边等着福尔摩斯回来。窗外，纵横交错的沼泽地在清晨的太阳的照射下闪闪发光。杜葛尔上尉的房产和他的女眷的居所隐藏在深色的树林里，树木挡住了来自尘世间探寻的目光。或许在附近的俱乐部的吸烟室里，不少人正在拿杜葛尔上尉和他那些乡下姑娘在深夜的另类的娱乐活动打趣。我又想到了那位灵魂肮脏的杜葛尔上尉，觉得他和那些裸体骑自行车女孩儿之间的淫乱关系比公牛和母牛之间的交配强不到哪儿去。

大约一个半小时之后，我听到了福尔摩斯上阁楼的脚步声。紧接着，他打开房门，看起来有些得意。

“我想，我们可以出发了！”他语气轻快地说。

“我们终于可以回伦敦了？”

福尔摩斯在屋子里的唯一的一把从餐厅淘汰下来的椅子上坐了下来，他在上面慢条斯理地给烟斗装着烟丝。

“我不是这个意思，华生。我只是找到了一个更方便的住宿地方，那里更适合我们的观察活动。”

“为什么还要继续下去？还有什么可看的？该看的我们都看到了！”我有些不满地说。

他皱了皱眉头，把手里拿着的烟草放到了一边：“今天早晨之前，我也一直这么认为。但是在那之后，我的直觉告诉我，我不应该放弃调查。”

“就因为那位霍兰小姐？”

“就是因为她。”福尔摩斯一点儿也没有否认的意思。

“但是霍兰小姐和我们有什么关系吗？”我有些不耐烦地说。

“也许没有，华生。女人经常会从一个地方消失并且从此杳无音讯，这很有可能。不过如果加上那些毫不顾忌地裸着身体骑自行车的女孩以及库德姆农场阴沉的气氛，把这些放在一起的话，整个事情就不同寻常了。只有灵魂纯净无瑕的皮尔斯小姐和那位自大的小丑库特先生才会对这一切无动于衷。如果我真的就此放弃调查回伦敦的话，恐怕会因此耿耿于怀。”

“你怎么看那个地方？”我有些急切地问道，“那个地方的气氛很危险，而且十分偏僻，就像是……就像是……”

“就像是一个哥特式的罗曼史？”福尔摩斯笑着补充了一句。

“但是我们要搬到什么地方去？这附近没有别的房子了，搬到别处去的话，无论离那个农场还是皮尔斯小姐的房子都很远。”我问。

“牟特农场也接待付费的旅客。从今天起，我就是来自剑桥大学的昆虫学家福尔摩斯教授了，计划在那里度几天假。你的身份，呃，当然了，我亲爱的朋友，你还是华生医生。”福尔摩斯笑着说。

“你说的那个牟特农场在什么地方？”我问。

“离这里很近，我们昨天曾经从那里经过。”

我有些迷茫地看着福尔摩斯，一个可怕的念头渐渐地出现在我的脑海里："那个牟特农场该不会就是……"

"牟特农场，"福尔摩斯说，"是杜葛尔上尉购买了库德姆农场之后重新给它起的名字。"

3

"我绝不住到那种地方去！"我大声说。

"你听我解释，华生。"福尔摩斯很耐心地对我说，"尽管杜葛尔自封了个上尉的军衔，可并不是库特和皮尔斯小姐形容的那种恶棍。在附近的很多地方，都认为他的生活无可指责，甚至是值得尊敬的。在昆顿的猎兔活动里，有关他形象的描述是非常体面的。"

"他昨天晚上的表现可不是这样！"我尖锐地说。

"你并没有见过杜葛尔，怎么能肯定我们昨天晚上见到的就是他本人？就算昨天晚上的那个家伙是杜葛尔本人，也许他有比较健康向上的一面。华生，就算是你自己，也不会把那种骑自行车的愚蠢行为和什么魔鬼崇拜挂上钩，这一切不过是库特那个家伙在胡说八道地自说自话罢了。"

"他也有健康向上的一面？"我问。

福尔摩斯站起来，走到窗边。

"华生，作为一名曾经的军人，你如何评价这样一个人？他曾作为皇家工兵服役了 22 年，然后带着退休金退休，并且在离职表上留下了品行良好的记录。"

"你看了他的离职表？你是怎么办到的，福尔摩斯？还有，你怎么知道酒吧里的人对他的评价？"

“我和附近的人聊了聊，打听了他们对杜葛尔的看法。那份离职表是杜葛尔自己给我看的。”福尔摩斯在窗口转过身来说，“他那里有空房间，欢迎付费的旅客前去居住。他给我看他的离职表是为了吸引我去他那里住，以保证农场的收支平衡。”

尽管到目前为止我对库德姆农场的印象不是很好，但是经过福尔摩斯的解释，我对那里的憎恶少了一些。

“好吧，我承认，你说得有道理，可是我还是很想今天早晨回伦敦。”我有些无奈地说。

福尔摩斯叹了口气。

“在你走之前，我想，还有一件事你应该了解一下。我出去散步的时候，遇到了两个从这附近路过的伙计，便和他们聊了几句。他们似乎也不怎么喜欢那位杜葛尔上尉，不过对上尉那种特别的嗜好，他们并没有像皮尔斯小姐一样穷追猛打。但是，他们中的一个人知道霍兰小姐，也知道她突然离开杜葛尔住处这件事。他说，当地的警察曾经调查过这件事，不过警察们得出的结论是，霍兰小姐的确离开了那里，但没有任何证据证明她遭遇了不测。”

听到这话，我立刻向我的皮包走了过去。

“既然这样，那我们立刻回伦敦吧。”

福尔摩斯把手指放在嘴唇上：“等一下。华生，你也相信这个由乡下警察得出的关于一名女士失踪的结论吗？”

“除非有关于这个案子的相反的证据出现，否则，我只能选择相信。”我说。

“我这里有一个更复杂的谜团，不过这个故事更适合向一名心理医生倾诉，而不是说给一个警官听。有人告诉我说，卡米尔·霍兰是一个文雅的老女人，五十多岁，比杜葛尔上尉老一些。在宗教信仰上，她信奉古老的伦敦教派，经常去位于戈登广场的天主教堂。她是一位有些钱的虔诚的女教徒，她只有她的两个侄子，不过他们很少来往。”

“那我就不奇怪为什么没有人知道她去什么地方了。”我说。

“稍等一下，华生，请稍等一下。这位霍兰小姐还有鲜为人知的一面。她已经 50 多岁了，可是她的头发却染过，而且做过专门的发型。她的脸部皮肤保养得也很好，使她看上去比实际年龄起码年轻 10 岁。这个走在人生下坡路上的老处女同时扮演着两个不同的角色，阿芙罗狄蒂和朱诺两位女神，她一边勾引男人一边装模作样地严于律己。”

“我亲爱的福尔摩斯，你说的这些根本无关紧要。一位成熟的女性希望自己年轻一些，这并没有什么不对。至于所谓的严于律己，女人和男人并没有什么区别，一样反复无常，一样缺乏经验，有时候还需要借助母亲的权威才能做到。霍兰小姐的这种性格我并没有看到什么不妥的地方，这可算不上什么谜团！”

福尔摩斯问：“为什么这样一位优雅端庄、有教养并且很虔诚的淑女似的人物会躺在杜葛尔这样的恶棍的怀里？”

“可能她并没有躺在他的怀里。”

“那么她为什么要对每一个人声称自己是杜葛尔夫人呢？”福尔摩斯又问。

我耸了耸肩，不想再和福尔摩斯继续争辩下去了：“这也许听起来有些不幸，福尔摩斯，可事实是，那个有教养的淑女似的夫人，宁可和恶棍、流氓相处，也不愿意和那些本性好的人在一起，这也许只是她的爱好。我能告诉你的只有这些。”

福尔摩斯听着我说话，眼睛却转向外面广阔的天空和辽阔的沼泽。

“确实是。”他说，“尽管大多数被人们唾弃的女人更喜欢在校舍里或者在教区长的住宅里而不是在一个贼窝里展示自己很强的性欲，不过，我猜测，她可能并没有待在那个贼窝里，而是被埋葬在那里了。”

“如果真的是这样的话，我们这么冒冒失失地跑进那个家伙的屋里，搞不好也会被他埋了！福尔摩斯，我们已经错过了斯托特福德的早班列车了。如果我们继续毫无意义地讨论这个问题的话，恐怕连1点30分从剑桥到利物浦的火车都要错过了。”

我知道，即使我说得再多，福尔摩斯也不会离开这里。而且我知道，我也不可能把他自己一个人扔在这里而独自离去。

4

尽管我已经住进了库德姆农场，站在了杜葛尔先生的面前，我仍没有转变对他的不良印象。杜葛尔先生身材高大，头发长得很茂密，下巴上有一小撮儿掺杂着灰色的褐色胡须，眉毛很高而且有些倾斜。他的眼睛看起来似乎有些蒙古血统，并且不知为什么看起来有些滑稽。他给我的第一印象是，这个家伙不是一个随波逐流的人，他对红尘俗世似乎毫不在意。尽管之前福尔摩斯和我说了很多这位上尉先生比较健康向上的传言，可我还是马上就从他的身材上认出，他就是昨天晚上赤身裸体地指挥那些女人赤裸着身子骑自行车的那个家伙。

很显然，作为这个农场的主人，杜葛尔还是有些钱的，所以他才会因为在酒吧喝酒时的豪爽举止被当地人当成好人。在他的家里，我们见到了他的两个身宽体胖的年轻女仆人，一个叫萨利，另一个叫艾格尼丝，她们的职责就是照顾上尉和他的客人们。我没有看到这两个女仆和她们的雇主之间有什么肢体上的不良动作，可是他们彼此之间偶尔交换的暧昧眼神，却比任何言语或者直接约会更让人浮想联翩。不过，在我们留宿期间，杜葛尔上尉并没有在距离窗户只有几码的田地上进行他那种独特的深夜娱乐活动。我想，在这段时间里，他可能把他的自行车队转移到别的地方去了。

有一点我必须承认，库德姆农场的伙食远远好于皮尔斯小姐家的伙食，尽管杜葛尔上尉单独用餐，但是我们的桌子上同样摆满了各种精心烹饪的菜肴和当地产的啤酒。

“从剑桥来的福尔摩斯教授”的举止、打扮十分符合一位业余鳞翅类学者的身份。为了能让他把这个角色扮演得惟妙惟肖，我们还专程去了一趟斯托特福德，买了一个扑蝶网、一瓶三氯甲烷和一个标本夹。为了预防万一，福尔摩斯甚至给苏格兰场的拉斯特雷德先生发了一封电报。我只看到了这封电报的最后一行，上面写着：“回电请发至萨福伦沃尔登车站，由埃塞克斯警察部队马登转交。”

那天下午，开着白花的树篱在五月的阳光照射下闪闪发光。福尔摩斯身穿粗花呢套装，脚蹬长筒橡胶鞋，戴着猎鹿帽，拿着放大镜，肩扛着扑蝶网，背包里还放着一个瓶子和标本夹，大摇大摆地走出了农场。

我对我们居住的被杜葛尔上尉称为牟特农场的地方进行了全面考察，农场四周是 20 英尺宽的草地，整个农场被一条小河一分为二。这条小河大约几英尺宽，水量很充沛。一座小桥横跨河面，通往对面的农舍，那里有牛棚和一个为矮种马准备的马厩。在一片树丛的另一面，还有一个池塘和一个谷仓，谷仓后面是一望无际的草场。

第二天早晨，我们带上三明治和烧瓶，说是要去找蝴蝶和昆虫。可是一离开农场的视线范围，我们就走上了一条通向昆顿乡下的小路。走了一阵之后，我们雇了一辆马车继续赶路。大约11点钟的时候，我们终于到了萨佛伦沃尔登警察局，见到了马登警察。马登个子很高，但是脸色灰白，尽管他长着一张有些阴暗的棺材脸，但实际上这个家伙作风很正派。见到我们之后，他一直用不大的音量小心地向我们阐述他的观点，试图让我们相信，我们现在应该赶快收拾行李打道回府。

“我不认同你的观点，福尔摩斯先生。”他小心翼翼地说，“霍兰小姐突然离开杜葛尔上尉这件事并没什么奇怪的，他身边的女人早晚都会这么做。她离开的时候传出了一些闲话，这很正常。我们进行了调查，但并没有发现什么奇怪的地方。我们调查得很仔细，可是民众不明就里，他们总是喜欢凭想象胡乱猜测。”

“但是我们还可以继续小心地进行调查，对吗?”福尔摩斯说，“我们现在就住在那个男人那里。”

“当然，先生。警察是不能雇用侦探，同样也不能强迫你接受我的建议。”马登警官说。

“那么，你能告诉我那位霍兰小姐去哪儿了吗?”福尔摩斯问。

“我只知道，她离开杜葛尔上尉，好像和一个男人一起出国旅行了。有人告诉我，曾在一艘游艇上见过她。霍兰小姐离开之前还专程去买了新衣服。实际上，上尉没有任何理由主动摆脱霍兰小姐，因为只要霍兰小姐在他身边，她的钱就能为他所用。”马登警官说。

“你认为，钱对杜葛尔上尉来说有多重要?”福尔摩斯又问。

马登警官露出无奈的表情："实际上，我并不觉得他很缺钱，福尔摩斯先生。杜葛尔拥有整个农场的全部产权，或者说我们调查他的时候他还是有产权的。而且霍兰小姐离开之后，杜葛尔上尉看上去一直很时髦，就像其他人说的那样，他生活得很不错。"

"那么，霍兰小姐的钱现在怎么样了？"

"霍兰小姐从来没有在银行直接提过款。后来我们听人说过，她消费时一直用支票，无论给什么人还是在什么地方，她一直使用支票。她的支票簿用完之后，她会写信申请新的支票簿。她的家族一直把钱存在皮卡迪利的国家银行里。霍兰小姐的股票经纪人是伦敦旧宽街上的两位哈特先生。她离开这里很久之后还和他们打过交道。她的经纪人亨斯勒先生和国家银行的高级会计师阿斯温先生都发誓，霍兰小姐离开这里之后开出的支票和发出的信件上的签名，和她在银行留的签名样本完全一样。我们还专门为此事请教了笔迹专家，他们也证明了这一点。"马登警官说。

"那么这些签名……"

"啊，可以，福尔摩斯先生，你的名誉可以让你看到它们。"马登挤出一丝干笑，然后打开一个抽屉，从一个信封里拿出了几张比较机密的文件的副本的照片。我在照片上的一本书里以及一张支票上看到一个很清楚的签名："卡米尔·C. 霍兰"。这里还有一张女人的照片，照片上的女人很苗条，一头秀发看起来被理发师精心修整过，整个人看起来既端庄又漂亮。

"看起来她长着满头的金发。"我说。起码照片给我的感觉是这样的。

"没错，她长着金发，华生医生，也许一直都是。"福尔摩斯用他的放大镜把这些照片仔细地研究了几分钟，然后抬起头来，说，"我很不想得出这样的结论，马登先生，但是很显然，那张支票和那本书上的名字都是同一只手签的。”

“没错，先生。”马登的话听起来似乎富含哲理，“如果那个名字是她签的，说明霍兰小姐肯定还活着。这张支票是不久之前签的，就在说她已经死亡的谣言流传了两年之后。”

福尔摩斯点了点头，收起他的放大镜，拿起了自己的帽子：“你是个大忙人，马登先生，我们不敢再耽误你的时间了。以后有什么事情，我会和拉斯特雷德直接沟通。”

当马登把我们送到警察局大门口的时候，我突然有一种很复杂的感觉，我为我的朋友感到有些失望和遗憾，但与此同时，我还为晚上我们似乎终于可以回到贝克街的蜗居而感到欣慰。

不过，当我们在台阶上准备向马登先生告别的时候，福尔摩斯看似随意地问道：“马登先生，在你的证人的记忆中，霍兰小姐有没有亲自到银行签过支票?”

马登微微一愣，然后点了点头：“有这么一件事，不过好像没什么大不了的。证人回忆说，在不久之前，霍兰小姐的小侄子的小女儿不幸去世了。她得知后十分伤心和遗憾，并且亲自写信安慰了她的侄子。不过霍兰先生回忆说，霍兰小姐因故没去参加小侄子女儿的葬礼，大家猜想，可能因为她担心被问及其搬离农场的原因而觉得尴尬，或者被问到她情人的事情时无法回答。我知道的只有这么多，福尔摩斯先生。”

“好极了，这对我的帮助很大!”福尔摩斯有些兴奋地说。

在我们向等马车的地方走去并准备坐车回去的时候，我发现，他的脚步比来的时候轻快了许多，这让我有些不安。

当我们走到马登警官看不到我们的地方时，福尔摩斯突然用很小的声音对我说：“霍兰小姐就在那座农场里，华生！之前我还不敢肯定，但是现在我敢说，这就是事实!”

5

你做梦都猜不到福尔摩斯从与马登警官的话中发现了什么，对这件事他保持着惯有的沉默，这种态度很让人恼火。不过，福尔摩斯表现出这种态度时，往往也是他有了惊人发现的时候。

当天下午，他又拿着他的网和挎包独自出门了。尽管他的衣着和外貌没有任何变化，可当福尔摩斯跨过围绕着农庄的小护城河，大踏步地走向阳光照耀下的绿色沼泽地的时候，他看起来就是一位来自剑桥的教授，而且一直都是教授。

在晚餐前半个小时，福尔摩斯终于回来了。他的瓶子里没有装蝴蝶，因为他不喜欢看到这种美丽的生物毁灭在他的面前，而是装着一只很不起眼的昆虫，看上去像是大蚊子和茶色飞蛾杂交的产物。这玩意究竟是什么我并不知道，福尔摩斯也没有向我说明。我既不是出没于英国田间地头的研究各种各样种类繁多的昆虫的专家，之前也从来没有对这个学科产生过兴趣，因此他不说我也就没问。我到他的房间叫他吃饭的时候，看到福尔摩斯正叼着烟斗，用放大镜仔细地观察着放在一张白纸上的他捕获回来的怪异生物遗骸。期间他会偶尔停下来，在纸上写下一条记录，然后继续观察。

由于这个让人崩溃的冒险活动让我有些疲惫，晚饭后，我拿起一本《柳叶刀》杂志，试图躺在床上放松一下。杂志上有一篇很专业的关于抗白喉血清的文章，这篇文章对我的行医生涯可能会有所帮助。

10 点钟刚过，我突然听到楼下传来一阵怪笑声，然后就是关房门的声响，接着就彻底安静了下来。我继续沉浸在那篇文章里，对此并没有过多关注。仅仅过了一会儿，我的房门发出了一阵雷鸣般的巨响，我还没来得及做出反应，福尔摩斯已经推开门冲了进来。

“快起床了，华生！快点儿，动作快点儿！我们必须充分利用每一分钟宝贵的时间。”他大声说。

“你想要做什么?”

“当然是彻底地把这栋房子搜查一遍！现在这房子里只剩下我们两个人，除非霍兰小姐或者杜葛尔的其他女人像囚犯一样被关在这里或者是她们的尸体被封到了墙里。杜葛尔和他那两个年轻的女仆刚才一起出去了。我敢打赌，他们和其他那些女孩本来想在这里进行他们的特殊游戏，不过因为我们在这里，所以他们会找个我们看不到的地方进行这项活动。我相信，起码一个小时之后他才会回来!”

我跟着福尔摩斯开始发疯。在我看来，他所做的一切都是在浪费更多的时间。每个房间看上去都没有什么不妥的地方。餐厅、客厅、厨房、主卧室、仆人的阁楼，甚至连地窖我们都找过了，可仍然一无所获。所有的门都没上锁，这里看上去根本没有什么藏人的地方。我们并不知道这里的家具到底是属于杜葛尔、霍兰小姐还是其他什么女人。空房间的衣橱里挂着女人的衣服，尺寸倒是符合传说中卡米尔·霍兰小姐的娇小身材，不过这说明不了什么东西，任何人都可以理直气壮地说，这些衣服是女仆的。

“这些衣服提供的信息很少。”福尔摩斯不耐烦地说，“但是我知道，这里一定有一些能够证明他有罪的东西。”

他一边说着话，一边仔细地检查着红木高脚橱柜上层摆放的一排圆形帽子盒。

“我想，我们现在必须收手了！”我有些着急地说，“他快要回来了！”

就在这时，福尔摩斯突然发出了一声胜利的欢呼。我看到他手里拿着一瓶药水，霍兰小姐满头的金发可能就是用它染的。

“这有什么用？”我有些着急地问，“如果这东西是霍兰小姐离开时落在这里的，仍然说明不了任何问题。”

福尔摩斯面带同情地看了我一眼，然后从帽盒里拿出了一个金色的假发、一把玳瑁梳子和一个发箍，很明显假发和梳子看上去曾被使用过。他把发箍放在假发上，又把那个梳子放在假发上，恍惚间，我们似乎再一次看到了卡米尔·霍兰的头部，就像这些东西曾经出现在马登的照片上一样。

“她把这些东西落下了。”我说，“可这又能说明什么？霍兰小姐不需要这些了，那其他人拿着它们能有什么用？”

福尔摩斯说：“那个去过皮卡迪利大街国家银行的女人曾经用过这些东西，她戴着这些东西，并亲手留下了所谓的霍兰小姐的签字样本。”

“银行工作人员见过霍兰小姐，能轻而易举地识别出这种诈骗行为。会计师阿斯温认识霍兰，一副假发根本掩饰不了那个女人的身份。”我说。

福尔摩斯在床上坐了下来：“一开始我也是这么想的，直到马登说霍兰小姐的侄子的孩子死了的时候。”

“见鬼，那件事和这个有什么关系？”我恼火地问道。

“我亲爱的朋友，如果我不了解你的话，一定会以为乡下的空气让你的思维和大脑变得迟钝了。你好好想一想，伙计，仔细想一想！当一个女人的家族出现了丧子之痛的时候，她应该怎么做？”

“她应该去参加葬礼，看看能不能帮上什么忙，可事实上霍兰小姐并没有这么做。”我说。

“仅仅是这样吗？还有没有其他的？”福尔摩斯问。

“她应该对此进行哀悼。”

“那她应该用什么方式进行哀悼呢？”福尔摩斯追问。

“她应该戴上黑纱，穿着丧服，打扮上也要适合服丧期的习惯，比如说戴上面纱……”我说到这里的时候，突然觉得整个事情似乎已经变得清晰了。

“没错！”福尔摩斯从床上站起来，在房间里来回踱着步子，“霍兰小姐穿着丧服去了她的家族银行。她的家族整整一代人都和那家银行有业务往来，尽管她很少去那里，可是那里的人都认识她。可那时霍兰小姐的小侄女刚好去世，报纸上应该会有讣告，在埃德蒙·霍兰先生那里，这条消息也会得到确认，所以在当时的情况下，出于礼貌，应该在某些事情上多多迁就。阿斯温先生说，当时他的女客人衣着高雅，金色的头发被用发箍盘了起来，而且当时她还戴着阿斯温先生熟悉的那把梳子。她当时戴的面纱当然不很厚，能大概看清她模糊的容貌，可是又看得不太清楚。当时，她的声音很小，可能会刻意地在悲伤的表情上再加一点点锦上添花的表演，比如说掉几滴眼泪。在那种情况下，由于对客人不能过于苛刻，所以阿斯温先生当时留下了她一个人填写表格。”

“也许你说的是真的……”我有些无力地说。

“也许我说的是真的？我亲爱的朋友，你当时也听到马登说过，那孩子死亡时，正是霍兰小姐唯一一次去银行签字的时候。我担心他们忽略了什么，比如说在另外一个卡米尔·霍兰模仿签名的时候。当时，阿斯温先生看到那位女士因为悲伤签字时手有些颤抖，尽管他发现了她的签名有些不同，但因为相信她的身份，所以并没有怀疑她签名的真实性。或者当时她是在一位富有同情心的女伴或者男伴的陪同下签的字，当时这字是不是杜葛尔用另一个身份陪着她时，趁机签下来的？不论是哪一种情况，她签完名之后，这张签名被塞进她的账户文档文件里的时候，这个伪造的签名就变成了真的，这才是银行关心的东西。”

福尔摩斯盖上鞋盒，把它放回到高脚橱柜的顶层，然后转过头来看着我，“那个孩子的死亡，对他或者说对那个魔鬼来说，是上天赐予的一份礼物，是那个魔鬼制订的一系列计划中最重要的一部分！有了这件事，一切才顺理成章。如果没有这件事，他想完成欺骗根本不可能。银行得知了那个孩子死亡的消息，然后出现在他们眼前的正好是一个女人在经历丧亲之痛时的痛苦模样，这一切正是巧合造成的最完美机遇！”

“如果霍兰小姐被杜葛尔谋杀的话……”

“她还躺在那里，华生，躺在潮湿的沼泽地的某个地方，而在黑暗的夜幕下，杜葛尔和他的那些裸体婊子们骑着自行车在她的尸体上放荡地嬉闹。”

“我还想问一个问题，福尔摩斯。如果霍兰小姐被谋杀了，那她是死于另外一个她去银行之前还是之后？”我问。

“我的朋友，关于这一点，我更倾向于她死于那个女人去银行之后。”福尔摩斯说。

我松了口气。我发现，他还没有完全确定一些事情，所以说话也变得更加大胆一些。

“关键问题在于……”我说，“如果霍兰小姐的尸体像你说的那样藏在那里，你如何在从这里到剑桥之间的延绵数英里的沼泽地里找到她的尸体呢？就算你能找到她的尸体，事情已经过去那么久了，那里还能剩下什么关键的证据吗?”

福尔摩斯笑了笑：“华生，对这个案子的调查，我有非常清晰的思路。我觉得，我一定能查出她被埋在什么地方。”

在那之后，我们度过了对于福尔摩斯来说非常糟糕的一天。他一整天什么都做不了，只能待在屋里，躺在一张柳条椅上老老实实地看报纸，然后把我还没看完的《柳叶刀》杂志偷偷摸摸地弄到手来打发时间。

第二天早晨，我们吃早饭的时候，一个穿着蓝色制服的男孩儿跑过桥，把一封电报交给了杜葛尔上尉。杜葛尔上尉把电报放到了福尔摩斯的早餐桌边。他没有装模作样地离开以示礼貌，而是站在旁边看着我朋友读电报。

福尔摩斯看完电报，把电报放进了自己的口袋。

“亲爱的杜葛尔先生，”福尔摩斯用很温和的口气说，“我恐怕要在这一两天之内离开这里。星期二我们要开一个很重要的会议，学校必须在那天选出一位新的高级导师。我把这件事完全忘在脑后了!”

杜葛尔上尉露出一丝微笑，把他对福尔摩斯这种懦弱的知识分子的轻蔑清楚地写在了脸上。

6

杜葛尔刚离开房间，福尔摩斯立刻将脸上那张学术派特有的温柔面具扯了下来。

“华生，在那个家伙知道我们要干什么之前，我们必须立刻行动!”福尔摩斯说。

“他怎么会知道我们要干什么?”我奇怪地问道。

“如果我知道他怎么知道我们要干什么，我就不担心了！老伙计，请在这里等我一会儿!”

福尔摩斯走出农场，走过桥，走进了一块田里。最后，他站到了树篱旁边，一只兔子在那个位置好像打了个洞，也可能不是兔子打的洞，而是一种更恶心的生物。

福尔摩斯在那里仔细地检查了一番之后就回来了。

“我想，我们可以结束这种捕捉蝴蝶的游戏了。我们现在要直奔萨福伦沃尔登，给我们的老朋友拉斯特雷德发一封电报，并向当地的警察力量寻求帮助。好了，我的朋友，不要急着问什么问题，等马登警官和我们站在一起的时候我会向你解释的，到时候你就明白了。”

我们没有见到马登警官，而是他的同事伊莱·鲍尔。他就坐在马登警官之前坐的地方。看得出来，他很讨厌福尔摩斯，而他也正好是福尔摩斯不信任的那种人。10年后，这位鲍尔先生在蒙面男子谋杀案中想要给一个叫作约翰·威廉姆斯的家伙定罪并把他送上绞刑架，而福尔摩斯则认为，他的破案过程出现了严重失误！直到那个时候，我们才再一次见到了鲍尔先生。

“我必须首先说明一点，福尔摩斯先生。”鲍尔警官很严厉地对福尔摩斯发出了警告，“在这件事上我并不需要你的帮助，我的人手足够，他们有把握做好他们该做的调查工作，不需要其他人在这里指手画脚……”

“但是你们似乎并没有做什么……”福尔摩斯毫不客气地说。

鲍尔警官的脸色顿时阴沉下来：“谁告诉你我们什么都没做的?”

“是这个小家伙告诉我的。”福尔摩斯从他的包里拿出了一个罐子，然后在桌子上铺开一张信纸，把他一直研究的那只长相古怪的昆虫倒了出来。

“这是什么鬼东西?”鲍尔警官皱着眉头问道。

“这个鬼东西叫驼背蝇。”福尔摩斯说，口气就好像在教育一个成绩糟糕的差生一样，“国家历史博物馆的卡迪尤博士发来了一封电报，证明了它的身份，他是这方面的专家。”

“我有整整一个警察局要管理，福尔摩斯先生，哪有心思去管什么苍蝇或者博物馆的事情?”鲍尔警官很不耐烦地说。

“我只能说你太不专业，而且看上去你在管理警察局方面也很不专业。如果我告诉你，这只昆虫还有一个广为人知的名字‘棺材蝇’，会不会对你更有帮助一些?而且我可以告诉你，这只棺材蝇刚刚从蛹里爬出来，我们也可以说得更直接一点儿，这东西一直在那个地方繁殖!”福尔摩斯尖刻地说。

听到“棺材”两个字，鲍尔突然安静下来，仔细地看着信纸上的尸骸，虽然他的嘴角因为厌恶而有些扭曲，不过他的表情里也夹杂了一丝凝重。

“你在什么地方发现它的?”

“在库德姆农场。”福尔摩斯有些漫不经心地说，“请你仔细听我说的话，鲍尔先生。在尸体被埋葬的时候，棺材蝇就开始在尸体上开始了它那种让人厌恶的繁殖方式。这个时间大概会持续两三年，也可以说，一直持续到它产下的蛆虫把一具尸体吞噬干净之后。尸体被吃光了，这种讨厌的东西就会随之死亡，因此，不管是谁或者是什么东西被埋葬在库德姆农场，它下葬的时间都没有超过三年!杜葛尔大概在四年前入住那里，所以，从他入住到现在这段时间里，肯定有什么东西在那里死亡并且被他埋葬了。我这么说，你明白了吗，鲍尔先生?”

鲍尔警官在几分钟前还充满自信，但是现在已经彻底被福尔摩斯击败。

“你是怎么找到这个东西的？”他有些无力地问道。

“我并没有去找它，而是它主动找到了我。”福尔摩斯平静地说，“一只狐狸或者一只狗在农场院子里的小屋旁边打了个洞，然后它就出现了。我住在那里的这段时间里一直在注意观察，并在农场内标注了12处土壤被翻动或者被重新覆盖过的地方，这些地方很显然在当初都被野蛮地挖掘过，那个洞就出现在这些地方之一。驼背蝇只能钻进很浅的土里，因此，那片沼泽下面的东西或者人不会被埋得很深。你还想让我说得更明白一点儿吗？”

尽管鲍尔警官很想用他惯用的咆哮方式挑衅一下，可最后还是忍住了。

“我想，马登警官应该已经向你解释过了，现在有充分的证据证明那位霍兰小姐还活着，而且活得很好！”

福尔摩斯目光冰冷地看了鲍尔一眼，然后低头看了一眼他的表：“霍兰小姐已经死了，就像我们所有人在某一天都要死了一样，她已经先走一步了。”

鲍尔正要说话，突然有人敲门，然后一个警察走了进来，把一封电报交给了鲍尔警官。我勉强看清了页脚的几个字，上面写着：拉斯特雷德，苏格兰场。现在，伊莱·鲍尔无条件投降变得理所应当了，而且想优雅地矜持一下都办不到。他叹了口气，问道：“你现在需要我们做什么？”

“集合所有的人，拿上所有设备，立刻搜查农场。我建议，从饲养矮种马的马厩查起！”福尔摩斯说。

“可是没有授权的话不能那么做！”鲍尔警官说。

“那就别在这里浪费时间了，赶紧去搞一份授权回来。”福尔摩斯冷冷地说。

傍晚之前，我们终于拿到了法官的授权文件后，两个穿着制服的警察在一个力工的帮助下，在马厩的一侧清理出来一条壕沟，仔细地寻找着他们要找的东西。在鲍尔过来的时候，他手下的警察长正站在小桥上的小门边兼职警卫。6点刚过的时候，一个警察从壕沟里挖出一件东西，尽管这东西外面包着一层泥土，但是很显然，这是一个人的头骨。

四个挖掘者、警察长、福尔摩斯还有我一起凑了过去。

“把杜葛尔带过来！”鲍尔对他的警长说。警长和一个警察走过小桥，走进了房子。过了一会儿，警长从卧室的窗户里伸出头来。

“他逃走了，长官！”他对鲍尔喊道，“他用一块木板跨过壕沟从对岸逃走了。”

鲍尔的脸色黑得像锅底一样，福尔摩斯转过身，看着他说：“恭喜你，鲍尔先生，看来我低估了你的能力。”

“你这是什么意思？”鲍尔先生恼火地问。

“不要太谦虚了，鲍尔先生。”福尔摩斯面无表情地说，“你本来可以让他完全处于监控之下，但是那样做的话，我们就什么也无法从他那里得到了。幸好你已经认定他有罪，所以经过巧妙的安排，故意露出了一个破绽，让他有机会逃跑。他跑了，这足以证明杜葛尔是有罪的。你之所以让他逃走，是因为你对自己的能力很有信心，你有信心把他再一次绳之以法！没有几个警官能像你一样把嫌疑人玩弄于股掌之中，让他主动地露出破绽来！”

鲍尔死死地盯着福尔摩斯，不确定福尔摩斯说这话的意思是想把他讽刺得体无完肤，还是真的对他产生了敬意。他没有说什么，让其他人继续搜索。这时离太阳下山还有两个小时。但在这两个小时里，我们的搜索毫无进展，第二天也是如此。马厩附近的地面被挖得坑坑洼洼的，能挖的地方都挖遍了，但是我们并没有更新的发现。还有一件让鲍尔先生心烦的事，因为我告诉他说，如果死者是个身材娇小的女性的话，那他们找到的头骨显然太大了，以头骨来推断，这名死者的身高起码有5英尺2英寸。比这个还糟糕的是，他们后来确认，那个头骨是一个男性的，他在杜葛尔来到农场之前已经死了好多年了。

“这个死者是谁无关紧要。”福尔摩斯心不在焉地说，“关键问题是，如果霍兰小姐安然无恙，而不是被埋在这里的某个地方的话，杜葛尔肯定不会像兔子一样逃跑。”

7

第二天，杜葛尔的通缉令发到了这一区域每个警察手里。鲍尔和他的人仔细地搜查了被杜葛尔称为牟特农场的每一寸土地，但仍然没有找到任何有用的东西。我和福尔摩斯搬到了距离剑桥大约10英里的一个大学旅社。警察已经控制了农场的所有房间，草坪被他们挖得像是布满了战壕的防御工事一样。鲍尔的手下在齐腰深的沼泽地污水里辛勤地工作。三天过去了，还是一无所获。

鲍尔先生看到护城河之后，突然在脑海里创造了一个曲折离奇的故事：杜葛尔和那位被称为某个可怜的小女人发生了争吵。那个畜生在暴怒之下杀害了那个小女人，可能一拳就把她打死了，也可能把她活活掐死了，然后把她的尸体扔进了这条狭窄的护城河。

“故事很精彩。”福尔摩斯冷静地说，“不过，有一点似乎很难解释。尸体在分解的过程中，竟然没有浮出水面，这很难让人理解。”

鲍尔先生显然想按照自己的思路进行下去。警员们排干了那条护城河里的水，挖走了河里肮脏的黑泥。在这个过程中我和福尔摩斯一直在旁边看着，鲍尔一直站在我们身边。后来，福尔摩斯终于忍不住了，他把那些挖掘者们赶到一边，把一块沉重的有着锋利边缘的大石头扔了下去。石头落到护城河底部时发出了巨响。尽管这块石头稍稍陷进了淤泥里，但是我们仍然可以在护城河底部看到它的全貌。

“这么重的一块石头都不会陷进淤泥里……”福尔摩斯若有所思地说，“一个人的尸体也不会陷得很深，即使她的尸体烂光了，也会剩下骷髅。你的人已经把淤泥挖开了，如果她真在那里，我们现在应该能看到她躺在那里。可现在河床上什么都没有，这说明，霍兰小姐并没有被扔进护城河，不管是死尸还是活人。”

鲍尔瞪了福尔摩斯一眼，尽管我认为用“瞪”这个词似乎还不够有力，可惜在英语里我再无法找到比“瞪”更凌厉的词了。

“那么，福尔摩斯先生，你有什么好的建议？我们应该到哪里去找呢？”他问。

福尔摩斯假装没有注意到他的愤怒，用非常友好的口吻说：“我看到了一排才栽下去不久的树，就在农场院子的左侧。你看到那些树了吗？那些树从护城河一直延伸到那边的池塘。我猜，它们是最近两三年才种的。种那排树的地方的地势比院子这边略高，当然了，这很常见，但如果你在那边略高的地势里埋上什么东西，恐怕也很难被发现。说不定她就被埋在那里，然后在尸体上种上树，反正那里的地势让人觉得很有意思。”

鲍尔的小眼眶里闪烁着一丝得意的光芒：“我们早就注意到那里了，福尔摩斯先生，两天前我们就调查过那里的情况。那里原本是一条从农场院子一直到池塘的排水沟，后来杜葛尔叫人把它填上了，并且在上面种上了树。不过他做这件事的时候，霍兰小姐还活着，并且在此之后的几个星期的时间里，他们一直亲密地生活在一起。”

“哎呀呀！”福尔摩斯的语气似乎有些失望，但是又保持着镇定，“那么就更应该在那些树下面找一找了。”

“我可不这么认为，福尔摩斯先生，这是白费工夫。”鲍尔先生冷笑道。

福尔摩斯转身面对这位督察，他凌厉的眼神似乎已经刺穿了他的皮肤：“当杜葛尔上尉准备埋葬那位被他用卑鄙手段谋杀的女士的时候，可能也猜到了你们会这样想。”

鲍尔显得有些慌乱，但是还没有彻底崩溃。

“好了，现在我要走了。”福尔摩斯彬彬有礼地说，“我们要坐火车去剑桥的临时住所。明天见。”

鲍尔警官看起来并不太希望我们回来，不过我和福尔摩斯对他的想法都不在意。

在那个美好的傍晚，我们离开大学旅馆，沿着国王阅兵场悠闲地散着步，沉浸在5月末的夕阳余晖里。这时，一个商人从我们身边走过，突然微微举起了自己头上的帽子，说了一句：“晚上好，福尔摩斯教授。”

我不太喜欢这个家伙，可是福尔摩斯却给了我一个微笑，再也没说什么。

第二天一早，我们就去了农场，查看他们对于那排树的挖掘进展。树下面的表层泥土已经被清除掉了，下面的排水沟里填满了黑刺李的树杈。这些填充物被两个男人用叉子清掉，我们看到排水沟周围的土壤已经被来自院子的污水和粪水浸透了。突然，一个挖掘者大叫了一声，与此同时，他举起了他的叉子，叉子的顶端勾住了一块破布。

我们立刻向那个地方聚拢过去，大家似乎都预感到，在排水沟的黑刺李树杈下面会发现什么可怕的东西。然后，我们听到了叉子碰到了坚硬的东西发出的闷响。力工弯下腰，从淤泥里捡出了一只小靴子。从我站的位置可以看到，靴子里还有纤细的人的脚部骨骼。挖掘工作开始变得谨慎起来。我们很快就看到了尸体的轮廓，这是一具还残留着大部分的女性骷髅，她面朝下趴着，头部微微向一侧偏转。在她的另一侧，尸体上满是泥浆，那一部分没有什么有用的信息残留下来，被破坏得很彻底。不过近一点的地方，砍断的树枝保护了尸体的一部分，使她免受污泥的侵袭，尸体保存的状态要好得多。下午，那个可怜女人的遗体被搬到了温室里，放在了一张桌子上。在淤泥里还发现了一个金属发箍，与福尔摩斯在帽盒里发现的那个发箍一模一样。从那一刻起，杜葛尔“上尉”被确认参与了谋杀。

第二天，我们回到了贝克街。那天傍晚，拉斯特雷德像往常那样拜访了我们。在经历了牟特农场——现在被称为库德姆农场的恐怖事件之后，身处温暖的家庭里，周围是友善的面孔，对过于紧张的心灵是一个很好的安慰。

拉斯特雷德坐下来之后，喝了一大口酒，然后说：“好了，先生们，我大致了解了一下你们这次的冒险事件。但是有一点我很好奇：你们是如何说服那个伊莱·鲍尔在农场里进行搜查的？我记得他很反对这么做。那个家伙的顽固和固执我早就有所耳闻。”

“我只是告诉他，可以在马厩那里找找。”福尔摩斯说，“后来他们在那里找到了一个头骨，然后一切就顺理成章了。”

“不过，我猜，是你自己把头骨埋在那儿的。病理学家对那个头骨做过鉴定，证明那个头骨实在是太久了点儿，和杜葛尔没有任何关系。华生医生之前对那个头骨做出的判断是完全正确的。”拉斯特雷德笑道。

“这并不重要，重要的是，那位杜葛尔‘上尉’现在如何了。”福尔摩斯说。

拉斯特雷德的脸上露出颇为自负的表情：“我正要告诉你这个消息呢。今天下午，伦敦市警察局的亨利·考克斯探长在英格兰银行值班，后来被一个职员很谨慎地请到了银行秘书的办公室。在那里，那位职员告诉他，一位住在伯恩茅斯上街区的悉尼·多姆威尔先生，拿来了40张10英镑的支票要求兑换成金币。在这些支票中，有9张有些奇怪，通过号码追溯，这9张支票并没有发放给多姆威尔先生。这些纸币是通过伯克贝尔银行的账户，由塞缪尔·杜葛尔签发的。”

“啊！”福尔摩斯闭上眼睛，低声说，“原来是这样。”

“几张支票的来源受到质疑后，那位多姆威尔先生被控制了起来，后来确认，他就是杜葛尔。考克斯先生把他带到银行的警卫室门口时，杜葛尔突然转身向齐普赛街的方向逃去。后来，考克斯在弗雷德里克大厦附近堵住了他，抱着他一起摔倒在地上。一位穿着制服叫派得洪恩的警察注意到了他们奇怪的举动，接着他认出了考克斯先生，并且协助他给杜葛尔戴上了手铐。福尔摩斯先生，根本没有人为杜葛尔辩护，因为这个案子的案情实在是太清楚了!”

“有罪的人无须辩护。”福尔摩斯温和地说，“只有无罪的人才需要这个。”

拉斯特雷德离开之后，仍然有一件事让我有些迷惑，“福尔摩斯，请你老实地告诉我。关于那个剑桥的福尔摩斯教授的身份还有什么秘密？为什么那天我们在剑桥的阅兵场上会有人喊出你的这个身份?”

福尔摩斯叼着烟斗说：“那个家伙认错人了。”

“我可不这么想！那个人称呼你为福尔摩斯教授，说明他见到你的时候你用的是这个身份！如果我没记错的话，在我们与马登谈话之后，你吃完午餐之后就消失了几个小时。因此你有足够的时间搭乘火车从奥德利跑到剑桥，并且带回那种被你称为棺材蝇的生物。搞不好那根本就不是什么棺材蝇，只不过是一种常见的飞蛾！这是唯一一次你离开我的视线，并且有足够的时间跑到剑桥去的机会。”我说。

“你的推理很让人钦佩，华生。”他说。

“那你为什么要去剑桥？你到那里做了什么?”我追问道。

“等一下，请你稍等一下，华生!”他笑着说，“我可没有承认我去过剑桥。”

“让我想想看，你回来的时候，你的背包里塞满了东西，鼓鼓囊囊的。我的上帝啊！里面装的是那个头骨！那个和你打招呼的商人是个大学解剖学的供应商，你以带医学生实验的名义买了一个头骨。然后你把那个头骨埋到了马厩旁边，这样马登或者鲍尔一定会把那个头骨挖出来！你早就料到了，他们发现那个头骨后，一定会把整个农场都翻一遍！你还从剑桥给自己发了一封电报，证明那个棺材蝇的身份，可实际上那其实是一种无害生物！那个卡迪尤博士其实就是你自己，现实中根本没有这个人！”我惊呼道。

“环环相扣的一系列推论，我亲爱的华生……”福尔摩斯的眼中闪烁着笑意。

“你想没想过，如果那位霍兰小姐还活着呢？如果你们正准备把那座农场翻个底朝天的时候，她突然出现了呢？”我问道。

“她不可能出现在那里，事实上，她不可能活生生地出现在任何地方，华生。她死了，就躺在排水沟的底部，你应该好好回忆一下这个事实。”福尔摩斯说。

“可是当时你并不知道她躺在那里，所以捏造了一个证据，目的是让那些警察把那里翻一遍。”

“请你原谅，我亲爱的朋友。自从马登警官告诉我，霍兰小姐侄子的孩子发生悲剧之后的一系列事情，我就知道她已经死了。”

“那么我说的其他部分都是事实喽？”我问道。

他再次笑了起来：“我的老朋友，你必须用公正的态度对待被告，保持沉默是每一个人的权利。”

“你的意思是，我不确定事实真相，就没办法说出去喽？”

“在任何情况下，事实就是事实。”

我和福尔摩斯沉默了一阵子，然后，我把最后的一个疑惑提了出来：“你的推理还有一个问题没有解决。那个在国家银行冒充卡米尔·霍兰的女人在哪里？”

福尔摩斯耸了耸肩膀：“这可不是什么缺陷，华生，那个人离得并不远。你可以仔细回忆一下，那是一个像霍兰小姐一样端庄瘦弱的女人。”

“我想不起来有这么个人。”

“哦，得了吧！”他说，“我们都认识她，当然了，也有可能并不是她。”

我起先没有明白他的意思，但很快就意识到了他说的是谁：“你是说皮尔斯小姐？天啊，我根本想象不出她和杜葛尔在一起时是怎样一副场景。”

“霍兰小姐和杜葛尔在一起也很让人惊诧。征服那些虔诚但是却不再年轻的老女人，似乎是杜葛尔上尉的特长。”福尔摩斯说。

“如果真的是这样的话，皮尔斯小姐为什么找我们对付杜葛尔呢？”

“我记得她曾经说过，他们来找到我们，而没有报警，是为了避免陷入丑闻。”

“这太荒谬了！”我说。我们经历的两件事似乎毫不相干，可是最后却串联到了一起。

“地狱都容不下怨妇的怒火，华生。”福尔摩斯说完，站起身，打了个哈欠，“尤其是当她丢掉自己的美德，不计报酬地加入了那个不知所谓的国家警惕协会之后。”

胜负已分的比赛

1

福尔摩斯在职业侦探生涯中，曾办过一个举世瞩目的案件，它发生于我在巴特的夏季实验室里第一次遇到福尔摩斯的四年之前。一个冬天的傍晚，我们两个人懒散地坐在贝克街公寓的壁炉边。他突然走进了他的房间，从里面费力地拖出了那个我很熟悉的马口铁箱子，并且从里面拿出了一摞文件，文件上是一份很标准的官样文章。在这份文件记录的案子里，我第一次知道了格罗里亚·斯科特先生，另外一个关于他的案件则记录在了很久以前出版的《歇洛克·福尔摩斯回忆录》里。

我记得那是在 1881 年，我和福尔摩斯刚认识几年。那天晚上，我开始了一段奇特的冒险之旅。那天，我和福尔摩斯谈到了拉斯特雷德警官，我问福尔摩斯，他是怎么认识福尔摩斯的。福尔摩斯于是拿出了那份文件，文件上写着“胜负已分的比赛”。

我认识福尔摩斯前很多年他就已经是“一名资深侦探”了。

苏格兰场很信任他，并且常就一些棘手问题征询他的意见，尤其是拉斯特雷德先生，当时他正“陷入到一个造假案的迷雾之中无法挣脱”。这个案子从头到尾都透着古怪，我好像还从来没听说过这个案件的侦破细节。

福尔摩斯像平时一样，笑着从一堆文件里抽出两份文件递给我，我并没看出来这两份文件和拉斯特雷德先生有什么关系。正在我糊涂的时候，福尔摩斯已经拿出来大量文档，其中有为王权辩护的法律顾问文件，这份文件上写着《女王 V. 班森和库尔特 1877》。读者不久就会看到这份起诉书如何在苏格兰场的同行里造成巨大影响的。作为一个讲故事的人，叙述故事的最好参考资料就是报告，我讲的故事正是那天晚上我从福尔摩斯那里听来的，不过为了让这个故事读起来更具有戏剧性，我做了细微的修改。

他给我的第一份文件是一张报纸，这是一份 1876 年 8 月 31 日出版的《体坛报》，上面是关于赛马的专题报道。上面有一篇介绍休 · 蒙哥马利上校不幸遭遇的文章。在我看报的时候，福尔摩斯在一边不停地笑着。报道称，这位休 · 蒙哥马利上校是一名很值得尊敬的正人君子，而且还是一位国家英雄，从因克尔曼战役到埃塞俄比亚战役，他曾经多次踏上战场，不停地在生死之间徘徊，为国家做出了巨大的贡献。

同时，这位休 · 蒙哥马利上校在赛马界也是一个传奇人物，他赌马几乎没有输过。《体坛报》先概述了他的职业生涯，列举了他获得的一系列冠军和荣誉。这篇文章的编辑并不太喜欢赛马，但即使这样，他也对少校的事情有所耳闻。不过很遗憾，即使是这样一位勇敢聪明的官员也沦为了英格兰博彩公司阴谋的受害者，这些公司联合起来拒收他的赌注。

《体坛报》的编辑把这些公司称为“秃鹫”，他对这些秃鹫的所作所为感到万分气愤。他认为，这些秃鹫唯一想要做的就是，当一个人赌输了之后，把他的钱统统卷走，但是当那个人赢钱的时候，他们又想出种种借口拒绝支付。我对赛马场没什么兴趣，所以我也很难搞明白，报纸上报道的这位蒙哥马利上校到底有多不幸。当我看到这个报道时的第一个想法就是，他其实可以继续成功地赌下去，只要把他想要买的马的号码告诉他的朋友，赢了钱后，他的朋友再把钱给他。不过，随后我才知道，这根本是不可能的。《体坛报》提醒读者，投注必须在赛马场进行。在那里，赛马会决定着一切，根据它制定的规则，任何人不得代替其他人投注。这是一个非常严格的死规定，在 1845 年的《竞赛规则》上就已经有明确的规定，因为这种行为不受到法律的保护，代他人赌博将会被没收赌资。这篇文章的结尾说，上校的利益已经对那些“秃鹫”们造成了威胁。

第二份文件里是一篇更奇怪的文章。这是一封来自“赛马场损失防范协会”的信，信是用法文写的，这封特殊的信是蒙哥马利上校寄出来的，他是这个慈善机构表面上的发起人，收信人是巴黎附近的圣克劳德的女伯爵龚古尔。在信里，上校提到了《体坛报》上的文章，并且向女伯爵解释说，无论是赛马会还是那份《竞赛规则》都阻止不了那些生活在英格兰法院司法管辖权之外的人进行投注。不过，《竞赛规则》也明确规定，要求那些海外资金必须并且只能通过一名英格兰境内的“合法的赛马赌注登记人”投注。我听说过，在证券交易中有“合法的股票经纪人”提供服务，我估计，那种“赌注登记人”应该和经纪人有某种相似之处。

蒙哥马利上校的信在一开始就隐晦地表示，自己并不想同陌生人有过多的金钱交易。不过，他咨询了法英社会宣传协会，咨询结果是，如果那个“损失防范协会”能够证明，他们推荐的人是正直并且诚实的，那就能在这件事上帮助上校。于是，那个“损失防范协会”竭力向上校推荐那位龚古尔女伯爵，所以他寄出了这封信。

尽管当时福尔摩斯觉得接手的这个案子很有趣，可是我却觉得很不安。从我现在拿到的这些文件来看，我并不觉得这些协助蒙哥马利上校的人有什么损失。上校定期给那些人寄一张支票，这张支票由斯特兰德大街上的伦敦皇家银行支付，在支票背面标注了他想要下注的那匹马的名字。那些人会把支票和马的名字转给一个英格兰的“合法的赛马赌注登记人”。如果那匹马赢了，蒙哥马利上校会给他的新朋友们百分之十的收益，如果那匹马输了，上校将承担所有的损失。不过，上校似乎一直都在获胜。那位龚古尔女伯爵觉得，自己所做的一切对自己来说没有任何的损失，相反，自己只需要帮一点儿小忙，就可以获得不错的收益。

福尔摩斯向我证实，蒙哥马利上校的确给她寄出了第一张支票，并用这笔钱下了注。随后，龚古尔女伯爵收到了那匹马获胜的消息。再后来，一张支票寄到了她的手里，作为获胜之后的分成。同时还有一张投注用的支票，背面上写着另一匹马的名字，这是为下一场比赛准备的。

那时候，歇洛克·福尔摩斯还有另外一个“咨询室”，那间咨询室距离南威斯敏斯特大桥不远，从那里去圣托马斯医院的实验室很方便。我曾经提到过，福尔摩斯出身于英格兰的地主阶级。医院的管理者之所以这般纵容他，和他的一位亲戚给医院的遗赠有点儿关系。那个地方的房子不错，但周围都是快要荒废的门廊和两边种满树的狭长街道。在被各种实验和煤气喷灯纠缠了一整天之后，福尔摩斯每天晚上都会回到那个咨询室。

1876 年的一个晴朗但是多风的秋天傍晚，福尔摩斯回到这儿的时候，在一层的客厅里已经有一位访客在那里等了他半个小时了。福尔摩斯是这样描述他的客人的：一个打扮时髦的“迷你大力士”，头发是深色的，有一张在露天竞技场的那些拳手身上经常能看到的好斗的面孔。可这位威廉·亚伯拉罕先生并不是一位拳击手，他的声音温和而又死板。当福尔摩斯礼貌地一挥手，带他走到楼上的起居室的时候，他为他没有事先预约便来“咨询侦探业务”向福尔摩斯表示道歉。

“应该是我向你道歉，亚伯拉罕先生，对不起，让你等了这么久。我今天的时间的确有点儿紧张。不过，显然你的事情不是什么保密事件，需要我匿名参与。你从你在坦普尔的律师事务所直接到我这里来，这样能够节省来回的轮船费用，很不错。不过，这位先生，你显然已经错过了回家的火车，而且你在到达切尔西之前恐怕还会错过晚饭时间。一位女士显然对这种迟到缺乏耐心和宽容，所以，你一直是单身吧？”

亚伯拉罕先生死死地盯着福尔摩斯，线条清晰的脸上全是怀疑的表情：“我觉得，我们之前从来没有见过面，福尔摩斯先生。到现在为止，我们之间的交谈还不到一分钟，可是你怎么会知道我的律师事务所在坦普尔，还知道我的出行习惯，知道我的房子在切尔西？还有，你怎么知道我还没有结婚？”

福尔摩斯面带微笑，给他的客人指了一个座位，让他坐下。

“请坐，亚伯拉罕先生。今天秋高气爽，天气干燥，可是你的鞋子上却有新的水痕。尽管你一直拿着帽子，但是我看到你的头发微微竖了起来。如果不是一个大风天气的话，一个男人的头发什么时候会像这样竖起来？很简单，你从对岸乘轮船过河的时候，在河面上的时候，风会吹起你的头发。而在退潮之后的码头上，残留在那里的水很容易打湿你的鞋子。众所周知，在坦普尔就有这样一个码头。至于你律师的身份，则是你的举止给了我足够的暗示。你右侧袖口儿上的一小块封蜡和你马甲挂链上的印章让我对你的身份有了一些判断。和把事情交给秘书去做相比，一个男人自己为自己的文件盖印章显然保密性更强一些。当然，你也有可能是一位银行家，可是银行已经关闭了几个小时了。法庭办公的时间要长一些，所以你到来的时间让我确认，你是一位业务繁忙的律师。”

亚伯拉罕先生紧绷的身体放松了下来，他微笑着点点头，承认了福尔摩斯的推断。

“还有你的出行方式。”福尔摩斯继续说，“和许多企业家的习惯一样，你喜欢把你的返程票夹在你的帽圈里衬里，这样就造成了那个位置的丝绸有轻微的变形。一双训练有素的眼睛很容易察觉到这个细微变化。坦普尔火车站的火车最远只能把你送到切尔西。当然，你也有可能去一个比较近一点儿的中途车站，不过如果路途短的话，像你这样时间很宝贵的人更喜欢乘坐马车。作为一名单身汉，我发现，你戴着两枚戒指，其中一枚是纯金的图章戒指，另一枚不是。我有个有趣的发现，结了婚的男人都会把戒指戴在左手的无名指上。但是你显然不属于这种情况。当然，也可能我这些推理完全是胡说八道，错得离谱儿。”

亚伯拉罕先生笑了起来，就好像一个被圣诞节的魔术表演逗乐了的小孩子一样。

“你推理出来的每一个细节都是正确的，福尔摩斯先生。你说的话让我确信，你就是我要找的那个能够帮助我的人，看来我的运气不错。费用方面没有任何问题，先生，我的委托人并不缺钱。我是龚古尔女伯爵在英国的代理人，我的雇主希望你能看看这些文件，然后对此发表一下你的看法。”

他一边说话一边递给福尔摩斯两份文件，就是我在很多年之后读到的那两份。当福尔摩斯仔细阅读这两份文件的时候，律师先生穿过书架，像某人建议的那样想找两本书读读。没几个人会像歇洛克·福尔摩斯的私人图书馆那样搜罗那么多五花八门的奇怪书籍，起码在一般的英格兰家庭里找不到这些书的影子。但是，如果你想知道如何在波西米亚的一个小镇上寻找一个特殊的职业，或者想知道产自苏门答腊或者弗吉尼亚的烟叶里含有什么特殊成分，还有精神病专家对于病态心理的记录，抑或是如何区别一个明朝的古董和一个精巧的赝品之间的区别，这些东西在福尔摩斯的图书馆里都能找到答案。不过一般来说，歇洛克·福尔摩斯已经把这些东西都牢牢地记在自己的脑子里了。

“哎呀呀！”过了一会儿，福尔摩斯把手里的文件放下，“亚伯拉罕先生，请你告诉我，这个有趣的小骗局进展如何了？”

律师从书架边转过身来。

“你确定这是一个骗局？”

福尔摩斯用一个睿智、冷静的思考者的目光瞥了他一眼。

“我首先就要冒昧的怀疑一下，那位蒙哥马利上校声称自己在赛马场上从来没有输过这件事。当然，他提出来的东西不过是一个荒诞不经的赛马场谎言。但如果这不是一个巨大的而且独创性很强的阴谋的话，那就是我的脑子出问题了。”

亚伯拉罕先生重新坐了下来。

“我希望你能告诉我，你有没有听说过休·蒙哥马利少校这个人。”

“我从来没听说过这个人。”福尔摩斯冷静地说，“我想，其他人也没有听说过，因为这个休·蒙哥马利少校根本就是虚构出来的。我想再问一次，这场可笑的阴谋究竟进行到哪一步了?”

威廉·亚伯拉罕先生拿出了另外一份文件，但是，他并没有把这份文件交给福尔摩斯，而是拿在手里翻阅了一下：“直到今天我和龚古尔女伯爵联系之前，我一直都不知道这件事情，福尔摩斯先生。得到这个消息之后，我立刻去拜访了这位少校。但是，他给的那个西提路上的住址根本就没有任何关于他的记录。就在几周之前，龚古尔女伯爵给这个地址回过一封信，答应了代替他投注的要求。很快，她就从快递员那里收到了一张支票和三匹马的名字，还有一个赛马赌注登记经纪人的地址，那个经纪人叫阿彻，他的公司位于查令十字的诺森伯兰德街。伯爵夫人代为转发了这些文件，过了几天，她收到了一封蒙哥马利少校的信，信上通知她，那三匹马都获胜了。几天后，她就收到了两张支票，一张是付给她的酬劳，另一张是为另外两匹马下注的赌注。”

“你和那位女士都没有报警?”福尔摩斯问道。

“福尔摩斯先生，到现在为止，我们还没有足够的证据证明这个男人欺骗了谁，尽管他很可能就是个骗子。但是，我们一定要等到他骗了什么人之后才去阻止他吗? 不，我们不能这么做!”

“亚伯拉罕先生，如果仅仅是这些事情的话，你为什么要来找我呢? 龚古尔夫人继续代替他投注，而那位少校先生继续向她支付酬劳，就当他下注的马赢了不就行了? 难道还发生了什么事吗?”

听到福尔摩斯的话，亚伯拉罕先生脸上的肌肉顿时收紧了，似乎福尔摩斯问的问题让他觉得有些尴尬。他沉默了下来，一直等到一辆从威斯敏斯特桥到圣乔治广场的出租马车在秋天的黄昏里迅速驶过的时候，马蹄声传进了屋里，才打破了他的沉默。

“龚古尔夫人被那位少校的本事和所谓的诚实打动了，同时打动她的还有那篇《体坛报》上的文章。总之，她恳请那位少校先生在下注的时候也能把她的资金一起押上。”

“啊哈!”福尔摩斯叫了一声，“事情开始变得有趣了！接下来发生了什么?”

“那位少校先生给龚古尔夫人发了一封电报，在电报上他声称，他不能这么做，因为如果下注失败了，他无法承担让龚古尔夫人有了损失的责任。不过，夫人给他回了一封电报，一再坚持这么做。最后，少校终于慈悲地同意了龚古尔夫人的请求，但是他告诉夫人，只能把赌注押在那些他确定能赢的马身上，同时告诉她，尽可能多下一点儿赌注。”

“她听他的了吗?”福尔摩斯问道。

亚伯拉罕先生悲哀地看着福尔摩斯：“糟糕的是，她听了，福尔摩斯先生。在上周，龚古尔夫人下了两次注，两次都赢了。给她寄去的支票多了一张，那张是她的收益。然后，蒙哥马利给她发了一封电报，建议她在布莱顿的两匹马上下注。他称它们为冒失鬼和智慧女神，他怂恿女伯爵，在那两匹马上押上自己能筹集到的所有资金，并声称，那两匹马肯定会获胜，而且为了不降低获胜几率，他只向自己最信任的人透露了这个消息。少校还很郑重地说，这样的机会一生只有一次。女伯爵按照他说的去做了，现在还在等待结果。我现在只有一两个小时时间根据我获得的信息来采取行动。目前看来，就像你说的那样，还没有什么状况发生，所以我还无法报警。但是如果事情真的发生了，那一切就都晚了，所以我现在出现在你这里。我承认，我第一个想法就是直接去找那个赛马赌注登记经纪人，看看能否把那些钱追回来。”

“你绝不可以这么做!”福尔摩斯急切地说，“如果这个阴谋就像我怀疑的那样，你这样做会打草惊蛇!”

他盯着律师看了一会儿，然后说：“让龚古尔夫人接受点儿教训总比没有接受到教训好。如果你告诉我的一切都已经发生了，她的钱可能已经被骗走了，但是，你应该对我抱有信心。”

亚伯拉罕先生非常直接地向福尔摩斯问道：“那你准备怎么做，歇洛克·福尔摩斯先生？我很想了解一下你的计划。”

福尔摩斯站起身来，用自己的动作向亚伯拉罕表明，现在是他该离开的时候了。

“你最好什么都不要知道，先生。同样，你最好什么都不要说出去。在接下来的几个小时里，你最好当作自己从来没有来过这里一样。”

福尔摩斯的拜访者也站了起来，他看上去似乎有些心神不安：“我完全搞不明白你要做什么，福尔摩斯先生。”

“我也没有打算让你明白，亚伯拉罕先生。你无疑是一位专业人士，你遵纪守法，在法律的社会里循规蹈矩，即使做了一些够不上犯罪的事情，也有人可以惩罚或驱逐你。而我则只对我自己负责，对于一些事情我毫无畏惧。我会尽快联系你的，让我们一起祈祷，我们还有机会把这位女士从她做过的最具有毁灭性的蠢事里拯救出来。”

2

当亚伯拉罕先生离开的时候，这个多风傍晚的一个小时就这样过去了。歇洛克·福尔摩斯在他的烟斗里添加了很多黑色烟草，然后躺进那个老式的椅子里，把自己细长的腿伸向火炉。这把椅子是他父母留给他的唯一遗产。他时不时地笑出声来，嘲笑那个“赛马场损失防范协会”的荒谬性还有那些被它轻易蒙骗的受害者们。不过，那个“赛马赌注登记经纪人阿彻和它位于诺森伯兰德街 8 号，位于查令十字路口的公司”则反复在他脑海里出现。

7 点半刚到，福尔摩斯穿上一件灰色的长旅行披风，戴上布质鸭舌帽。大步走进了冰冷的空气里，迎着凛冽的寒风，向北走向伦敦朗伯斯区。在那里，河水不停地拍打着轮船的船身和码头。当铃铛响起的时候，他急急忙忙地付了钱，过了关卡，在木板被收起的前一秒跳上了明轮船的甲板。驾驶员掌握着船舵，船的缆绳被收了回来，轮船和木桩之间激起了白沫，船缓缓地驶离了码头。几分钟之后，他就到达了亨格福德。

诺森伯兰德大街宽敞的林荫道两侧亮着路灯，但是却空无一人。在另外一侧，诺森伯兰德街和斯特兰德大街的连接处，许多老旧破败的房子隐藏在昏暗之中，这些房子里可能还在进行着一些更黑暗的事情。诺森伯兰德街 8 号是一间房门上有格窗的窄小房子，窗户上也没有窗帘。这里根本就没有什么“赛马赌注登记经纪人阿彻和他的公司”的标志。

不过，正如福尔摩斯向亚伯拉罕先生暗示的那样，钱既然被寄到了这个地址，那么这里一定是阴谋的中心。借助街道上的灯光，可以看到办公室完全是个空壳，里面没有任何家具，看起来就像一个贫民窟。一些没有人收取的信散落在门后的地板上。不过，由于很多支票可能还处于交易转账过程，所以那个狡猾的骗子应该还没有远走高飞。

在街道的尽头，马车和汽车在斯特兰德大街的路灯照耀下飞驰而过。诺森伯兰德街两侧的每个窗口几乎都没有开灯，一片黑暗，狭窄的街道空寂无人。只要福尔摩斯想进这间房子，门上的锁根本阻止不了他。他用手摸了摸自己鸭舌帽的帽顶，好像要正一正自己的帽子，然后迅速地从帽子的边缘抽出了一根细锉。只要草草检查一下就会发现，那是一根保持帽檐形状的细钢丝。福尔摩斯这根细钢丝插入格窗的缝隙之间的一个光线很难照到但是能把后面的门钩挑开的位置。转眼之间，他已经翻进了格窗，进到了黑暗的房间里。然后，他回过身来，把身后的窗户锁上。出于一种职业盗贼的谨慎本能，福尔摩斯还把房门的门闩拉了下来，以方便自己快速逃跑。

房间里被外面的街灯照得很亮。福尔摩斯从门垫上捡起了八封寄给“阿御和他的公司”的信。其中有七封是通过邮寄寄来的。两封信上贴着法国邮票。最后一封信的地址是用铅笔写的，而且是有人专门送到这里来的。如果有一位训练有素的观察者在这里的话，他会注意到福尔摩斯鼻孔的细微动作。他挨个闻了闻每封信上的气味，就好像在寻找一封充满闺房香气的情书一样。然后，他把其他七封信放到了窗台上，只留下了用铅笔写着地址的第八封信。

福尔摩斯把手伸进了自己的披风里，从那里掏出来一把很小的珐琅质折叠刀，打开了一个很小的刀片，很轻松地在信封的底部打开了一道一英寸的开口。他的动作就像是外科医生切除肿瘤一样准确，这样，这封信的上部仍然原封未动。接着，他从信封里掏出了仅有的一封叠好的信，然后把它放到光线下仔细观察。这是一份宣传奥克利银器抛光的广告，上面展示了一罐清洁用的粉末以及在一个板子上排成一排的闪闪发光的餐具。福尔摩斯看得很仔细，这是他的习惯，他能把一张纸张样本看得很仔细，连水印都不放过。最后，他又检查了一下信封，然后把那张广告放到了口袋里。

这间公司的办公室里几乎一无所有，就像这间房子租约快要到期了或者公司已经将要破产了一样。在房间的后部的一个角落里，只有一张廉价的胶合板桌子，福尔摩斯在桌子上面看到了一瓶干涸的墨水和一个硬纸板记事本。抽屉里除了几个信封和几页有公司名头的信纸之外，再没有什么值得注意的东西了。和那个被他打开的信封一样，这些东西上都有一个相同的“温莎精制”的标记。

他把一张有公司名头的纸撕成了两半，把空白的下半部分放进一个打开的信封里，然后回到了办公桌边，俯下身，在桌子上留下了一个轮廓像是老鹰一样的剪影。他用手摸着硬纸板笔记本，动作灵敏得就好像正在拉他心爱的小提琴一样。

接着，他从他的烟盒里拿出卷纸，然后点燃了一根火柴。借着火柴的光亮，他从纸卷里倒出了一点点石墨粉，把它们在记事本上轻轻涂匀。随手甩灭了那根燃烧殆尽的火柴之后，他又点燃了一根，仔细阅读着在黑色的石墨粉中显现出来的白色字迹：“阿彻和他的公司，特急和机密”。他回到窗边，捡起那个用铅笔写着地址的信封，再次回到了桌前。他对照了一下笔迹，发现信封上的笔迹和记事本上的完全相同。他把信封塞到了正方形硬纸板下面看不到的位置。

仅仅过了一两秒钟，福尔摩斯突然觉得自己的颈部发冷，皮肤猛地收缩，汗毛根根竖起。这时，他听到从身后的房间里传来一阵地板发出的咯吱声。对于歇洛克·福尔摩斯来说，他那种神秘的感官超乎寻常地发达，他可以很快地分辨出那究竟是一只大老鼠在护墙板里活动时木板发出的声音还是一个人踩在地板上发出的声音。他看了一眼通向街道的门，看到一个影子挡住了门缝下面照进来的光。凭借他对危险的高度敏感和他敏锐的观察，他敢肯定，之前并没有人看到他进入这栋建筑，否则他们一定会出来阻止他的！大概是有人看到了空荡荡的黑暗的房子里突然出现的火柴光亮，或者是隔壁房子里的人听到了他行动时发出的响声，所以想到这里来把他抓住。

后来福尔摩斯声称，他在仅剩下的几秒钟自由时间里，脑海里突然闪现出一丝灵感，就像那些伟大的诗人突然爆发出灵感时一样。他几乎是下意识地拿出自己的铅笔，本能地在记事簿的纸上用大写字母写下一句话：紧急会面！我明天（星期二）下午三点整在查令十字街口站的拱门下，维利尔斯街的威廉国王雕像对面。

然后，两个攻击者从街上通过没有锁的门冲了进来。一个稍微年长一些的蓄着羊排一样的络腮胡子，还长着一张醉汉的脸，他身后跟着一个年轻人，这个年轻人身材消瘦，容貌冷酷，看起来好像是一只瘦长而又结实的斗牛犬。

正当福尔摩斯准备迎击他们的时候，第三个人从他身后冲了进来，一拳把他打倒在桌子上。尽管福尔摩斯不是体育爱好者，也不怎么喜欢锻炼，但他年轻的时候曾接受过拳击手和击剑手的培训。对于运动，连马戏团的艺术家们都会嫉妒他的身手。他一个前滚翻越过桌子，翻滚的同时将他身后的那个家伙也踢了出去，那家伙以狗啃泥的姿势趴在了光秃秃的地板上。福尔摩斯紧接着又做了一个体操运动员的后翻动作，突然腾空而起，面向剩下的两个对手。他之所以这样做，因为他担心，那些家伙怕那个幽默的赛马场损失防范协会的秘密被泄露出去，会对他采取谋杀的极端手段。这些人就像赛马场里的赛马一样粗暴，就像他后来说的那样，那个亡命之徒恨不得把他按在河底几分钟或者更长的时间，让他窒息而死一样。

在那个狭窄的空间里，只能借助街灯反射的光线进行野蛮的打斗，结果可想而知。他被第一个攻击他的人再一次抓住，另外两个人趁机向他冲了过来。福尔摩斯把他们当成了暴徒，试图进行自己最后的战斗。

可令他惊讶的是，他的胳膊被人扭到了背后，接着，他听到了一声“咔哒”声，他的手腕就被冰冷的手铐铐住了。一个长着黄色头发、脸上有雀斑的巨人用苏格兰口音对他说：“你还想继续挣扎吗，花花公子先生？”

遮光器被打开，现场被一个灯笼照亮，那个年长一些的穿着法兰绒西装的人对福尔摩斯说：“我是伦敦警察厅的克拉克督察。现在，我亲爱的小朋友，告诉我们你是谁，为什么会出现在这里？我们会把你的回答记录在案的。”

福尔摩斯尽量让自己保持平静。

“我来这里是代表龚古尔女伯爵向蒙哥马利少校转达问候的，你们不应该把我当成拦路贼袭击。你可以自己看，门没有锁，蒙哥马利少校大概出去了，所以我进来等他，这个家伙欠我的钱。”

他说这些话的时候，把赌注都押在了这些人没有看到他是如何进来的，他们只是被火柴的灯光吸引过来的这一点上。因此，福尔摩斯必须暂时以蒙哥马利少校欠他钱为借口。

那几个人借助灯光看清楚了他的脸并听了他的讲述之后，变得没有那么自信了。歇洛克·福尔摩斯的行为只是对社会秩序造成了一定的威胁，而不是像一个教唆犯团伙或者狡猾的诈骗团伙那样危险。

克拉克走上前，盯着福尔摩斯严厉地说道：“告诉我你的名字！”

“可以。”福尔摩斯平静地说，“威廉·歇洛克·斯科特·福尔摩斯，住在威斯敏斯特路，东南区。”

克拉克的脸上很明显地表现出了对于有地位的罪犯的那种轻蔑态度。

“威廉·歇洛克·斯科特·福尔摩斯先生，你最好在拉斯特雷德警长和我的陪同下，沿着这条街从后门进到苏格兰场里。在那里我们可以讨论一下你的故事，看看你是不是在拿我们开玩笑！你现在还有什么可说的吗？嗯？”

“我认为这个建议很不错。”福尔摩斯说。他说话的时候，那几个人仍然用灯光照着他。他接着说：“即使你不这么说的话，我也会这么做的。”

克拉克督察对于福尔摩斯的话无动于衷，轻蔑地“哼”了一声：“我敢说，当你发现自己因为被发现意图非法进入关闭的建筑而被起诉的时候，你就不会觉得我的建议不错了。”

米克尔约翰警长被留下来保护现场。福尔摩斯则戴着手铐沿着河流向苏格兰场的方向前进，在这个过程中，他一直被夹在克拉克和拉斯特雷德的中间。突然，他很感兴趣地问道：“你说我意图触犯一项重罪，你能给我解释一下这句话的意思吗，克拉克先生？”

“你会因为盗窃而被起诉。”克拉克冷冷地回答道。

“我可不认为自己是一个窃贼。现在入室盗窃是不是早了点儿？我一直认为，入室盗窃应该在9点过1分的时候开始。”

“那么你就是破门盗窃。”克拉克又说。

“我同样认为，我的行为不能算是破门盗窃，因为我没有破坏任何东西。你应该发现了，那里的门虽然关着，但是没有上锁，所以，你们最多可以对我提起非法侵入房间的民事诉讼。而且我觉得，蒙哥马利少校并没有离开多远，你在那附近还能找到他。”

就像福尔摩斯预料的那样，这种持续的喋喋不休把克拉克督察惹恼了。他们在街道上停了下来，转过头，看着他的俘虏。

“等一会儿到了我的地盘，我将教会你向我学习法律比死记硬背法律条文更有效，威廉，什么什么，福尔摩斯先生。”

“威廉·歇洛克·斯科特。”福尔摩斯友好地说，“我要提醒你，克拉克先生，不是我要向你学习什么法律条文，而是法律规定了就是这样。你可以在书报摊儿上找到新出版的加斯蒂斯·史蒂夫先生写的令人佩服的作品《英国刑法纲要》。你会发现这本书很有用处。我可以毫不夸张地说，那是一本综合性的教育大作。”

克拉克伸出手，向着福尔摩斯的脸猛抽了过去。半秒钟之前，福尔摩斯的脸还在那个位置，可是等到他抽过去，那里却什么都没有了。他被福尔摩斯的反应速度搞得有些不知所措，一边骂一边带着福尔摩斯继续向前走。

拉斯特雷德后来公开承认，他当时被这个小插曲惊呆了。尽管乔治·克拉克曾经自夸，仅仅对方傲慢的表现就赠给了许多重罪犯“一个打肿了的嘴唇”，可是他很少会像今天这样失控。拉斯特雷德害怕成为福尔摩斯因为自己的口才而遭到攻击的证人。如果真的发生了这样的事情，他要么否认事实，要么就背叛同事去告发这件事情。可能福尔摩斯也意识到了这一点，所以此后他一直保持了沉默。然而，他们快要到达苏格兰场后门的时候，福尔摩斯突然说：“克拉克先生，我们到苏格兰场之后，也许你可以帮我向警探主管威廉森先生表达一下我的敬意。你可以告诉他，我想尽早在他方便的时候和他见一面，他知道我是谁。”

克拉克听到这番话的时候，紧紧地握住了拳头，一句话都没有多说。

两个侦探带着他们的囚犯走进审讯室，让他站在警长的桌前，周围是被叫来准备上威斯敏斯特地方法官的夜间法庭的醉汉和扒手。克拉克与夜间值班的督察协商了一下，当叫到福尔摩斯名字的时候，他走了过去，脸上的紧张情绪一闪而过，然后，他带着微笑听取他们对他的案子的最后判定。警长低头看着他的表格说："你缴纳10基尼（英国旧金币）的保释金，从今天开始3天之后再到这里来报到。"

"我会来的。"福尔摩斯低声说，"你不用担心这个。"

然后，他向警长晃了晃手上已经被打开的手铐。

"你们可能需要把这个收回去了，我相信，它们在我这里已经没什么用了。"

"谁把它打开的?"警长问道。

"我自己。"福尔摩斯和蔼可亲地说，"我向你保证，这并不需要什么技巧，仅仅是一种艺术罢了。"

3

总的来说，福尔摩斯并不推崇报刊。他喜欢用一句老话形容报刊的从业者，说他们是"趴在文学作品上吸血的虱子"。他对报纸的评论是："让人们对那些从未听说过的人产生了兴趣，不过这种人将再也不会在报纸上出现，如果这些人在报纸上再次出现，他们就会从从未听说过的人变成听到就让人心烦的人。"

不过，尽管他对报纸上的每日新闻感到厌恶，但是对犯罪新闻和个人广告栏例外，他认为"这些东西还是有用的"。

第二天早晨，悠闲地吃完早餐之后，他刚刚看完报纸上的广告栏就听到了敲门声。女房东大声宣告亚伯拉罕先生的到来。那天，福尔摩斯暂时把实验室里关于化学的思考放到了一边，并且在听到那位律师的名字时打起了精神。威廉·亚伯拉罕在女房东的声音里有些匆忙地来到了楼上，脸上露出一丝报复性的快意。到了楼上之后，他扔下自己的帽子，没有说任何客套话，直接脱口而出："好吧，先生，她做了一件蠢事，前所未有的蠢事。上帝啊，福尔摩斯先生，我的确有一两个客户比较傻，但是这一位比他们还甚！"

福尔摩斯好奇地挑起他的眉毛，向来访者指了指一把椅子："我能把你的话理解为，龚古尔夫人有了一些其他的小烦恼吗？"

亚伯拉罕先生看上去很糟糕："她在阿彻和他的公司那里投注了大约相当于5000英镑，就在那两匹蒙哥马利少校推荐的马上，也许有几生丁（法国货币单位）的误差，可是和5000英镑不会相差太多。上帝才知道，有多少白痴和她做了同样的事！"

福尔摩斯把银质烟盒向他的客人方向推了推："我猜，那些不走运的动物输掉了比赛，对吗？"

那位律师觉得，这位侦探并没有理解他说的话："它们从未赢过，也从来没输过，先生。那两匹马根本就不存在！我在布莱顿根本就没发现过那两匹叫冒失鬼和智慧女神的马。那些所谓的它们参加过的比赛根本就子虚乌有。也根本没有什么伦敦皇家银行，有人用伪造的支票支付给那些受害者，作为他们的奖金。我今天早晨查了一下，英国的法律体系里根本就没有什么赛马赌注登记经纪人。毫无疑问，这是一个骗局，彻头彻尾的骗局。任何比我的客户稍微聪明一点点并能够控制自己贪欲的人，都能看穿这个骗局！"

他不安地穿过房间，走到窗边，凝视着威斯敏斯特路上的垃圾袋。过了一会儿，他转过身来："福尔摩斯先生！那些罪犯不但伪造了不存在的银行支票，还伪造了一张知名的赛马报纸。因此，他们肯定有一台印刷机，一台甚至可以印刷银行信纸的印刷机！这是大规模的诈骗活动，天知道他们下一步还想要做什么。"

福尔摩斯从自己的背心上弹落了一片儿烟灰："亚伯拉罕先生，关于这个，我相信，我知道他们接下来会采取什么行动，也知道他们将在什么时间和地点采取行动。几乎可以确定，一丝不差。"

福尔摩斯的话非常出乎律师的意料。

"你怎么知道这些的？"他问道。

福尔摩斯设法让他平静下来："如果你愿意去阿彻和他的公司的话，你搞不好也会知道的。"

来自巴黎的消息让律师的情绪有些激动，所以，自从威廉·亚伯拉罕先生到这里之后，还没能给福尔摩斯机会描述之前的那天晚上发生的事情。听完福尔摩斯的描述之后，律师先生的脸色变得非常苍白。

"入室盗窃被捕？天啊！因为这个你可能会被扔进监狱里待上 14 年的！"他惊呼道。

福尔摩斯把他烟斗里的烟灰倒进火炉里。

"我可不这么认为。"他看着亚伯拉罕先生说，"到目前为止，我没有因为任何罪行而被指控，而且因为缺乏作案动机或者一个合格的目击证人，我还获得了保释。对于克拉克督察和那位夜间值班的督察为什么会这么快就把我放出来，我还有些好奇。不过，这件事我们等一下再谈。而针对我提供的证据，警方很难找到一个和蒙哥马利少校有关的证人对我提出反对意见。我是作为一个提供赛马内幕情报的人找到那间公司的，他的广告上需要这样的人才。而且我当时发现，那里的门是打开的，我也没有破坏任何东西。如果那位蒙哥马利少校拒绝出庭的话，警察将很难起诉我。不过，就像龚古尔夫人刚刚得知的那样，那位少校只是一个名字，是一个不存在的幽灵。虽然鬼怪这种东西经常会让我们不得安寝，不过我可不记得有哪一位鬼怪曾经在中央刑事法庭的证人席上出现过。”

说完，他从桌子上拿起了那份奥克利的“银器抛光”的广告。

“我昨天被带进审讯室后，遭遇了最恶劣的搜查，我的衣兜儿被翻空了，我随身携带的小刀也被做了重点标记，不过那把刀子上非常干净，而且那把刀也太小了一点儿，不可能成为指控我的证据。但是他们忽略了这张广告，在这起案子里，这是最重要的一个线索。我觉得，这正是苏格兰场智力有限的证明。”

亚伯拉罕先生盯着那份广告看了一阵。

“奥克利！为什么那群魔鬼会和这样一个银器抛光的广告联系到一起?”律师先生的嘴角因为糟糕的心情轻轻地抽搐了一下，然后，他把那张广告递了回来。

福尔摩斯笑了笑：“这份广告就出现在那栋房子的门里，一般没有人注意它。不过，装这份广告的信封上用铅笔写着地址，并且不是邮递员送来的，而是直接被人送到了那里去。”

“这种发放商业广告的方法很不正常吗?”

“我仔细检查了阿彻公司的桌子上的记事簿。”福尔摩斯不卑不亢地说，“柔软的记事本上还保留着在上一页纸上写字时留下的痕迹，仅仅凭着手指的触摸，犯罪学家就可以在上面找到很多有用的线索。如果你能够熟练地使用石墨粉，就能把那种痕迹清楚地显示出来。当然，我的这些经验不想用在离婚法庭的婚姻悲剧上。不过，我可以向你保证，铅笔的印记绝对可以让很多幸福的婚姻分崩离析。”

“那么，你通过这样的实践得出了一个什么结论呢？”亚伯拉罕先生坐在那里，继续顽固地坚持着他怀疑的态度。

“某个人曾带着一个十分紧急并且秘密的消息去了诺森伯兰德街。可是，他想要找的那个人当时却不在那里，或者说根本就没人在那里。不过，访问者却进入了那间办公室，相信我，这并不难做到。他口袋里装的印刷广告就是为了这种可能出现的状况而准备的。但是这个广告必须送到正确的人手里才能理解它的意思。然后他做了什么呢？他拿出了一个信封，把广告放了进去，在信封上用铅笔写上名字，并把它丢到地板上，和其他的信混到一起。这样一来，除了那个能看懂它的人之外，这封信不会引起其他人的注意。就算是一个警察看到这封信，也会把它随手丢进垃圾桶里。”

“我想……”亚伯拉罕先生变得有些失去耐心了，他想开口说话，却被福尔摩斯举手拦住。

“不过，那位未知的来访者当时显然有些紧张，因此他写字的时候有些过于用力，字迹穿透了信封和里面的广告，在记事本上留下了痕迹。这种匆忙和紧张对于一双受过训练的眼睛来说，要分辨出来实在是太容易了。我注意到，铅笔尖在第一次写出‘诺森伯兰德’的时候还因为过于用力而断过。”

“这一切都是为了那张银器抛光的广告吗？”

福尔摩斯轻轻笑出声来：“是为了那张广告上附带的信息。当然，用预先准备好的代码代替奥克利先生们众所周知的宣传广告不太现实。不过，先生，我捡起这封信的时候，在这个信封上闻到了一种特殊的气味。这是某种化学药品和芳香剂混合的气味，犯罪学家可以分辨出这种味道。最常见的是家用漂白剂或者氨水，这种药剂也是一种很好的隐形药水。”

“那么你从这上面已经读到什么秘密的信息了？”

福尔摩斯摇了摇头：“我的确想这么做，不过，我这么做的时候，需要一个人在我旁边作证。”

“你可以在昨天晚上找一个警察当你的证人。”亚伯拉罕先生说。

“我可不认为我需要一个警察来给我作证。你坐过来一点儿。我现在把这张纸放到火炉上烤一下，就像人们经常说的那样，如果一两分钟之后这上面不出现隐藏的字迹，那我就把我的帽子吃掉。”福尔摩斯说。

两个男人注视着那张广告。一开始，他们只能看到火焰的光芒在广告上银质器皿的图案背后跳动，过了一会儿，在纸张的空白处出现了黄褐色的焦痕，就好像这张纸可能会被烧焦并且燃烧起来一样。又过了一会儿，黄褐色的斑块上开始出现字母状的白色痕迹。慢慢地，广告边缘部分的字母变得越来越多，就像天花板上的饰带一样。

广告上写着：

“亲爱的比尔，有一个很重要的消息。让那些年轻人保持镇静，随时准备撤离。我一定要尽快见到你，见面的时候一定要携带这张字条。我想，你们中的一部分人应该得到了命令，如果还没有的话，命令可能会很快就会到达，所以你们必须密切注意这里的一切。”

“这个给你。”福尔摩斯轻声说，然后把广告递了过去。

在这一刻，亚伯拉罕先生对福尔摩斯的态度经历了一个一百八十度的大转变。在他看来，歇洛克·福尔摩斯现在就是世界上唯一能拯救他客户的人了。

但是他仍然被困惑所包围着：“如果那些人打开你留下的空白的信封，发现里面只有一张白纸的话，他们会不会察觉到哪里出问题了?”

福尔摩斯皱了皱眉头：“我与你想的正好相反。如果那个把这个消息送到那里的人打开信封，发现里面的空白信纸之后，他可能会认为，他送出的消息已经被人收到了。而其他人看到那张白纸，会以为这是某种信号或警告，然后在之后的一段时间里陷入混乱之中，而不是怀疑这封信被人掉了包。这样，我正好可以浑水摸鱼。”

尽管已经对福尔摩斯有了信任，可是律师先生仍然有些焦虑：“福尔摩斯先生，我担心，这么做可能会徒劳无功，我们可能需要花几个月的时间才能看到结果，这个案子搞不好会牵着我们的鼻子跑遍整个欧洲。”

福尔摩斯的脸上装出了一个惊讶的表情：“如果真的是那样的话，我会很遗憾的，亚伯拉罕先生。在我的计划里，调查在这周就会得出结论，最迟在下周结束。至于他们的位置，如果我说他们在我们附近方圆5英里范围内，你会感到惊讶吗?不过，现在时间紧迫，我们的当务之急是立刻见到苏格兰场的警探主管威廉森先生，我今天必须见到他!”

亚伯拉罕先生惊愕地看着福尔摩斯：“这不可能！你能在一周之后见到他就算很幸运了。如果你关注政治新闻，你就会看到……”

“我从来不关注那些东西。”福尔摩斯随口说。

“你应该看一下，你会看到，他今天一天时间都会出席一个关于刑法修订的议会特别委员会会议。”

“你确定那是他?”福尔摩斯从衣橱里拿出了自己的披风，“如果是这样的话，那我的哥哥麦克劳夫特将会给予我们很大的帮助，他是政府多个部门的顾问，对于这个委员会的建立起着重要的作用。前天晚上他还告诉我说，他现在在那里担任委员会秘书。我一般对这样的机构都不太感兴趣，不过刑法方面的例外。也许你听说过麦克劳夫特·福尔摩斯，他是佩尔梅尔街的戴奥真尼斯俱乐部的创始人之一。这个俱乐部的所有成员几乎都在那个怀特霍尔街的政府小圈子里。麦克劳夫特认识那条著名大街上的每一个人。首相可能会像走马灯一样换来换去，可是他一直都在那儿。当弗雷德里克·阿道弗斯·威廉森先生申请成为戴奥真尼斯俱乐部的会员时，他投了赞成票。我还要顺便说一句，威廉森被他的朋友们称为‘多莉’。”

“你太让我吃惊了!”亚伯拉罕先生说，在那天早晨，他的脸上第一次露出了笑容。

这时，福尔摩斯已经扣上了他风衣上的最后一个扣子，他抬起头来说：“我并没有打算让你惊讶。不过，我相信你很快就会得知，特别委员会主席兰达夫勋爵将会觉得，在今天11点左右的午餐时间不太方便留在那里。也许他现在还没有这种想法，但是我向你保证，在我联系过麦克劳夫特之后，他就会有这种想法了。至于威廉森先生，他会觉得，在威斯敏斯特宫里的时间分外难熬，也许有戴奥真尼斯俱乐部的一位成员陪在他身边的话，他会觉得好一些的。我可以向你保证，他会很高兴有人找他聊聊的。”

4

中午前一刻，歇洛克·福尔摩斯跟在一位穿着制服的仆人后面，走过了一条用蓝色、黄色和棕色瓷砖铺成的钻石图案的走廊。穿着红色制服和皮鞋的官员们从他的身边匆匆走过，就好像那些扑克牌上的呆板图案突然出现在身边一样。前面是一座座哥特式的大门，上面有浮雕和镀金作为装饰，门上贴着“运动”、“顾问”、“法院管理”或者“制表办公室”这样的标签。在福尔摩斯的头顶上方是扇形的穹顶，上面画着漂亮的壁画，内容是詹姆斯国王把国玺丢进泰晤士河而威廉国王则再次把它找到的故事。

随后，仆人为福尔摩斯打开了一扇门之后退开，福尔摩斯走进房间，从窗户看到外面的泰晤士河，还有萨里岸边的铸造厂、玻璃房子和印刷厂，这些工厂的烟囱向寒冷的天空排放着烟雾。屋子里有一张几乎有整个房间那么长的橡木桌子，和桌子配套的是靠背笔直、雕刻着都铎式风格图案并且配着红色垫子的椅子。在一个灰色的大理石壁炉旁站着两个人，其中一个就是歇洛克·福尔摩斯的哥哥，尽管他的身高和体型都和福尔摩斯有所差距，可还是能一眼把他认出来。

麦克劳夫特·福尔摩斯比歇洛克·福尔摩斯年长 7 岁，是一个身材高大、懒洋洋的男人，他那长着粗眉大眼的脸上，有着和他弟弟同样的尖锐的线条。他那略显粗笨的身材却有一个充满智慧的大脑袋，有着浓重的眉毛和青灰色的极富穿透力的眼睛。他的手掌巨大而扁平，第一次看到这双手的人往往会把它和海豹的脚蹼联系到一起。看到福尔摩斯进来，他转向站在他身边的身材矮壮的同伴。

弗雷德里克·阿道弗斯·威廉森长着一张宽脸和羊排胡子，举止文雅，他是哈默·史密斯警官的儿子，通过自己的努力获得了提升，勤奋地管理着苏格兰场的警探们。

这三个人在长桌的一端坐了下来，长桌上散乱地放着特别委员会的文件。

“阿彻和他的公司？”麦克劳夫特对他的弟弟说，“在诺森伯兰德街，我们比你先注意到那里，是吧，多莉？”

“这是一起跨国案件。”威廉森面带微笑地回答道，“苏格兰场和法国警察联合对那里采取了监视行动。”

歇洛克·福尔摩斯从他的话里敏锐地察觉出一丝对自己的敌意：“关于那些伪造的报纸和欺骗性的投资吗？”

“就是这个。”威廉森颇有几分自我陶醉地说。

“我想，歇洛克，”麦克劳夫特·福尔摩斯谨慎地说，“我们应该感谢我们的警察系统，他们为了公民的利益注意到了这起案件，大概我们很快就可以把那些巴黎的信贷骗子绳之以法了。”

“仅凭猜测去判断事物是一种陋习！”歇洛克·福尔摩斯尖锐地说，“因为这样缺乏逻辑性……”

麦克劳夫特没等歇洛克说完，就打断了他的话，插入了一个嘲弄似的道歉：“你知道吗，多莉？我弟弟的嘴里含着一块儿热煤块儿都要比一个聪明的评论员说话更尖锐。巴黎那座城市……”

“我可不是来这里讨论巴黎的。”福尔摩斯轻声说，“我关心的是那个所谓的‘赛马场损失防范协会’，还有这个协会的创造者休·蒙哥马利少校。”

麦克劳夫特和主管对视了一眼，很显然，他们根本没听说过蒙哥马利少校，不知道他是何许人也。

“不是巴黎城市的信贷诈骗吗?”麦克劳夫特问道，“也许，歇洛克，我们需要向你透露一点儿我们掌握到的秘密。”说着，他看了眼正低头看着自己的手的威廉森，然后快速地点了点头。

“关于巴黎的城市信贷案件。”麦克劳夫特缓缓地说，“是他们通过广告手段来融资，用于重建古代城市的地下水道。广告上承诺，这么做可以消除霍乱和类似的传染病，减少因为这些疾病所引起的死亡。据说这件事由法国政府担保，每年向参与融资的股东支付百分之十五的利息，五年后返还全部的投资成本。英国和法国的私人投资者已经开始在为这件事情公开招标了，他们几乎是在恳求那些发起人把他们的钱拿走。这些投资者拿到了销量最高的法国报纸为这家公司做广告的副本，其中包括《费加罗报》、《世界报》和《巴黎财经报》，这些报纸把这项投资称为可以经营一生的投资项目。这也是为什么那么多投资者在为这个公司融资期间申请信用贷款的原因。”

说着，他看了一眼坐在那里的主管，就像歇洛克·福尔摩斯后来向我形容的那样，那个人看起来就像是蜷缩在末日的丧钟之前一样。

“我可以把剩下的事情告诉我弟弟吗?”麦克劳夫特·福尔摩斯问道。

威廉森犹豫了一下，然后头都没抬地点了点头。

“我必须提醒你!”麦克劳夫特·福尔摩斯看着歇洛克说，“我告诉你的事情绝对不能传出这个屋子。我要你向我最严肃地承诺，直到这件事可以让公众知道之前，都不要让别人知道。”

歇洛克·福尔摩斯撇了撇嘴，思考了一下他哥哥为什么以这种态度要求他做出这样的承诺。

麦克劳夫特·福尔摩斯继续说：“巴黎城市信贷案件和直到刚才你告诉我我才知道的赛马场欺诈案件，只是他们最新的诈骗方式。这样的犯罪活动在过去的三到四年之间一直在发生，只不过这些事情没有告知媒体，向公众封锁了消息。他们先在爱丁堡，注册了一家‘加纳德和他的公司’，然后摇身一变，又变成了‘巴黎自由财团’。还有什么‘克莱斯托’和‘埃及信贷’，以及什么‘乔治·华盛顿·莫顿’和‘纽约全权委托投资机构’。它们就像雨后的春笋，今天砍掉这个，明天就出现那个，查也查不完，永远不停地出现。”

“那些犯罪者是什么人？”歇洛克·福尔摩斯疑惑地问道，“难道他们会飞？不然的话，为什么他们会在不同的地方出现？”

“到目前为止每一个案子都是这样，看上去我们马上就要抓住他们了，可是抓捕的警察却扑了个空，罪犯已经逃走了。”

“这很正常。”歇洛克·福尔摩斯打了个哈欠，“这些事情根本没必要保密。难道你还要告诉我更惊人的内幕吗？”

麦克劳夫特摇了摇头：“这些都不重要，你需要发誓保密的是这个。”

说着，他拿出了一个装着照片的信封。

福尔摩斯抽出相片，从胸口前口袋里掏出小放大镜，仔细地观察着这些照片。照片上是三张已经被烧了一半儿的纸，照片是在这三张纸化为灰烬之前拍的，拍照的时候，那三张纸已经被烧得没法碰了，一碰就会化为灰烬。照片上的纸实在太小了，在第一张纸上能看到“加纳德和……”，在第二张纸上能看到“1月19日”，在最后一张纸上能看到“想要联系……”除了这几个简单的单词之外，就什么也看不到了。

“还有这个。”麦克劳夫特·福尔摩斯递给了他弟弟第二张照片。

歇洛克·福尔摩斯并没有在第二张照片上浪费太多的时间。照片上的文件的开头是“爱丁堡警察部队”，还有一个日期和月份。“付款行克莱兹戴尔银行”的字样清晰可见，还有很明显的“被拘留审问”几个字。

“哎呀呀！”他平静地对麦克劳夫特说，“这和我猜想的一样。你能告诉我这些有趣的碎片是在什么地方被发现的吗？”

“这是几张纸的残骸，丢掉它们的人以为他已经把这些都销毁了。发现这些碎纸片的时间不同，所以我们可能永远也不知道还有多少这样的诈骗活动还没有被我们得知。碎纸片是在他们的一间办公室的壁炉护栏后面发现的。在两起案子里，有人在这些纸上放了很多煤炭，才让其得以保存下来。这些没有烧尽的碎片是在一个金属灰罐后侧发现的。为此，我们必须感谢那个负责烧毁这些东西被我们称为诚实的仆人的人。”

“那么……”福尔摩斯随口说，“能告诉我这个或者这些护栏的位置是在哪里吗？”

麦克劳夫特看了一眼主管，但是并没有得到确切的答复，然后又转过身，看着自己的弟弟，用如同猎鹰一般的目光打量着福尔摩斯的脸，“就在苏格兰场的警探办公室里。一个在警长的办公室里，另外一个在督察的办公室里。这两份文件被送到办公室后，还没登记就被毁掉了。有人在文件送到办公室之后不久就把它们毁了。我们确定，这些文件来自于另外一个警察部门，这些部门要求立刻拘捕某位嫌疑人或者是某个已经被确定的罪犯，但是这些文件却被侦探部的人有组织地在警长办公室和督察的办公室里烧掉了，这表明，这个犯罪团伙的影响范围有很大。”

麦克劳夫特·福尔摩斯详细解释的时候，威廉森主管脸上露出痛苦的表情，如同正身受千刀万剐一般。

“事情比我想象的要严重。”歇洛克·福尔摩斯说，他冷静地思考着问题，“我认为，这个案子的侦破过程中有一个致命的错误，我们不应该在系统里到处寻找那名叛徒，而应该考虑一下什么人最不会成为叛徒。”

威廉森抬起头看着他：“就像你说的那样，福尔摩斯，我们已经进行了相关的排查。在侦探部门有20个警官，我毫不怀疑他们的清白。尽管其中有一位托拜厄斯·格里格森督察犯过一些小错误，但是我敢用我的性命担保他是清白的。还有一位拉斯特雷德警官，他的人品可能有些瑕疵，可是这些案件发生的时候他并不在场，所以不可能和他扯上关系。”

“的确是这样。”福尔摩斯轻轻地点了点头，“我见过那位拉斯特雷德警长，据我的观察，他显然没有辜负你的信任。”

主管先生虽然有点儿惊讶，但是表情看上去也很满意。

“那么，威廉森先生，请你告诉我。”福尔摩斯又说，“你能把拉斯特雷德先生借给我几天或者几周的时间吗？”

“把他借给你？”麦克劳夫特·福尔摩斯用他打雷一样的声音打断了福尔摩斯的话，“你想要干什么，歇洛克？你这么做的目的何在？”

“唯一的理由就是……”他的弟弟也同样不拘小节地说，“我只有一双手，不可能同时用在两个不同的地方。至于说目的嘛，如果你把他借给我，那么一伙骗子威胁我的客户的行动和这伙骗子阴谋将苏格兰场蛀得千疮百孔的行动，也许在下周的这个时候就会成为过去式。”

他的话显然惊动了那位主管先生：“我不知道你有什么目的，可是这么做完全不符合规矩，福尔摩斯先生，从来没有过这种先例!”

不过，经过再三考虑，麦克劳夫特·福尔摩斯最后站到了他弟弟这边。

“多莉，和把苏格兰场毁掉同时让我们的街道变成彻底的无政府状态比起来，任何不合乎规矩以及没有先例的事情都不重要了！如果拉斯特雷德一周时间不上班就可以避免这些可怕的事情的话，我相信，即使内政大臣或者首相先生为此向我问责，我也可以很有力地回答他们的问题。”

这两兄弟很少在某个观点和目的上达成共识，但当这样的情况发生的时候，这个世界上几乎没有什么力量能击败他们。

5

拉斯特雷德警长的暂借起始于那天晚上。那天下午，福尔摩斯独自去了维利尔斯街，并在那里把自己打扮成了一个须发雪白、弯腰驼背的老头子，因为他的姿势和动作让他的身高降低了两三英寸。当他向我讲述这个胜负已分的比赛的故事时，他对那个前一天晚上他被抓的前一刻，在那个皮包公司的办公桌上的记事簿上用大写字母写下的消息笑了笑。福尔摩斯说，这是他做过的最干净漂亮的一件事了。“紧急会面！我明天（星期二）下午三点整在查令十字街口站的拱门下，维利尔斯街的威廉国王雕像对面。”

谁将看到这张字条呢？看到这张字条的人会以为写字条的人是谁呢？福尔摩斯在威廉国王的酒吧沙龙的窗边找的一张桌子边坐下的时候，还有10分钟才到3点钟。从这个位置，他可以看到沿河而建的狭窄的街道的全貌。在远处，车站的拱桥上是售票大厅和站台，东南铁路在那里穿过整条亨格福德桥。在车站下面，维尔利斯街上的小店就像处于一个阴影下的繁忙峡谷里一样。

福尔摩斯有一双训练有素的眼睛，即使特拉法尔加广场上挤满了人，他也能像老鹰一样，随便一瞥就找到一张他想找的面孔。

就在三点前的几分钟，一个男人出现在街道的入口处。这个家伙身材结实，穿着一件犬牙式契合法的西装，一般情况下，这样打扮的人大多数出自埃普索姆或者纽马克特，来自“赛马大亨”或者“粉色组合”的具有冒险精神的家伙才能穿出这样时髦的打扮。因此，福尔摩斯并没有在第一时间把这个家伙和蒙哥马利少校联系到一起。那个家伙站在那里，向街道的方向看了看，然后和他背后的另外一个人说了句话，另外一个人始终处于福尔摩斯视线之外。不过很快他就出现了，那是一个衣冠楚楚的长着黑头发并且身材消瘦的男人，穿着双排扣长礼服，配着柠檬黄色马甲，穿着灰色的裤子和高筒靴。这两个打扮不太相配的人沿着维利尔斯街向拱桥的方向走去。第一个出现的那个人走起路来摇摇摆摆，就像是长期在船上生活的水手刚上岸一样，而另外一个则像舞蹈大师一样步伐精确。福尔摩斯轻轻一笑，他这样笑的时候，往往意味着某个家伙将要倒霉了。很显然，他发现了猎物。

福尔摩斯注意这两个看似闲逛的人时，一个人从堤岸向他们小心地走了过去。福尔摩斯已经注意到了他那张有着姜黄色头发，面色苍白并长着雀斑的脸。他突然想起了前一天晚上，他在“阿彻和他的公司”的办公室里被抓的时候在他身后响起的声音：“那么你现在还想怎样，我的花花公子?”

走向那两个人的正是那位米克尔·约翰警长。他在那两个人面前停了下来，和那个衣冠楚楚的舞蹈大师匆忙地交谈了几句，与此同时，那个矮胖的观查员仔细地观察着周围的街道，似乎是在检查他们是否被盯梢了。在福尔摩斯所处的这个距离，想要穿过涌动的人流空隙监视那几个人之间的交流非常困难，但是福尔摩斯从他们脸上的表情看到了他想知道的东西。他知道了，那位米克尔·约翰和那个灵巧的舞者在互相询问，问对方是否用铅笔在记事簿上留下了一条信息，把他们紧急召集到这里来。不过，他们都摇头否认了这件事情，然后问对方究竟发生了什么。在这个过程中，他们还在不停地四下张望。这个意图做得不太明显，但是对于为他们设下了这个陷阱的福尔摩斯来说，他们现在清醒已经太晚了。接着，他们又开始讨论另外一件事。福尔摩斯猜测，可能是有一个人发现了那张留在信封里的白纸，而另外一个则说，自己当时留下的是另外一条不同的信息。

之后他们分开了。福尔摩斯动作迅速地走到了酒吧的窗户后面，试图穿过拥挤的人流跟踪那个灵巧的小个子和那个矮胖的观察员。那个米克尔·约翰先生现在对他来说已经不重要了。不过，福尔摩斯走到街上的时候，向河那边看了一眼，突然在那里发现了第四个人，乔治·克拉克督察。现在很难确定克拉克和米克尔·约翰是不是一伙的，但是他和米克尔·约翰之间的距离并不远。在那里，克拉克给了报童一个铜板，然后缓慢地顺着堤岸向苏格兰场走了过去。

那两个被福尔摩斯盯住的家伙显然对如何摆脱盯梢很有经验。他们先停了下来，往回走了一段儿，然后又突然返回继续前进，目的是看看身后有没有一直跟着他们的影子。福尔摩斯则在他们身后迂回跟踪，从铁路站台的高处观察着他们的行踪。这两个人无法确定他们是不是已经被人跟踪了，但是出于安全考虑，他们突然分开，向不同方向走去。福尔摩斯早就预料到了这一点，而且早已把那个灵巧的舞者当成了他的追踪目标。到目前为止，福尔摩斯还没有让那个自己从威廉国王雕像那里就一直跟踪着的猎物看到自己的容貌。他反穿着外套，露出了里面褴褛的防水华达呢内衬，他原本整洁的帽子经过处理变成了一个干粗活的人常戴的那种“奶酪切割机”。福尔摩斯还戴着很重的眼镜，眼镜片的厚度只有那些视力逐渐衰退的账房会计才能达到。最关键的是，歇洛克·福尔摩斯从身材笔挺、衣冠楚楚变成了弯腰驼背、衣衫褴褛的做苦工的人，这很有效地隐藏了他的真实身份。

这是一场神奇的捉迷藏游戏。在最开始的20分钟里，这个游戏在查令十字街口站进行，舞蹈大师在这里表演了一个教科书式的突然转弯和改道来摆脱任何可能的跟踪者。他走过繁忙的站台、人行天桥、洗手间，还在售票大厅里买了票，并且通过检票口上了一个站台。福尔摩斯仔细观察着他，他判断，如果一个人打算赶火车的话，就不会费尽心机地像刚才那样绕圈子了。不过，很快就证明他错了，他的猎物从一列火车的车厢门钻了进去。

歇洛克·福尔摩斯赶紧走进售票大厅，买了一张去多佛的火车票，在火车出发之前通过检票台，上了最后一节车厢。火车发出隆隆的声音，缓缓开动，不久之后慢慢地通过了长长的跨河大桥，进入滑铁卢车站。火车停下来后，福尔摩斯用一个小镜子观察着整列火车，这样他就不需要把自己的头暴露在车厢外面了。火车汽笛被拉响，就在火车开动前的最后时刻，最前边那节车厢的门突然被打开，那个衣冠楚楚的人从火车上跳了下来。福尔摩斯也在车厢关闭之前跳下了火车，躲在一个装满行李的手推车旁边，继续观察着猎物。

猫捉老鼠的游戏再次开始。那只猫一直没有被老鼠看到，但是那只老鼠似乎闻到了危险的气味。突然之间，福尔摩斯跟丢了他的猎物，不过他知道猎物走的路。福尔摩斯三步并作两步地上了天桥，然后惊讶地发现，在远端的铁道上，一辆火车在缓缓启动，那个衣冠楚楚的人正站在第一节车厢的窗户后面向他挥手道别。

如果是其他猎人的话，可能在这个时候已经输掉了游戏，但是对福尔摩斯来说，他已经赢得足够多了。他的猎物不顾一切地努力摆脱追踪者，最关键的是，他通过猎物的这一系列行为确定，他已经回到了查令十字街口。他为什么要这么做？是什么东西约束着他，让他必须回到那个火车站吗？那里还有其他火车开往伦敦或者英格兰的其他地方吗？不，这不可能，每列从查令十字街口站驶出的火车都会通过滑铁卢站。他要去见另外一个同伙吗？显然也不是这样，因为从这个游戏开始到现在已经过去半个小时了。那他还有什么目的呢？他为什么要回去呢？因为他的老巢在那里吗？没错，那儿就是他的老巢。一个人在诺森伯兰德街上的什么地方操纵巴黎城市信贷案和赛马场损失防范协会案更有利？哪里距离斯特兰德大街上的伦敦皇家银行甚至苏格兰场的卧底更近一些？

一个巨大的影子出现在歇洛克·福尔摩斯的脑海里，那就是豪华的像巴黎歌剧院的查令十字街酒店。

20 分钟之后，福尔摩斯走进酒店里，脸上恢复了一如既往的高贵。他手里拿着一份报纸，树莓色的台柱之间的一个镀金圆柱的光滑表面上映出了他的影子。过了一会儿，他在书店门前坐了下来，把自己的脸藏在《晨报》后面，但眼睛却一直没有离开那根能反射出影子的柱子。大约一个小时之后，福尔摩斯在柱子上看到，一个人向一位穿着黑天鹅绒长袍的年长女士脱帽致敬，这位女士正在借助拐杖向前行走。那个行礼的人的装扮非常得体，身穿奶油色亚麻西装，胡须十分整齐，眉毛也仔细地修剪过，举止彬彬有礼。如果他拿一根手杖的话，也许能摆脱那种花花公子的气质。

福尔摩斯听到了从前台传来的抱怨声："蒙特莫伦西侯爵……"

"竟然是'狮子狗'本森，真没想到。"福尔摩斯低声说。

6

"拉斯特雷德警长，有人告诉我，你是一位诚实的人。"

"我可以证明这一点，福尔摩斯先生。"这位苏格兰场官员语气里听不出什么愤恨的意思。

"没错儿，就是为了让你证实这一点，你才会出现在这里。那些人还告诉我，你是一位聪明和足智多谋的侦探，你的很多同事都喜欢鲁莽地打草惊蛇，并且什么都发现不了。"福尔摩斯说。

"这件事我无权说什么，先生。"拉斯特雷德小心地说。

"你可以相信这一点，他们就是这样的。"

这就是福尔摩斯和未来的政治保安处以及犯罪调查部的督察拉斯特雷德之间的首次对话。那天晚上两个人坐在一辆停在查令十字街酒店前院的出租马车上。当时，天色很黑，透过迷雾还下着毛毛细雨。在水纹荡漾的水塘里，潮湿的鹅卵石反射着灯光。尽管周围十分昏暗，依然可以看见拉斯特雷德警长精干和冷酷的脸部轮廓。福尔摩斯穿着他的披风，戴着有御寒耳罩的旅行帽，身边放着一个皮包，上面贴着途经福克斯顿和布伦的夜间渡轮的标签。

他在座位上微微转动了一下身子，直视着警官。

“你对接下来几天的事情都清楚了吗?”

“威廉森先生和麦克劳夫特先生在内政部都向我交代清楚了，先生。只要不违反法律，我会执行你的命令。如果我对此有疑问的话，会通过内政部的麦克劳夫特·福尔摩斯先生联络威廉森先生的。”

福尔摩斯诚恳地说：“我非常希望我哥哥不要卷进这件事来，不过，这显然很难做到。”

“关于这个，”拉斯特雷德说，“我不该做任何评论。”

“好吧，那么我现在给你指令：首先你将被雇为查令十字街酒店的前台，或者到这间酒店里其他什么需要你的岗位上任职。”

“你让我去当一个职员，先生?”拉斯特雷德吃惊地说，“我不知道这个任务竟然要我去当一名酒店职员，福尔摩斯先生!”

“不管你有没有这个能力，你都会在那里找到一个工作。你在那里可不是孤身一人，有一位资深人员会在那里协助你，他是完全值得信赖的，他也知道你的真实身份。”

“我必须要做这些吗，先生?”拉斯特雷德问道。

福尔摩斯以极大的耐心劝说他：“你会因此而获得荣誉的，拉斯特雷德。此时此刻，一个最危险的犯罪阴谋正包围着巴黎和伦敦，因此我们两个人必须有一个留在这里，另外一个到巴黎去。我今天晚上就动身赶往巴黎，我要在那里熟悉那里的语言和那座城市，接触那些能给予我们必要帮助的官员。我会离开几天。你在这里的任务很普通，但是必须有人去做。”

在油灯照射的灯光下，拉斯特雷德看上去显得很不安。

“要我做?”

“当然！查令十字街酒店地处伦敦的心脏位置，又距离去巴黎的港口很近，对于国际性的犯罪团伙来说这里的位置很方便。我在内政部花了两个小时的时间才从我哥哥那里挖出来一条新的情报，针对澳大利亚商人詹姆士·莱斯特·瓦朗斯有一个全新的阴谋，他在澳大利亚商圈里很有权势。

“我们目前就知道这些。他不会是那些坏蛋的第一个受害者，可是他的地位却比之前所有受害者都高。瓦朗斯投资金矿挣了一笔钱，后来又损失了一大笔钱，但是他又在开发新南威尔士到昆士兰的铁路上赚了一大笔钱。他在6周之前来过伦敦，就住在这间酒店里，而且他还会回来并继续住在这里。我现在无法保护这位瓦朗斯先生，所以你必须保护他。在此期间，你每天都必须向内政部报告，然后从那里接收新的指令。你不要试图以其他任何方式和我联系，也不要接近苏格兰场。瓦朗斯现在正在欧洲旅行，一两天之后就会到这里。我还知道，他很快就要结婚了。无论有什么针对他的暗算和阴谋，查令十字街酒店都会是犯罪现场。我能提供的信息只有这些。”

“你有他的照片吗？”拉斯特雷德充满希望地问道。

“目前还没有。但是，你会在第一时间认出他来。我哥哥向我介绍了的他外貌。他比你我都高，比我们也更粗笨一些。他长着黑色的胡须。他的脸部因为长期的户外生活，被阳光和风留下了很深的印记。他出门的时候，喜欢拿一根黑色的檀木手杖，手杖上有一个银质的镶边，上面装饰着一个小小的狮鹫怪兽以及他名字的首字母缩写‘J. L. V’。”

“那他的声音呢？”侦探低声问道，“外貌是一回事，福尔摩斯先生，但是声音是另外一回事。”

福尔摩斯看着他，就好像连他也没有想到这一点，对于拉斯特雷德的机智，他表示很赞赏。

“他的声音我们一无所知。我们还没有人听他说过话。”

拉斯特雷德拿起自己的包。

“那么，我祝你在晚上有一个愉快的旅程，福尔摩斯先生。也许我在未来的几天里有很多事要做，但是我很高兴能参与进来。我现在就去前台找经理，可以吗?”

“当然!”福尔摩斯说，透过昏暗的夜晚凝视着他的新帮手，“你将从我的哥哥那里听到我的消息，不是明天就是后天。”

拉斯特雷德打开马车门，走进了毛毛细雨之中。就在这种情况下，拉斯特雷德开始了他与歇洛克·福尔摩斯之间的第一次合作。

7

两天后的早晨，拉斯特雷德从擦得很亮的红木接待处后面，第一次看到了詹姆斯·莱斯特·瓦朗斯，他正从树莓色的大理石台柱中间穿过大厅。就像麦克劳夫特·福尔摩斯描述的那样，没有人会认不出这个轮廓粗犷的巨人，认不出来他是不可能的。

歇洛克·福尔摩斯对于瓦朗斯的描述很准确，他身体健壮，蓄着胡子，应该大部分时间都生活在艰苦的地区。瓦朗斯看起来更像一个乡村旅社而不是这样的豪华酒店里的常客。不过，在这个双手粗糙的采矿人和修路者那粗犷的外表下，有很明显的和善和质朴，他的一举一动就像一个正在浏览欧洲奇观和道路的孩子。

新来的客人的两点引起了拉斯特雷德的注意。首先，瓦朗斯烟瘾很大，他经常出现在温暖的被烟熏得发黑的吸烟室。那里光线昏暗，墙上有著名运动员的模糊的油画，还有黄铜灯具和嵌入式的家具，还有一张打牌用的小桌和红色长绒棉布。第二点是，每天早晨和晚上，他都会收到一封用散发着淡淡香味的粉色信封装着的信，在信封上，整洁的女性笔迹写着收件人瓦朗斯。信封的封口处有一个很小的蓝色宝冠的印记。拉斯特雷德从这封信推断，无论那些人想给这个澳大利亚人设置什么陷阱，这个女人可能就是个很好的诱饵。

另外一封信的寄信人地址上是一个叫“上流人士困境互助会”的组织，这个组织似乎是在向瓦朗斯对他们的帮助表示谢意。拉斯特雷德向麦克劳夫特·福尔摩斯汇报这些情况的时候，他收到了一封的电报，电报上写着“福尔摩斯，克利翁酒店，法国巴黎协和广场”。福尔摩斯在电报上要求他，仔细地观察那位澳大利亚人的左手拇指有什么怪癖，它在早晨和晚上有什么变化。

拉斯特雷德在很多年后向我承认，他和福尔摩斯打了那么久的交道，没有哪次像这封电报那样带给他如此多的困惑。他搞不清楚瓦朗斯的左手拇指和这个案子到底有什么关系，它在一天当中会有什么变化。

警探先生很幸运，大堂经理给了他充分的自由，但这并不意味着他能回答福尔摩斯的疑问。他近距离地观察了瓦朗斯一整天也没找到答案。那个澳大利亚人对吸烟室和打牌桌的迷恋让他的观察行动变得很容易实现，因为这位客人，拉斯特雷德成为了一名吸烟室的临时服务员。

不过，这位有些羞怯的瓦朗斯先生似乎对伦敦的社交界敬而远之，他把自己的全部精力都投到了那张小牌桌上。那张桌子整天被几个吃苦耐劳的灵魂日夜占着，其中一位就是那个在街上虚张声势的赛马手，还有那个穿着亚麻布西装的贵族蒙特莫伦西侯爵，他看上去已经习惯了他的新邻居的存在。瓦朗斯说，打扑克是他最喜欢的游戏，他在旅行中已经把玩巴卡拉纸牌（流行于欧洲的赌场，通常由三个人来玩）的水平提高了很多。

与其说游戏的快乐在于喝着白葡萄酒和汽水的时候，倒不如说是在这位有些羞涩的澳大利亚人打开了话匣子之后。他说，自己的爱人就在英格兰，甚至掏出皮夹子，从里面拿出来一张女人的照片。她的每一个体貌特征都证明，她应该有很强的生育能力。与此同时，在桌子上充满了来自各个方向的恭维和礼貌的祝贺。

到目前为止，拉斯特雷德还没有在瓦朗斯的左手拇指上发现任何反常的迹象，随着时间的流逝，反常的迹象始终没有出现。不过，在第二天晚上，他在吸烟室清理烟灰缸时，偶然听瓦朗斯先生谈到了自己结婚的时候将要送给自己挚爱作为订婚信物的钻石项链。他去欧洲旅行之前，已经向邦德大街的一个珠宝商下了订单。现在他回来了，准备去从那里取他定制的项链，并且称赞说，那里的手艺极其高超。蒙特莫伦西侯爵礼貌地向他打听，那个项链是在哪里制作。

“邦德街的雷尼尔那里。”澳大利亚人瓦朗斯说。

蒙特莫伦西侯爵看上去非常吃惊：“这个消息真让我太惊讶了，先生！亨利·雷尼尔和我堂兄，宁境街的安托万·梅刚瑞有姻亲关系，所以他和我也是亲戚。世界真的很小，我要因为你选择了这位工匠向你道贺。你知道吗，或许我可以通过我的关系，为你的项链打一个折扣，不过也许你已经有折扣了。”

“折扣？没有，侯爵。我从来没考虑过这个。”瓦朗斯显得有些尴尬。

蒙特莫伦西低头看了一眼他手上的牌，摇了摇头：“那真是太遗憾了。当然，折扣可能不会很多，最多只有百分之十，可能会更少一些。可是这件首饰如此昂贵……”

他没有把话说完。拉斯特雷德不能在吸烟室久留，所以只听到了这些东西。

在那天晚上剩下的时间里，瓦朗斯的运气非常不错，赢了差不多30英镑。午夜刚过，他们推开椅子站起身，准备分道扬镳的时候，那个衣冠楚楚的侯爵向他的同伴眨了眨眼睛。

“先生，我不指望我们能在这么短的时间里就混得很熟了。不过，假如你想的话，我可以帮你问问我的表哥，看看能否给你打个折。不过，这件事仅限于我们之间，你知道原因的。如果你相信我的话，我明天就看看能帮到你什么。一般来说，都会在交易开始的时候讨论折扣问题的，但是像你这样的人，将是很有价值的回头客，值得他们在交易阶段考虑一下你的要求。”

瓦朗斯显然不知道这种情况意味着什么，尽管他觉得这种突然出现的友谊表现有些突然，可他显然无法拒绝这样慷慨的提议。

第二天早晨，他收到了一封用散发着香味的信封装的信。拉斯特雷德确信，这封信一定是那个将要收到钻石项链的人写给瓦朗斯的。瓦朗斯在他的房间里待了几乎一整天，在温暖的下午时分，他独自外出了一趟，没有人知道他去了哪里。几乎是在瓦朗斯钻进一辆出租马车的同时，拉斯特雷德发现，那个赛马人和蒙特莫伦西侯爵一起跑上了楼梯。拉斯特雷德在他们身后偷偷跟着，他看到这两个人在第一层就分开向两个方向走去，赛马人回到了他的房间，而他的同伙则沿着走廊走到了瓦朗斯的房间门口。

拉斯特雷德知道接下来将会发生什么事情。蒙特莫伦西有很多可以拿到瓦朗斯房间的备用钥匙的机会。在这样的酒店里获得钥匙的方法很简单，他或者他的朋友只要告知前台瓦朗斯的房间号码，然后拿着钥匙离开，几分钟之后再还回来，最后再抱怨一下拿错了钥匙，打不开房间门。这样的失误虽然不常发生，但是也属于普遍现象。在那几分钟时间里，他可以很轻松地拿到这把钥匙的蜡模。

当拉斯特雷德转过平台角落的时候，他面前的走廊里空无一人。对于蒙特莫伦西来说，除非他以极快的速度冲刺，否则不可能赶在拉斯特雷德之前消失在走廊的另一端。所以，他肯定就在走廊两侧的一个房间里。拉斯特雷德走到瓦朗斯的房门前，跪了下来，从钥匙孔向里面张望。他看到，那位侯爵正在里面仔细地检查瓦朗斯的烟灰缸里的东西。他挨个拿起烟蒂仔细地检查，过了一会儿，他把烟灰缸放下，转身走向房门。

拉斯特雷德快速地离开门口，躲进了走廊尽头的角落里。

拉斯特雷德能够清楚地听到，瓦朗斯的房间门被慢慢地打开，那位衣冠楚楚的贵族小心地向两侧张望了一下，然后悄悄地溜出了房间，把身后的房门轻轻地关上。

他进入瓦朗斯的房间里的目的很奇怪，除了检查他吸过的烟草残余物之外，对金钱和其他有价值的东西不屑一顾，至少拉斯特雷德觉得，这是一种疯狂和古怪的举动。

8

又一天过去了，拉斯特雷德还是没有发现瓦朗斯的左手拇指有什么特殊的地方。他用拇指用力地压着纸牌，和牌桌边的其他人的动作没有任何区别。唯一发生变化的可能是当夜幕降临的时候，他的拇指微微抽搐了一下。拉斯特雷德注意到了这个举动之后，悄悄地到内政部向麦克劳夫特·福尔摩斯报告了这件事情，然后他收到了另外一封电报：

“法国的事情正处于紧要关头，请继续按照之前的指示注意那些琐碎的事情。这样做很重要。福尔摩斯，克利翁酒店。”

那天晚上，拉斯特雷德在吸烟室当班的时候听到了另外一段谈话的片段。他们几个赌徒把椅子放到桌子边，准备开始牌局的时候，蒙特莫伦西微笑着对瓦朗斯说：“一切都安排好了。我为你争取了百分之十二的折扣，我本来想为你争取百分之十五的折扣，但是没有办到。百分之十二已经是我所能达到的极限了。但是，这总比没有要强，是吧？”

那位天生质朴并且长着黑色胡须的巨人好像已经被感动了，有那么一瞬间，他好像不知道该说什么才好了。

“天啊，百分之十二！”最后他说，“这远远超出了我的预料。我原本觉得能有百分之五就已经很不错了呢！我还想过，能有百分之十就已经是极限了！我该怎么报答你呢？这比我预想的要强太多了！”

“我亲爱的瓦朗斯，你只需要表现出你是那位女士最称心如意的伴侣就足够了。”衣冠楚楚的小贵族眉开眼笑地说，“珠宝商总是一开始开出一个很高的价格，方便在以后谈价格的时候让利。我只是帮你降到了合理的价位上，那些珠宝商早就考虑了这一点。而且，如果我们不能为朋友做点儿什么的话，这个世界上的友谊该如何延续下去呢？”

“真的是这样吗，先生？”瓦朗斯惊讶地问道。

“不过，还有一个小小的条件。”衣冠楚楚的贵族继续说，“如果我亲自去那家珠宝店拿回项链再把项链交给你，这样更好一些，因为这个折扣价是和我堂兄协商的，我比你更熟悉那里的店员。如果把这件事交给我处理的话，你百分之百可以拿到你的折扣。”

听到这话，瓦朗斯的眼中短暂地闪过了一丝疑惑，但还没达到怀疑的程度。

“那你希望我给你现金还是支票，好让你拿着去雷古纳那里提货？”

他并没有提出什么暗示，比如这个人他只是自己认识的一名牌友，很有可能拿着他的钱逃跑之类的。尽管在场的每一个人脑海里都闪过这个念头。不过，身材纤细的蒙特莫伦西听到这话后，倒在自己的椅子里，笑得要打滚一样，好像听到了一个好笑的笑话的孩子。

“我根本没考虑过这个！”他“咯咯”笑道，“不是这样的，我亲爱的瓦朗斯。我先用我自己的支票把项链买回来，这样才可以确保拿到折扣。我的堂兄不会当着所有人的面对我食言！我把那条项链拿回来后，你再按照减掉百分之十二的折扣之后的数额把钱给我。这么做你满意吗？”

瓦郎斯似乎因为感激而变得有些混乱了，对自己曾经怀疑对方的真诚而感到异常内疚：“这已经不仅仅是满意的问题了，先生！这是异常慷慨。我可以问问，我怎么把钱给你？”

侯爵的表情看上去有些羞怯：“用你最方便的方式，你可以给我一张支票，不过，如果你给我现金的话我也不反对。把金币存进银行可能更方便一些，因为我不想看到我签发的支票因为我的银行资金不足被返还回来。”

桌子周围的人听到这个玩笑发出了善意的笑声。

“这无所谓。”瓦朗斯说，好像急于弥补之前由于他的怀疑造成的尴尬，“为什么我不能先给你一张支票或者现金，让你拿到雷尼尔那里去呢?”

蒙特莫伦西侯爵笑着伸出手来摆了摆：“我坚持认为，在那条项链送到你手上之前，你不应该为此付出一分钱。如果我在从邦德街回来的路上被拦路贼袭击了呢?”

如果在现代的伦敦西区街道发生这种老式的抢劫事件，那可是天大的讽刺。

“想不到啊!”瓦朗斯语气温柔地说，“来欧洲之前，我做梦都想不到，能在这个地方收获到这样的友谊。”

尽管福尔摩斯在最后一封电报里有着严格的指示，可是在这天下午，瓦朗斯回到他房间的时候，拉斯特雷德没有继续对他监视，而是盯上了蒙特莫伦西侯爵。这位身材消瘦的贵族一直戴着他的浅黄褐色帽子，穿着奶油色亚麻西服和柠檬色马甲，脚上蹬着黑漆皮鞋，在他衣服的扣眼儿里别着一朵玫瑰。他没有坐出租马车，而是快步穿过贝尔梅尔街的俱乐部，走到圣詹姆斯街宽敞的街道上，然后又从那里穿过皮卡迪利大街，走到了邦德街上。

在有老式店面和镀金的装饰的雷尼尔珠宝店外面，蒙特莫伦西停了下来，看到一个人从橱窗里的天鹅绒展示垫上把珠宝拿了下来，为关店做准备。在金属栅栏被拉上之前，侯爵溜进了珠宝店。拉斯特雷德看到，他在店里面和一个穿着长礼服的店员交谈了几句。几分钟后，这位客人从店里走了出来，回到了查令十字街口。

拉斯特雷德已经放弃了对蒙特莫伦西在购买项链这件事上做手脚的怀疑，因为侯爵始终坚持，在项链交给瓦朗斯之前他不会收一分钱。他对瓦朗斯说他下午去珠宝店的事情时那种公开和诚实的态度也让人无法对他产生怀疑。那天晚上，当他们在墙壁发黑的吸烟室里玩牌的时候，拉斯特雷德听到他对那位澳大利亚人说："我下午去了雷尼尔珠宝店一趟，这个交易毫无问题。如果你想的话，也可以给我写一张小纸条，授权我代表你拿走你的首饰并且为首饰支付货款。你能得到的折扣现在已经等于装在你的口袋里了。"

那天晚上，当他们一起玩巴卡拉纸牌，结束时，瓦朗斯大概输了20英镑。但他在之前的几个晚上已经赢了不少了，所以他几乎毫不吝啬地把这笔钱输给了帮了他大忙的朋友。凭良心说，拉斯特雷德并没有在纸牌游戏中发现什么作弊行为。他熟悉这种巴卡拉纸牌游戏里的最常见的几种诡计，比如在袖子的掩护下越区抛出一个额外的筹码，或者依据台面上的牌调整自己下注的金额，至少在那天晚上的牌局里他没有发现这种情况。

拉斯特雷德仔细想了想。如果不是自己亲眼看到那位贵族先生鬼鬼祟祟地摸进了他朋友的房间，检查那里的残留的烟蒂这种古怪的行为，他愿意完全相信蒙特莫伦西侯爵的诚意。

在接下来的日子里，麦克劳夫特·福尔摩斯坐在自己宽大的办公桌后面，他身后的窗户外面是圣詹姆斯公园的一片碧绿景色。他对拉斯特雷德的报告表现出了官吏那种惯有的漠不关心。

"很多人都认为，人们打牌是因为贪欲，所以在牌桌上输了也没什么大不了的。"他想了一下，"我认为项链是一个很好的借口。这样，瓦朗斯先生就不得不继续留在牌桌上，让其他人从他那里赢钱，因为，他们帮他办了事，不管他喜欢还是不喜欢都必须留在那里，不是吗？我敢说，我弟弟能从另外一个角度看清楚整个事件。顺便说一句，他第三次来电报询问瓦朗斯先生的左手拇指了。"

"那就是一根普通的拇指。"拉斯特雷德有些迟钝地说，"没有什么异常。”

麦克劳夫特在椅子上扭动了一下他那硕大的身躯，轻轻摇了摇他巨大的头，就好像一只刚从水里爬出来的狗。

“不，肯定不会这么简单。如果我弟弟对那根手指执着到这个程度，你就可以确定，事情绝对没有那么简单。不过，我们不要再谈他了。我也不能回答你关于烟蒂问题的疑问。在埃及总督和阿比西尼亚之间爆发了一场战争，我们的注意力已经被全部吸引过去了。土耳其也在威胁我国，想通过在保加利亚的屠杀，在俄罗斯和德意志帝国之间制造麻烦。希望你和我弟弟都能够认识到，我有很多远比拇指和烟蒂更重要的事情要做。祝你有美好的一天。”

拉斯特雷德把瓦朗斯将会被缠在牌桌上的结论，和一个似是而非的关于项链打折的承诺，发电报告诉了福尔摩斯，福尔摩斯马上就做了回复：“我们需要的是事实而不是空洞的猜想，继续观察瓦朗斯的左手拇指。福尔摩斯，克利翁酒店。”

9

第二天，瓦朗斯在牌桌上没有输多少钱，而且在玩牌的大部分时间里，他都占据上风。一天之后，他在牌桌上适当地输了一点儿，因为蒙特莫伦西侯爵告诉他，钻石项链将会在一天之后完工，中午就可以去提货。瓦朗斯让那个和蔼可亲的贵族相信，他会立刻把购买项链的钱给他。

拉斯特雷德根据自己掌握的信息确信，这场交易就要完成了。一天之后，中午快过去的时候，瓦朗斯像往常一样在他的房间里休息，牌桌边空无一人。这时，蒙特莫伦西走到酒店大门口的接待处的红木桌子前。拉斯特雷德听到，他在那里结了账，并说他第二天早晨离开。结完账后，这位衣冠楚楚的侯爵走到斯特兰德大街上，拦了一辆出租马车。

拉斯特雷德想了许久。那个澳大利亚人除了在牌桌上输了一点儿钱之外，好像并没有什么更大的损失。他输的那点儿钱和蒙特莫伦西侯爵能给他的折扣比起来实在是有点儿微不足道。那个穿着契合法西服的赛马者，在他看来对侯爵先生来说完全不是一个合格的同伙。不过，很多年后拉斯特雷德曾经和我提到过，那个团伙其实看上去没有什么问题，除了那个著名的昆斯伯里侯爵，还有他的那些体育界的社会闲散人员之外。侦探已经对这位好心肠的侯爵相信一半了。不过当门铃响起的时候，他被叫到了瓦朗斯先生的房间里。

根据歇洛克·福尔摩斯列出的条目，整个事情现在进展得非常迅速。蒙特莫伦西侯爵已经开始履行他最后的承诺了。他叫了一辆出租马车在邦德街的雷尼尔的店外等他，然后，他把支票给了珠宝店，拿着项链。回到了查令十字街酒店。他在那位赛马人朋友的陪同下，在前台询问了一下是否方便把瓦朗斯先生叫出来，他在这里等他。服务员问了一下瓦朗斯先生，然后答复蒙特莫伦西，瓦朗斯先生很乐意见他，但为了感谢他的所作所为，请给他 10 分钟的时间，他要穿上宴会礼服，以最隆重的形式与朋友见面。

10 分钟过后，这两个人被一个服务生带到了瓦朗斯先生的房间。服务生敲了敲门，里面的人应了一声，让他们进去。蒙特莫伦西侯爵和他的朋友走进房间，惊讶地发现，房间里并不是只有瓦朗斯一个人。在他的身后站着那位身材瘦长结实、面色铁青的吸烟室服务员。最令侯爵和他的朋友困惑的是，詹姆斯·莱斯特·瓦朗斯，这个采金者和筑路者，说话的时候已经完全没有了澳大利亚口音，而是换上了标准的伦敦腔。

“如果你方便的话，请你锁上门，拉斯特雷德。”他发音清楚地说。

那名吸烟室服务员听从了他的命令，绕过这两个人，锁上了门。

“这场交易涉及的金额太大了，怎么小心也不算过分。”瓦朗斯对蒙特莫伦西和他的朋友说。

这番话好像多少消除了他们的部分疑虑。

“你拿到项链了吗？”瓦朗斯挑了挑眉毛，看着蒙特莫伦西问道。

衣冠楚楚的小贵族从他的口袋里掏出一个皮套，交给了澳大利亚人：“一共 1800 英镑，先生。”

瓦朗斯点了点头，打开皮套，从天鹅绒里子里倒出了一条项链。项链很漂亮，如同波浪一样，吊坠从他的手指间垂了下去，在他的手下面来回摇晃。

“太令人佩服了！”他低声说，“实在是太了不起了。我可以怀疑一下吗？这条项链的价值也许没有 1800 英镑，而只是 18 英镑，对吗？”

那个赛马人好像被瓦朗斯的话激怒了，愤怒地向他走了过去。蒙特莫伦西却伸出手，一把拉住了他朋友的胳膊，对澳大利亚人的玩笑一笑置之：“我敢向你保证，瓦朗斯先生，这条项链确实是 1800 英镑，我口袋里有雷尼尔先生开的收据。”

“我并没有怀疑你有这张收据。”瓦朗斯礼貌地说，“但是我同样也不怀疑你在其他地方还放了一张 18 英镑的收据，也可能是其他价格。一个玻璃做的仿制品无论多贵也不会比真正的钻石贵。真正的钻石不会在这种光线下发光，只在昏暗朦胧的光线下闪光。”

蒙特莫伦西死死地盯着他：“你认为我一直在欺骗你吗，先生？”

“的确是这样，尽管没有用你常用的方式欺骗我。”

“我可以和那个雷尼尔谈一谈！”侯爵说。

“别担心，你可以见到他。雷尼尔先生，请你出来吧。”瓦朗斯说。

浴室的门打开了，珠宝商从里面走了出来。

“我很抱歉让你在楼下等了那么久，先生。”福尔摩斯对蒙特莫伦西说，“但是我必须让雷尼尔先生出现在这里，这非常有必要。雷尼尔先生，请你把刚才向我和拉斯特雷德说过的话，向这两位先生重复一遍。”

珠宝商清了清喉咙，开口说：“不久前，你造访了本店，福尔摩斯先生……”

“福尔摩斯？”蒙特莫伦西惊呼了一声。

那个澳大利亚人的脸似乎不太舒服地抽搐了几下，然后，他撕下了黑色的胡须，露出了一张像鹰一样清晰的面部轮廓。

“尽管我年轻的时候在喜剧表演上有一点儿小小的成就，甚至在伦敦的舞台上还扮演过霍雷肖。”他自嘲地说，“但是直到现在我还没有掌握怎样撕掉胡须才不疼的方法。”

接着，他把那一头乱蓬蓬的头发摘下来，放到了一边。

“现在，班森先生。”他说，“请原谅，我无法继续称呼你蒙特莫伦西侯爵了，这样让我觉得有点儿好笑。当然，我更不会称呼你蒙哥马利少校了。好了，现在让我们重新开始讲述这个故事。请你继续，雷尼尔先生。”

珠宝商再一次开口说："当初，福尔摩斯造访本店，他找到了我并告诉我，有一群职业骗子盯上了他，要施展一个针对他的阴谋，在这出戏里，他以一个富有的澳大利亚绅士的身份出场。经过当局的协调，我同意协助这场骗局。几天之后，一个自称蒙特莫伦西侯爵的人找到了我，我现在才知道他其实是哈里·班森先生。他那时对我说，想买一颗上等的钻石，问我有没有存货。之前福尔摩斯先生提醒过我，自称为蒙特莫伦西侯爵的班森先生说他会用支票支付这条项链的费用。他会把项链留下来，直到支票上的金额进到我的账户里为止。这样的提议我不会反对的。"

"实际情况是怎样的呢?"福尔摩斯问道。

"蒙特莫伦西侯爵当初定做项链的时候说，希望我再做一条相同款式的仿制品。这样，他的夫人就可以把真品放进银行保存，在家里留下那个仿制的项链，以备在不太正式的场合佩戴。这是个很常见的要求，而且那个仿制品的原料是玻璃，做起来也很简单。今天下午，就像我们之前商量好的那样，蒙特莫伦西侯爵去了我那里，把支票交给我，然后把钻石项链拿走了，同时拿走了那条仿制项链，然后让我给他开了两张收据，每条项链一张收据。"

这一刻，所有人都沉默了下来。

"所以……"福尔摩斯最后说，"班森先生给我们带来的是仿制的项链和一张正品收据。如果是真的瓦朗斯先生，我相信他会付给班森先生 1800 英镑现金的。这一笔巨款，就是为了购买一件不值钱的仿制品。过一段时间，雷尼尔先生将会发现，班森先生开出的支票会跳票，不过那条钻石项链还在他的手里，他的损失并不大。所谓的瓦朗斯先生才是这场阴谋的目标。"

衣冠楚楚的小男人眼睛里冒着怒火："不！先生！我才是那

个受害者，你才是那个阴谋家！你是阴谋的源头！”

“我只是在陷阱里放了诱饵。”福尔摩斯谦逊地说，“然后有人咬住了诱饵而已。”

这时，哈里·班森已经镇静下来：“我并不这么认为，福尔摩斯先生。你的这个小花招和诱捕手段是经不起法庭检验的，一旦你要花招哄骗别人的事情被揭露，你也要面临牢狱之灾。”

福尔摩斯用手绢擦掉了澳大利亚人所谓的因为天气原因而变得发黑的肤色。

“也许你说得对！”他高兴地说，“事实上，我也一直在怀疑，有一天我也会进监狱。但是在这个案子里，就像老话说的那样，不能把鸡蛋放在一个篮子里，我并不想因为你伪造蒙特莫伦西侯爵的支票而把你送上法庭。我的委托人是龚古尔女伯爵，或者说得更准确一点儿，是威廉·亚伯拉罕先生。我只是负责把他们的目标引出来。那些可恶的骗子诈骗了那位女士几千英镑。法庭将不会因为这个项链骗局，而将因为诺森伯兰德大街上的阿彻和他的公司骗局，以及巴黎城市信贷案对你提起诉讼。他们会像榨汁机一样把你从事过的犯罪活动都榨出来！在这场胜负已分的比赛里，给雷尼尔先生一张伪造的支票在你所犯的罪行里仅能排到第三位。”

比利·库尔特，那个赛马人，突然从口袋里掏出了一把不大但是看上去很有杀伤力的左轮手枪。班森突然转过身，对拉斯特雷德大声吼道：“把这扇门的钥匙给我。”

拉斯特雷德的表情比平时更像一只斗牛犬。

“把枪放下！”他厉声对库尔特吼道。

“拉斯特雷德，把钥匙交给班森先生。”福尔摩斯冷静地说。

“我不能这么做！”拉斯特雷德倔强地说。

“威廉森主管已经给了我授权，在这件事结束之前，你必须执行我的命令。我必须为这个房间里所有人的生命负责！把钥匙给他！”福尔摩斯说。

拉斯特雷德脸上满是愤怒，以至于福尔摩斯以为他还要拒绝把钥匙给那两个人，或者试图把库特尔那把左轮手枪抢过来。不过，拉斯特雷德很快就冷静下来，乖乖地把钥匙交给了班森。

“蒙特莫伦西侯爵”打开门，带着他的同伴跑了出去，然后从外面把门锁上了。

拉斯特雷德徒劳地摇了几下门把手。

“我必须向你道歉。”福尔摩斯镇定地说，“不过，我必须让你以为我在巴黎。我和我哥哥在电报上做了点儿手脚。我这么做是担心，如果你知道这个澳大利亚人是我假扮的话，你的举止可能会不太自然，从而暴露我的身份。”

“那么那个拇指是什么意思？”拉斯特雷德闷声问道。

“啊，是的，还有那个拇指。我很高兴你会注意到它，这样，你的目光会一直停留在那上面，我就可以保证你不会离我太远，以至于错过班森和他的同伙之间的对话。如果我直截了当地让你去偷听他们的对话，我担心，你的行为会让这个游戏提前结束。”

拉斯特雷德什么也没说，转回头，继续摇着门把手。

“我们必须做点儿什么，福尔摩斯先生！那两个家伙已经跑了！”

福尔摩斯把脚上的那双特制的鞋子脱了下来，这双鞋子让他看上去整整高了两英寸，接着，他又脱掉了那身让詹姆斯·莱斯特·瓦朗斯显得非常壮实的衬衫。在这个过程中，他瞥了拉斯特雷德一眼。

“当然，他们逃走了！可是即使他们没有逃走又能怎样呢，警官？把班森和库尔特抓起来对我们来说毫无用处。钻石项链计划在我的设计里只是一个小玩意，那个赛马场诈骗案和那个巴黎信贷案对我来说也算不上重要。我们现在给哈里·班森一点儿自由，他会把我们带到那个犯罪集团的心脏！”

10

他们走出酒店入口的时候，歇洛克·福尔摩斯在从漆黑的街道上吹过的春天的寒风中紧了紧自己的衣领。

“可怜的家伙。”他惆怅地说，“雷尼尔以为，我们可能永远也无法从房间里逃出来。现在，拉斯特雷德，我们必须动作快一点儿了。找一辆出租马车，我们去卡农贝利，到那儿给苏格兰场发一封电报。现在看我们还有点儿时间做这些事情。”

拉斯特雷德停了下来，狐疑地看着福尔摩斯：“但是，我们从这里走着去苏格兰场也就需要 5 分钟，福尔摩斯先生，比电报都快！”

“是的，的确是这样，拉斯特雷德，这也是我们为什么不能这么做的原因。用一封从卡农贝利发给侦探部门当班警官的电报描述今天发生的事情，对我的计划会有很大帮助。我已经做好了准备，为此我专程从威廉森先生那里拿了一份值班表，这样我们就可以知道今天谁是收信人。”福尔摩斯说。

两个男人坐马车离开了斯特兰德大街，穿过克勒肯维尔街，经过砖墙像是被烟熏过一样的圣潘克拉斯，到达了宽敞的卡农贝利郊区。经过霍洛威和海布里的时候，拉斯特雷德更加不安了。

“拉斯特雷德，”福尔摩斯说，“班森是个很狡猾的家伙，但是他竟然没有察觉我的诱饵，这让我有些惊讶。我的直觉告诉我，有几次他已经对我产生了一些怀疑。”

“昨天下午他去了你的房间，福尔摩斯先生，他在那里检查了你留下的烟蒂。我只知道这个。”拉斯特雷德说。

“他去了吗？天啊，好一个狡猾的家伙！”福尔摩斯看起来很满意，“如果我是他的话，也会这么做。一个像我乔装的那样的长着大胡子的人如果吸烟吸得太靠近末端的话会把胡须烧焦，如果他不想把胡须烧焦的话，留下来的烟蒂会比较长。他知道，有其他人在场的时候我肯定不会露出这样的破绽。但如果他发现在我房间里的烟蒂残余特别短，那很显然，我脸上的胡须就是假的。你明白了吗？我猜就是这个原因。”

卡农贝利警察局的“N”部门并不认识歇洛克·福尔摩斯，但是有一两个警官认识拉斯特雷德，这让福尔摩斯提出的要求很快就得到了满足。不过，拉斯特雷德很久之后告诉我，他当时听到福尔摩斯的那个要求时吃了一惊。

“华生医生，当时我几乎想直截了当地把自己从这件疯狂的事情里择出来了。”

他当时已经对福尔摩斯丧失了几乎所有的信心，即使他识破了哈里·班森的诡计也没挽回他的信心。

最后，在福尔摩斯的坚持下，拉斯特雷德还是按照他的要求，给苏格兰场发了一封紧急电报。福尔摩斯在电报稿上是这样写的：“哈里·班森，曾经化名蒙哥马利，后又化名蒙特莫伦西侯爵，他已经被拘留。等待指令。”

然后，他在电报稿上面标记了“特急”两个字，然后交给了侦探部的值班警察。

电报被发出去后，拉斯特雷德终于忍不住低声抱怨道：“可是我们没有抓住他们，福尔摩斯先生！我们连毛儿也没有抓住一根。”

“如果你继续阻碍我的计划，你就永远都不会抓住他们了，拉斯特雷德。”福尔摩斯冷冷地说。

“但是这么做有什么用?”

“用处大了。”福尔摩斯以同样的语调小声说，“这么做可以挽救你的前途，保证你不会被送进监狱。”

拉斯特雷德以为，他的这位临时雇主已经神经错乱了，不过电报已经被发出去了，争论已经没用了。20 分钟之后，他们收到了一封回复电报。福尔摩斯看了一眼，然后把它递给了自己的同伴。

“查实班森不是我们要找的人，立即释放。卡特督察，苏格兰场。”

拉斯特雷德看着电报，已经察觉出什么可怕的东西：“卡特督察？我从来没有听说过苏格兰场有叫卡特的督察！”

福尔摩斯冷静地说：“不会有人听说过的。不过，我并没指望那个给我们回电报的人在电报上留下自己的真实姓名。我故意明天才逮捕班森和库尔特，但是我敢和你打赌，在这封电报发给我们的同时，那两个家伙肯定也接到了一封电报，一封建议他们立刻离开这个国家的电报。”

“你知道他们现在在哪儿?”

福尔摩斯顿了顿，然后说：“那个地方我正好比较熟悉。除非我错了，否则他们现在应该就在卡农贝利的一所库尔特所拥有的房子里收拾他们的行李。一般来说，说‘没有时间可以浪费’只是一种夸张的形容方式，但是在现在这种情况下，我们的确没有时间可以浪费。你现在立刻调集所有你在这里能调集的人手，立刻对他们展开抓捕。我们现在去，看他们还能不能料到！”

20分钟之后，12个戴着头盔的警官跟着福尔摩斯和拉斯特雷德穿过了卡农贝利昏暗的街道。

“你怎么会知道在哪里能找到他们?”拉斯特雷德有些心神不安地问道。

“班森在怀特岛上有一栋别墅。不过现在这么晚了，他们不可能到那儿去。比利·库尔特是一个赛马经纪人，他有两匹赛马。赛马的名字和所有人可以在饲养人指南里找到。啊哈，月桂树，如果我没记错的话，就是那儿。”福尔摩斯说。

他们在一条长长的小道尽头看到了一栋房子。透过冷杉树和月桂树间的缝隙，他们发现在这栋房子的三扇窗户中有两扇亮着灯，尽管拉上了窗帘，可是仍然看得很清楚。福尔摩斯带着拉斯特雷德还有两个来自卡农贝利的资深警官慢慢地向房子靠近。他们为了消除脚步声，有意地走在潮湿的草地上，顺着草地他们一直走了过去。月桂树长势茂密，如果是平时的话，在枝条中间行走很难保证这些枝条不会碰到窗户。但是那天晚上的风很大，狂风吹着枝条不停地摇晃，反复敲打在窗户上，很好地掩盖了几个人的行踪。

突然，在小巷左转的位置，从正对着房子的门廊那里发出一道刺眼的闪光，拉斯特雷德被晃得什么也看不到。福尔摩斯已经停了下来，用手遮住眼睛。在这一刻，“嗖”的一声，子弹从他耳边飞过，击中了一块石头，发出了一声巨响。

拉斯特雷德和两个来自“N”部门的侦探立刻卧倒，但是福尔摩斯仍一动不动地站着，像一个随时准备扑出去的猎食者。拉斯特雷德后来向我说，他可以发誓，当时就连福尔摩斯的脉搏跳动的速度都没变，即使第二颗子弹从他身边擦过也是如此，他有一颗钢铁般的心。

不过，福尔摩斯也称赞了拉斯特雷德的机智。拉斯特雷德站了起来，他的声音没有提高多少，但是他的话却像子弹一样穿过潮湿的灌木，清晰地传进了对方的耳朵里。

“别做傻事了，比利·库尔特！你这么做是在谋杀！”

对面没有任何动静。

“你枪里的子弹可不够对付我们所有人的，比利！即使我被你打死了，我们中总会有一个人能抓住你。那样，等待你的除了绞刑架再没有别的了！”拉斯特雷德说。

对面足足沉默了一分钟时间，这一分钟时间在这时候似乎显得格外长。接着，好像有人告诉了他一些事情，拉斯特雷德接着说：“别负隅顽抗了，比利！我们已经抓住了班森，你再顽抗下去还有什么用?”

终于，一个人影从对面慢慢地向他们走了过来，一直走到他们面前。他先看了看拉斯特雷德，然后转过头看着一直什么都没有说的歇洛克·福尔摩斯，最后，他又看了一眼其他人。从始至终，拉斯特雷德脸上的表情简单而又冷酷，在这一刻，他就是英雄。

“比利，游戏结束了。”他说。

库尔特还和在酒店里一样，穿着那件犬牙交错式契合法的西服，紧握着左轮手枪，终于，他把手枪交给了拉斯特雷德，举手投降。

其他人冲进了那栋房子。

“你们还没有抓到班森。”库尔特有些灰心地说，“你们不可能抓到他的，他还在房子里。”

歇洛克·福尔摩斯向拉斯特雷德点了点头，迈着从容的大步，推开门廊的门，去抓捕那个落荒而逃的罪犯去了。

11

案件告破后，揭露出来的丑闻充斥了1877年10月的每一份报纸。三个苏格兰场侦探部的人因为这起案子，站到了伦敦中央刑事法庭的被告席上，其中包括米克尔·约翰警长、克拉克督察，还有这个部门的一个二把手。

因为一系列的诈骗活动，班森和库尔特被投进了监狱，对他们没有什么好说的。就像麦克劳夫特·福尔摩斯告诉他弟弟的那样，赛马场损失防范社团和巴黎城市信贷案只是一系列犯罪活动中刚出现的新把戏。哈里·班森之前向政府提供的那个他所谓的“花展信息”就足以把他送进监狱了。

班森知道，那个被他收买和热情款待许多年的苏格兰场警官已经全部招供了，所以向监狱长交代了侦探部门系统腐败的全部故事。他在爱丁堡和其他城市进行了很多诈骗活动，但他知道，只有跑回伦敦才是最安全的。他跑回伦敦后，整个英国的警察系统甚至欧洲的警察系统，都曾写信或发电报给苏格兰场，让他们通缉和抓捕哈里·班森和比利·库尔特。但是一个又一个的信件或电报被那些已经被他收买的腐化堕落的警察销毁了。

福尔摩斯并没有因为见证了克拉克和米克尔·约翰的悲剧而感到非常高兴。但这件案子破获之后，他成了威廉森主管和伦敦警察厅高级警督的贴心朋友。尽管拉斯特雷德偶尔还会被歇洛克·福尔摩斯横加指责，但他因为证明了自己是一名诚实并且有能力的警察获得了提升，变成了拉斯特雷德督察。政府解散了旧的警察侦探体系，成立了一个全新的犯罪调查部门，拉斯特雷德成为了这个部门的第一任高级督察。

合同登记号：图字 01 - 2011 - 6255

让死人说话的福尔摩斯

Sherlock Holmes and the Running Noose

图书在版编目（CIP）数据

让死人说话的福尔摩斯／（英）托马斯著；刘鑫，马旭冉译．—北京：群众出版社，2014.9

（福尔摩斯归来探案集）

ISBN 978－7－5014－5260－6

Ⅰ.①让…　Ⅱ.①托…②刘…③马…　Ⅲ.①长篇小说—英国—现代

Ⅳ.①I561.45

中国版本图书馆 CIP 数据核字（2014）第 172492 号

让死人说话的福尔摩斯

（英）唐纳德·托马斯　著

刘　鑫　马旭冉　译

出版发行：群众出版社

地　　址：北京市丰台区方庄芳星园三区 15 号楼

邮政编码：100078

经　　销：新华书店

印　　刷：北京通天印刷有限责任公司

版　　次：2014 年 9 月第 1 版

印　　次：2014 年 9 月第 1 次

印　　张：8.875

开　　本：880 毫米×1230 毫米　1/32

字　　数：220 千字

印　　数：6000 册

书　　号：ISBN 978－7－5014－5260－6

定　　价：30.00 元

网　　址：www.qzcbs.com

电子邮箱：qzcbs@sohu.com

营销中心电话：010－83903254

读者服务部电话（门市）：010－83903257

警官读者俱乐部电话（网购、邮购）：010－83903253

文艺分社电话：010－83903973